春夏秋冬を楽しむ
俳句歳時記

日下野由季 監修

成美堂出版

はじめに

俳句には、季節を表す言葉である「季語」が用いられています。その季語を紹介するのが「歳時記」です。歳時記の四季は、古代中国で考案され、日本の暦に取り入れられた「二十四節気」をもとにしたもの。よく「暦の上では」とお天気のニュースで言われたりしますが、俳句はこの暦の上の季節と深く関わっているのです。

それゆえ歳時記の季節は、実感と少しずれていることも。例えば、「立秋」は8月5日頃。実際には、暑さのピークという時期です。しかし、俳句の世界ではもう秋。季節の循環をいち早くとらえ、暑さも「残暑」という秋の季語で詠むことで、秋という季節を呼びこみ、迎えいれていくのです。季節の移り変わりに意識的になることで、体感覚とはまた異なる季節の感じ方を楽しむことも、俳句の面白さのひとつといえるかもしれません。

なお、この歳時記では12ヶ月の月別に季語を配列し、月ごとの季語を引きやすくしました。楽しいイラストとともに、季節の言葉の豊かさに触れてみてください。

日下野由季

目次

六月

七月

八月

九月

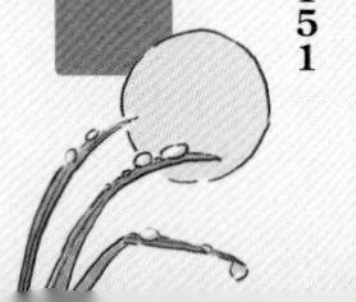

暦にまつわる基礎知識

歳時記の暦は、昔から使われている旧暦（太陰太陽暦）をもとにしたもの。現代とは少し違う時間軸で、季節の移り変わりを楽しみます。

新暦と旧暦

明治時代までの日本では、月の満ち欠けに太陽の動きを加味してつくった「太陰太陽暦」、つまり「旧暦」が使われていました。現在の私たちが使っている「新暦」は、太陽の動きを参考にした太陽暦です。

二十四節気《にじゅうしせっき》

二十四節気という季節分類があります。これは、一年を24に分けた季節変化の指標。旧暦で季節を表すために、江戸時代から使われ始めました。立春や春分などの暦上の言葉も、二十四節気のひとつ。

七十二候《しちじゅうにこう》

古代中国で考案された季節分類。二十四節気をさらに3つに分け、約5日間ずつに区切ったものです。

五節句《ごせっく》

人日《じんじつ》（1月7日）、上巳《じょうし》（3月3日）、端午《たんご》（5月5日）、七夕《しちせき》（7月7日）、重陽《ちょうよう》（9月9日）の五つ。

雑節《ざっせつ》

二十四節気以外に、季節の目安として設けられた日。「節分《せつぶん》」「彼岸《ひがん》」「土用《どよう》」など、日本独自の暦用語。

歳時記では旧暦をもとに四季が分けられています

歳時記の季語は「二十四節気」をもとに、季節が分けられています。例えば、「立春（2月4日頃）」から、暦の上では春。その日だけを立春というのではなく、次の「雨水《うすい》（2月19日頃）」までの約15日間を指しますが、俳句では第1日目のことを特に大切にしています。四季それぞれのなかに、6つのこまやかな季節があるのです。

二十四節気をふたつずつまとめ、「初《しょ》・仲《ちゅう》・晩《ばん》」として三区分したものを、歳時記では季節の区分として使っています。例えば「初春」は、立春と雨水の30日間で、2月4日頃から3月5日頃（「啓蟄《けいちつ》」の前日）までを指します。また、それぞれの季節の間を通して使える季語には、「三春《さんしゅん》」「三夏《さんか》」「三秋《さんしゅう》」「三冬《さんとう》」と表記しています。

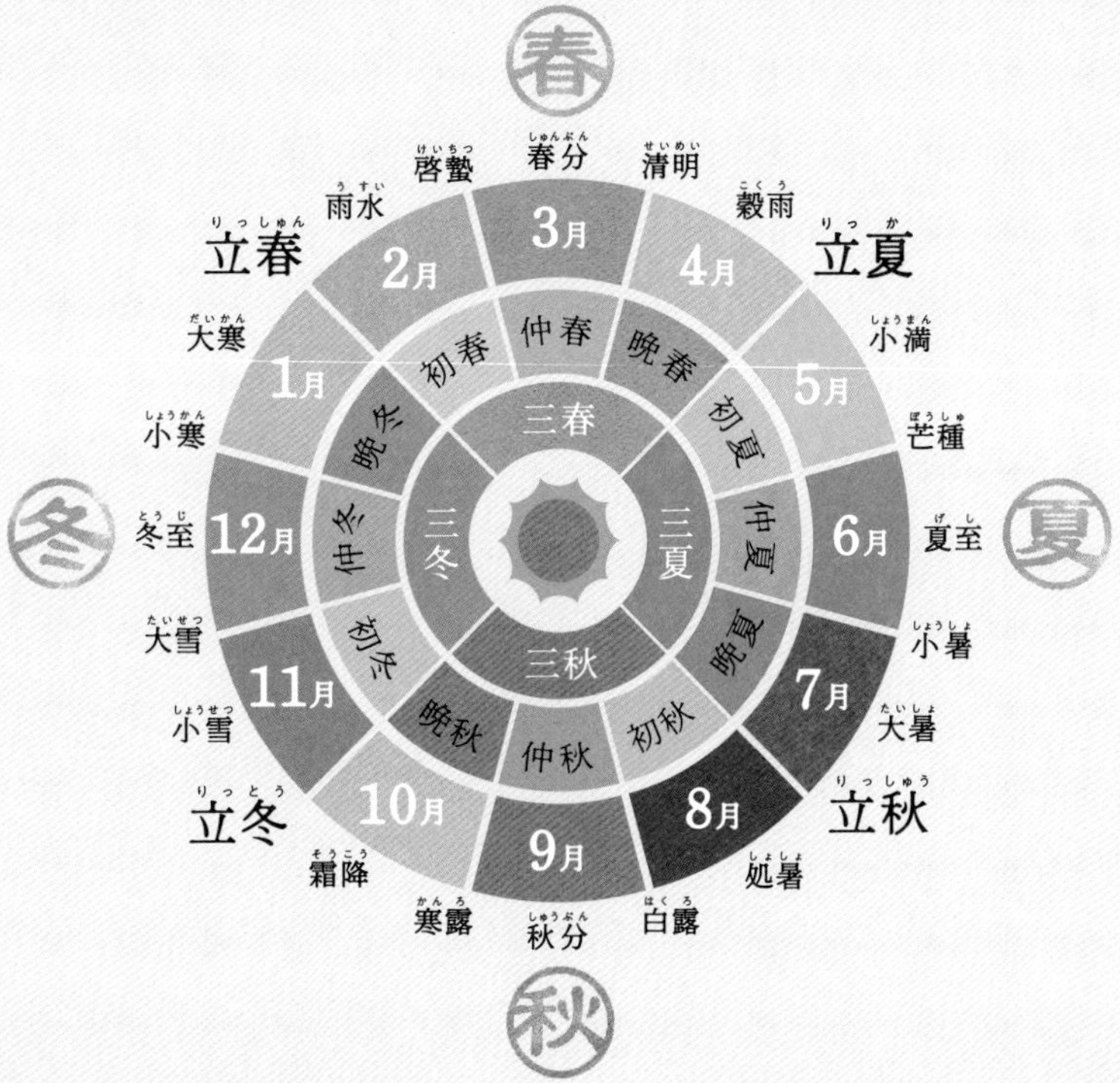

この本の使い方

本書では、約600語の季語に、解説と代表的な例句を添えて、紹介しています。読むだけで、季語の歴史や由来についても学べます。

▼主題季語

▼よみ

▼関連季語

主題季語の言い換えや関連のある季語を示しました。

▼解説

季語の意味や由来について解説しました。

▼例句・鑑賞

主題季語（または関連季語）を使った、古今東西の名句を紹介しています。

- 主題季語・関連季語のふり仮名は、全て現代仮名づかいです。
- 江戸時代の俳人は号のみで、近現代の俳人は姓号で示しました。
- 季節は四季の三区分をもとに、大まかに月別に分類しました。

▼季節

季語は、二十四節気での四季の三区分にならい、下記のように分類しました。

▼分類

各季節の季語は、時候・天文・地理・生活・行事・動物・植物の7項目で分類しました。

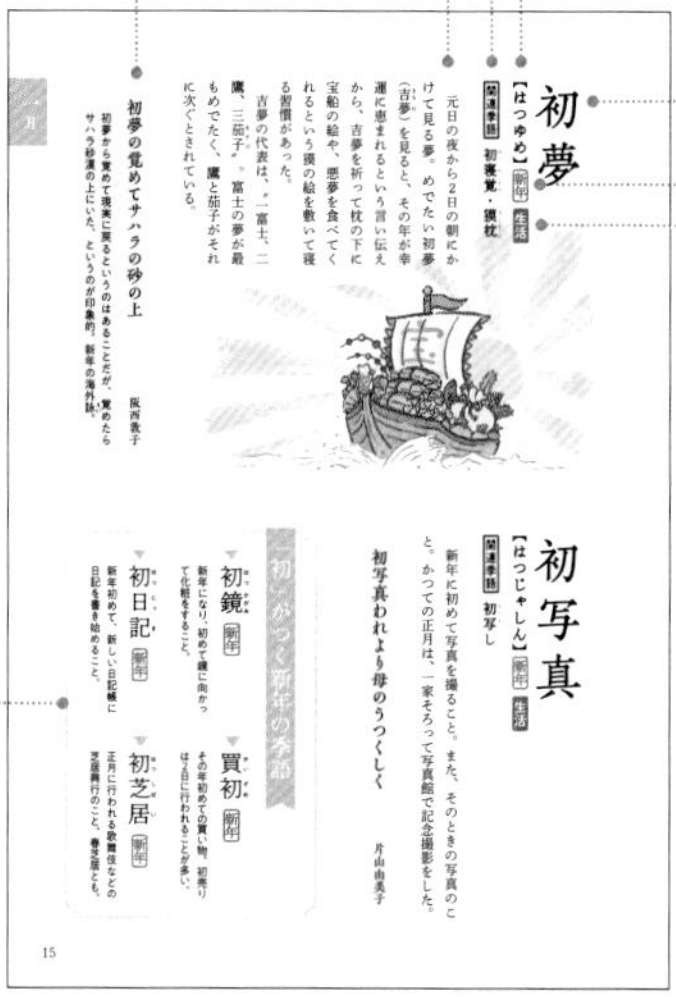

一月

初夢

【はつゆめ】 新年 生活

関連季語 初寝覚・獏枕

元日の夜から2日の朝にかけて見る夢。めでたい初夢（吉夢）を見ると、その年が幸運に恵まれるという言い伝えから、吉夢を祈って枕の下に宝船の絵や、悪夢を食べてくれるという獏の絵を敷いて寝る習慣があった。

吉夢の代表は、"一富士、二鷹、三茄子"。富士の夢が最もめでたく、鷹と茄子がそれに次ぐとされている。

初夢の覚めてサハラの砂の上　阪西敦子

初夢から覚めて現実に戻るというのはあることだが、覚めたらサハラ砂漠の上にいた、というのが印象的。新年の海外詠。

初写真

【はつじゃしん】 新年 生活

関連季語 初写し

新年に初めて写真を撮ること。また、そのときの写真のこと。かつての正月は、一家そろって写真館で記念撮影をした。

初写真われより母のうつくしく　片山由美子

「初」がつく新年の季語

▼初鏡 新年

新年になり、初めて鏡に向かって化粧をすること。

▼買初 新年

その年初めての買い物。初売りは2日に行われることが多い。

▼初日記 新年

新年初めて、新しい日記帳に日記を書き始めること。

▼初芝居 新年

正月に行われる歌舞伎などの芝居興行のこと。春芝居とも。

15

▼その他の季語

主題季語と同じジャンルの季語を紹介します。

各季節の分類

春	初春	立春（2月4日頃）から啓蟄（3月5日頃）の前日まで
	仲春	啓蟄（3月5日頃）から清明（4月5日頃）の前日まで
	晩春	清明（4月5日頃）から立夏（5月5日頃）の前日まで
夏	初夏	立夏（5月5日頃）から芒種（6月5日頃）の前日まで
	仲夏	芒種（6月5日頃）から小暑（7月7日頃）の前日まで
	晩夏	小暑（7月7日頃）から立秋（8月7日頃）の前日まで
秋	初秋	立秋（8月7日頃）から白露（9月8日頃）の前日まで
	仲秋	白露（9月8日頃）から寒露（10月8日頃）の前日まで
	晩秋	寒露（10月8日頃）から立冬（11月7日頃）の前日まで
冬	初冬	立冬（11月7日頃）から大雪（12月7日頃）の前日まで
	仲冬	大雪（12月7日頃）から小寒（1月5日頃）の前日まで
	晩冬	小寒（1月5日頃）から立春（2月4日頃）の前日まで
新年	新年	正月（元日から15日まで）

※日付は年によって多少前後します。

※四季の三区分については、P 7も参照してください。

一月

1月の暦

▼小寒《しょうかん》（5日頃）

▼人日《じんじつ》／七草の節句（7日）

▼大寒《だいかん》（20日頃）

初明り

【はつあかり】 新年 天文

関連季語 初《はつ》夜《よ》明《あけ》

元日の夜明け、ほのぼのとさしてくる太陽の光。荘厳な初日の出を迎える空を、新年への期待をこめて見つめる気持ちがこもる。

初あかりそのまゝいのちあかりかな 能《の》村《むら》登《と》四郎《しろう》

初明りが命の明りであるという。一年のはじめの日の出、そのあかあかとした輝きに、今生きていることのありがたさを思う。

初明り机上のものを清めけり 西村和子

門松

【かどまつ】 新年 生活

関連季語 松飾《まつかざり》・飾松《かざりまつ》・飾竹《かざりたけ》

新年を祝って、戸口や門前に立てる一本または一対の松。正月に迎える歳神様（田の神様でありご先祖様）が、降臨する依代《よりしろ》（神が目印に降り、また宿るところ）といわれる。

門松のやゝ傾くを直し入る 原 石鼎《せきてい》

新年の戸口の顔とも言えるその姿は正しくあってほしいもの。家に入るときに目にとまった門松の傾きをちょっと手直し。

初詣

【はつもうで】 新年 行事

関連季語 初参《はつまいり》・初社《はつやしろ》

新年になって氏神《うじがみ》様、または、その年の恵方《えほう》（吉の方角）にあたる神社仏閣に参拝すること。恵方に限らず、ふだん信仰している社寺に参詣することも多い。一年の息災を祈願する。新年最初に引くおみくじを「初御籤《はつみくじ》」と呼ぶ。

初詣なかなか神に近づけず　藤岡筑邨《ちくそん》

初詣に並ぶ人々の列。一歩、また一歩と少しずつ参道を進んでは、参拝の順番を待つ。神様にはまだまだ遠い。

来世またこの妻と行く初詣　白井良治

破魔矢

【はまや】 新年 行事

関連季語 破魔弓《はまゆみ》

厄除けの縁起物として神社で授けられる、白い羽根の付いた矢のこと。厄除けのお守りとして室内に飾る。

子に破魔矢持たせて抱《いだ》きあげにけり　星野立子

去年今年

【こぞことし】 新年 時候

関連季語 去年《きょねん》・今年《ことし》・旧年《きゅうねん》

大晦日の一夜が明けると、一日のちがいだけで昨日は去年となり、年が改まる。新年に抱く、時の流れの速さへの感慨を表した言葉。

去年今年貫く棒の如《ごと》きもの　高浜虚子《きょし》

初空

【はつぞら】 新年 天文

関連季語 初《はつ》御《み》空《そら》

元日の空のこと。淑気に満ち、特に新しく清らかなものと感じられる。敬う気持ちをこめて、「初御空」と呼ぶこともある。晴れれば五穀豊穣の印で、「初晴《はつばれ》」といって喜ばれた。

いづくともなき合掌や初御空

中村汀女《ていじょ》

年賀

【ねんが】 新年 生活

関連季語 年始《ねんし》・年礼《ねんれい》

正月三が日（元日から3日まで）に、知人や親せき、近隣を訪問して新年のあいさつを交わすこと。古くは正装して訪ねた。

年賀してすぐ猟犬と山に入《い》る

百合《ゆり》山《やま》羽公《うこう》

大服

【おおぶく】 新年 生活

関連季語 大福《おおぶく》・福茶《ふくちゃ》

若水《わかみず》（神聖な力を持つといわれる、元旦に初めて汲む水）で沸かしたお茶。梅干や山椒、結び昆布、黒豆などを入れて一家全員で飲み、その一年の健康を祈る。

大服や一本長き父の眉

高橋悦男

淑気

【しゅくき】 新年 天文

関連季語 淑気《しゅくき》満《み》つ

新年の天地に満ちる、清らかでめでたい気配や空気のこと。もともとは漢詩に使われた言葉で、〝淑〟には水が清らかに澄むという意味がある。

参道の一歩一歩に淑気満つ

山根きぬえ

年玉

【としだま】新年 生活

関連季語　お年玉《としだま》

新年の贈り物のこと。かつては、歳神様に供えられたものが人々に分けられる、つまり神から配られたものだと考えられていた。

現在では、年始回りの際に配る手拭いなどの土産物のほか、特にお正月のお小遣いとして子どもに与える金銭や品物のことを指す。歳暮が、目下から目上の人に贈るものであることに対し、年玉はその逆。

鞠のごと弾み来し子にお年玉　轡田《くつわだ》　進《すすむ》

お年玉は正月を迎える子どもが楽しみにしているもののひとつ。「鞠のごと弾み来し」から、そのうれしさが伝わってくる。

御降り

【おさがり】新年 天文

元日、または三が日に降る雨や雪のこと。〝古《ふる》〟に通じる〝降る〟を、正月の忌み言葉として避けた表現。めでたい新年に降る雨や雪は、豊作の印として喜ばれた。

御降りといへる言葉も美しく　高野素十《すじゅう》

嫁が君

【よめがきみ】新年 動物

正月の三が日の間の鼠を指す異称。めでたい新年には忌み言葉として、直接その名を呼ぶことを避けた。地方によっては、鼠を福の神である大黒様のお使いとして、正月に米や餅を供える風習もある。

嫁が君今宵たれかを連れてゐし　大谷弘至《ひろし》

太箸

【ふとばし】 新年 生活

関連季語 雑煮箸《ぞうにばし》・祝箸《いわいばし》・柳箸《やなぎばし》・箸紙《はしがみ》

正月のお膳に使う白木の太い箸。多くは柳で作られるため「柳箸」とも。家族それぞれの名前を書いた箸袋（箸紙）に入れることもある。

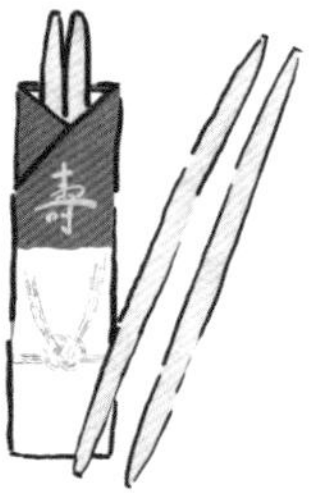

箸紙の名の間違ひを言ひ出せず

鶴岡加苗

お正月のめでたい食べ物

▼雑煮《ぞうに》 新年

新年を祝って食べる汁物。角餅や丸餅を中心に、野菜や魚介、肉などを取り合わせるが、具や汁の内容は地域によってさまざま。

▼喰積《くいつみ》 新年

重箱に、昆布巻きや田作り、きんとん、数の子などの縁起物を詰めた正月用の料理。お節。本来は、年賀の客をもてなすために作っていた。

笑初

【わらいぞめ】 新年 生活

関連季語 初笑《はつわらい》・初笑顔《はつえがお》

新年になって初めて笑うこと。めでたいものとされた。新年に初めて泣く子どもをはやして、「泣初《なきぞめ》」ともいう。

初笑遅れて父の笑ひけり

日下野由季

書初

【かきぞめ】 新年 生活

関連季語 筆始《ふではじめ》・吉書《きっしょ》・試筆《しひつ》

新年初めて、筆で字や絵を書くこと。また書いたもの。めでたいことばを選び、正月2日に行うことが多い。書いたものを「吉書」、自作の詩歌を書いた場合は「試筆」と呼ぶ。

筆始大海原に書くごとく

長津田鈴女《すずめ》

初夢

【はつゆめ】 新年 生活

関連季語　初寝覚《はつねざめ》・獏枕《ばくまくら》

元日の夜から2日の朝にかけて見る夢。めでたい初夢（吉夢《きちむ》）を見ると、その年が幸運に恵まれるという言い伝えから、吉夢を祈って枕の下に宝船の絵や、悪夢を食べてくれるという獏の絵を敷いて寝る習慣があった。

吉夢の代表は、〝一富士、二鷹、三茄子《なすび》〟。富士の夢が最もめでたく、鷹と茄子がそれに次ぐとされている。

初夢の覚めてサハラの砂の上　阪西敦子

初夢から覚めて現実に戻るというのはあることだが、覚めたらサハラ砂漠の上にいた、というのが印象的。新年の海外詠《えい》。

初写真

【はつじゃしん】 新年 生活

関連季語　初写《はつうつ》し

新年に初めて写真を撮ること。また、そのときの写真のこと。かつての正月は、一家そろって写真館で記念撮影をした。

初写真われより母のうつくしく　片山由美子

「初」がつく新年の季語

▼初鏡《はつかがみ》 新年

新年になり、初めて鏡に向かって化粧をすること。

▼買初《かいぞめ》 新年

その年初めての買い物。初売りは2日に行われることが多い。

▼初日記《はつにっき》 新年

新年初めて、新しい日記帳に日記を書き始めること。

▼初芝居《はつしばい》 新年

正月に行われる歌舞伎などの芝居興行のこと。春芝居とも。

松の内

【まつのうち】 新年 時候

関連季語 松七日《まつなのか》・注連《しめ》の内《うち》

正月、門松や注連飾りを飾る期間のこと。この間は新年のあいさつが交わされる。門松を取り払う「松納《まつおさめ》」は、関東では1月6〜7日、関西では1月14〜15日が一般的。

はらからの訪《と》ひつ訪はれつ松の内　星野立子

寒の内

【かんのうち】 晩冬 時候

関連季語 寒《かん》・寒《かん》の入《い》り・寒中《かんちゅう》・寒九《かんく》

寒の入り（小寒、1月5日頃）から約30日間で、二十四節気の「小寒」「大寒」を合わせた期間。寒に入ってから9日目を「寒九」といい、寒九の雨は豊作の予兆といわれた。

寒の百合硝子《がらす》を聲《こえ》の出《い》でゆかぬ　野澤節子

七種

【ななくさ】 新年 生活

関連季語 七草《ななくさ》・若菜《わかな》の日《ひ》・薺打《なずなうち》・七草粥《ななくさがゆ》・薺粥《なずながゆ》

正月7日に、七種の若菜を粥に炊きこんで食べる風習。その粥を「七草粥」といい、食べると万病を祓い邪気を除くとされる。

七種は、芹《せり》・薺《なずな》・ごぎょう・はこべら（はこべ）・仏の座・すずな（蕪）・すずしろ（大根）。七種は若菜ともいい、その中心は薺で「薺粥」とも呼ぶ。6日の夜に、若菜を包丁の背で叩きながら、囃し言葉を唱える習慣を「薺打」という。

七草や空うつくしき飛騨の国　遠藤若狭男《わかさお》

春の七草を摘んでいるのだろうか。その上には飛騨（岐阜県）の空が美しく広がっている。

福寿草

【ふくじゅそう】 新年 植物

関連季語 元日草《がんじつそう》

キンポウゲ科の多年草。旧暦の正月頃から春先にかけて、人参に似た葉を出し、鮮やかな黄金色の花をつける。かつては、寒さの厳しい時期に健気に咲き誇る姿が、ひと足先に春を告げる花として喜ばれた。

現在、新暦の正月に咲いているものは、温室などで育てられたもの。新年を祝う花として「元日草」ともいう。

福寿草家族のごとくかたまれり　福田蓼汀《りょうてい》

雪を割って、黄金色の花をひらく福寿草。まるで肩を寄せ合っている家族のように、三つ、四つの花が、かたまって咲いている。

寒卵

【かんたまご】 晩冬 生活

寒の内に生まれた卵のこと。卵が貴重な頃には、特に滋養があり、保存が効くものとして珍重された。

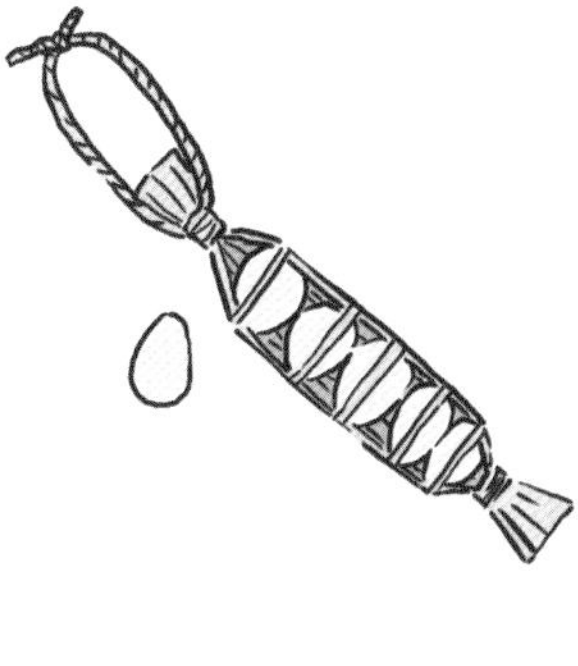

寒卵二つ置きたり相寄らず　細見綾子

寒稽古

【かんげいこ】 晩冬 生活

剣道・柔道などの武道やスポーツ、また芸事などにおいて、寒中に激しい稽古をすること。寒さの厳しい時期の早朝や夜に集まり、心身の鍛錬に努める。

門弟の中のわが子や寒稽古　高野素十《すじゅう》

松過

【まつすぎ】 新年 時候

関連季語 松明《まつあけ》・注連明《しめあけ》

松の内を過ぎ、門松や注連飾りを取り払ったあとの期間。平常の生活が始まるとはいえ、幾日かは正月気分が残る。

松過ぎの一日二日水の如《ごと》

川崎展宏《てんこう》

鏡開

【かがみびらき】 新年 行事

関連季語 鏡割《かがみわり》・お供《そな》えくずし

正月の歳神様に供えた鏡餅を、お下がりとしていただく行事。関東では1月11日に行う。固くなった餅を槌などで割ることを〝開く〟とした忌み言葉。

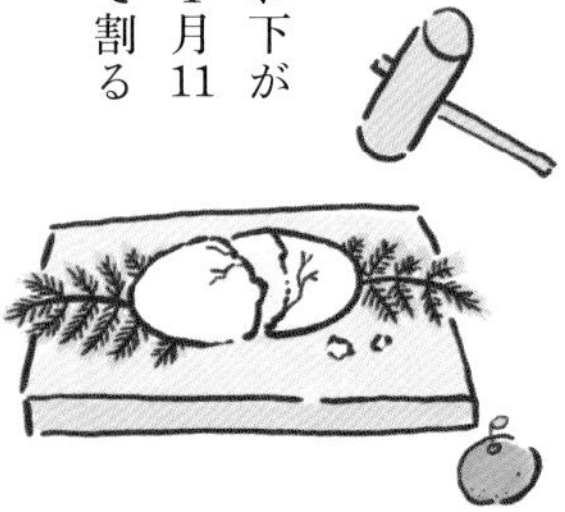

罅《ひび》に刃を合《あわ》せて鏡餅ひらく

橋本美代子

左義長

【さぎちょう】 新年 行事

関連季語 どんど・とんど・吉書揚《きっしょあげ》・注連貰《しめもらい》

役目を終えた正月の飾りを、小正月の前後、14～15日に燃やし、歳神様を天に送る行事。松飾りや注連飾りなどを積み上げて燃やす。

その際に書初を燃やすことを「吉書揚」といい、高く燃え上がると筆が上達するといわれる。また、餅や団子を焼いて食べると、その年を無病息災で過ごせるという。

左義長の闇を力に火の柱

檜《ひのき》 紀代

左義長の櫓《やぐら》をとりまく闇。その闇を力に、くべられた物が勢いよく火柱をあげて燃えている。闇にも新年の淑気《しゅくき》（めでたく清らかな気配）が満ちているのである。

小正月

【こしょうがつ】 新年 時候

関連季語 十五日正月《じゅうごにちしょうがつ》・女正月《めしょうがつ》

1月15日を中心に祝う正月。旧暦では、1日を大正月、15日を小正月として祝った。餅花をつくって豊作を祈願し、小豆を炊きこんだ小豆粥を食べて無病息災を祈る風習が残る。各地で「左義長」も行われる。

また、年末年始にかけて、家庭で忙しく働いた女性たちが、ひと息つくのもこの頃。晴れ着を着て神社に詣でたり、年始回りに出かけたりする習慣もあり、「女正月」ともいう。

雪嶺《せつれい》の目の高さなる小正月　阿部みどり女

松の内も過ぎ、正月の賑わいと忙しさに一段落ついた頃。ふと目にとまった、雪に覆われた遠くの山の嶺に、しばし心を休める。

餅花

【もちばな】 新年 生活

関連季語 餅穂《もちほ》・繭玉《まゆだま》・団子花《だんごばな》

小正月の飾り物。細い竹や柳などの木の枝に、小さく切った紅白の餅や団子を刺して飾り、花が咲いたように見せる。餅の重みで枝の垂れ下がる様子が、稲の穂のようであるため「餅穂」とも呼ばれ、豊作を願う気持ちをこめる。「繭玉」は、餅を繭の形に丸めて飾ったもので、繭の豊作を祈った。

繭玉や人の立居に風生まれ　八染《やそめ》藍子

人の立居に生まれるささやかな風。そのあるかなきかの風に、繭玉がしなやかに揺れている。

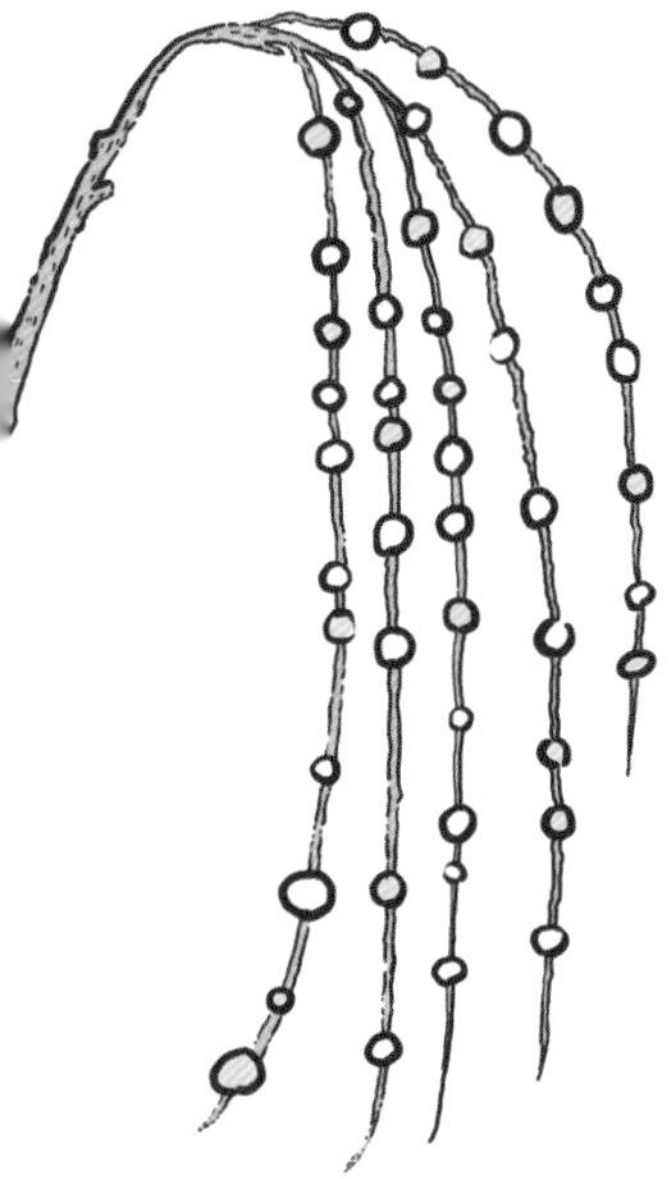

千両

【せんりょう】 三冬 植物

関連季語　実《み》千両《せんりょう》・草珊瑚《くささんご》・万両《まんりょう》・藪柑子《やぶこうじ》・南天《なんてん》の実《み》

センリョウ科の常緑低木。冬場に小さくて鮮やかな赤い実をつけるため、縁起のよい植物として、新年の生け花などに好まれる。

同様に赤い実をつけるヤブコウジ科の「万両」や、「南天」も、縁起物として喜ばれる。葉の上にかたまって実をつけるのが千両、葉の下に垂れ下がるのが万両。南天の実はぶどうの房のようにつく。

いくたび病みいくたび癒え実千両　石田波郷《はきょう》

結核で闘病生活を送っていた波郷。「いくたび病みいくたび癒えき」に実感がこもる。千両の赤い実に繋いできた命の灯を思う。

寒桜

【かんざくら】 三冬 植物

関連季語　冬桜《ふゆざくら》

冬に咲く桜の一種。暖かい地方では1月頃から、淡い紅白色の花を咲かせる。緋寒桜《ひかんざくら》とも。白い花の「冬桜」とは本来別種だが、俳句では、冬季に咲く桜として区別せずに詠む。

冬桜夢のかけらのごと散れり　山田節子

水仙

【すいせん】 晩冬 植物

関連季語　水仙花《すいせんか》・雪中花《せっちゅうか》・野水仙《のずいせん》

12～1月に咲く、ヒガンバナ科の多年草。雪のなかに咲くので、「雪中花」とも。暖かな海岸沿いに群生する「野水仙」にも風情がある。清楚で気品があり、芳香がある。

抱《いだ》かねば水仙の揺れやまざるよ　岡本　眸《ひとみ》

葉牡丹

【はぼたん】 晩冬 植物

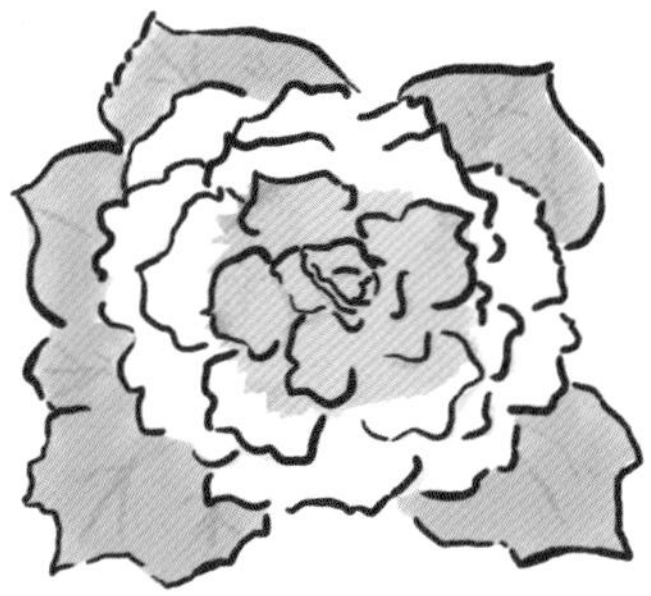

アブラナ科の多年草で、元々はキャベツの変種。縮れた葉が渦巻くように色づく様が美しく、牡丹の花のようなので「葉牡丹」と名づけられた。ヨーロッパ原産で、江戸時代にオランダ菜として渡来。花の少ない冬季の観賞用として品種改良され、現在の姿になった。

葉牡丹の大渦小渦花時計　中嶋秀子

花時計に植えられたたくさんの葉牡丹。ほかに色のない季節の中で、紫やピンクの葉の色が目を引く。大渦、小渦に時の流れが見えるかのよう。

冬の花の季語

▼冬《ふゆ》薔薇《そうび》 三冬

〝ふゆばら〟とも読む。薔薇の開花時期は通常、初夏と秋だが、冬にも咲く品種もある。辺りが枯れ色のなか、ほとんど葉を落とし、数輪の花を開く様子は、冬ならではのわびしさがある。近年は温室栽培の切り花を指すことも。

▼冬《ふゆ》の梅《うめ》 晩冬

冬のうちから花をつける、早咲きの梅。「寒梅《かんばい》」「早梅《そうばい》」とも。

▼寒《かん》椿《つばき》 晩冬

枯野のなかに凛と咲く様子や、雪をかぶった風情を愛でる。冬に咲く〝寒椿〟という品種もあるが、季語では冬に咲く椿の総称。「冬椿」とも。

▼寒《かん》牡《ぼ》丹《たん》 三冬

牡丹は初夏の花だが、鑑賞用に、冬に咲くよう栽培されたものが冬牡丹。寒中のものは寒牡丹という。菰《こも》の中で咲く花は凛とした美しさがある。

冴ゆ

【さゆ】 三冬 時候

関連季語 冴《さ》え・さえざえ・風冴《かざさ》ゆ・月冴《つきさ》ゆ・星冴《ほしさ》ゆ

厳冬の寒気。しんしんと冷えこむ空気に感じる寒さ。冷気がみなぎる夜を「冴ゆる夜」、光さえもくっきりと寒々しく感じられることを「月冴ゆ」「星冴ゆ」という。

わがほとりもつとも冴ゆる花鋏《はなばさみ》　古賀まり子

冬の寒さを表す季語

▼凍《い》つ 三冬

ものが凍るのはもちろん、全てのものが、寒気を帯びて凍っているように感じられること。

▼悴《かじか》む 晩冬

寒さのため、手足の指先などが感覚を失って自由に動かないこと。寒々とした心を表すことも。

寒月

【かんげつ】 晩冬 天文

関連季語 冬《ふゆ》の月《つき》・月氷《つきこお》る・月凍《つきい》つる

空気が冴えわたる寒中に輝く月、または青白く光る冬の月のこと。寒々しい一方で、さえざえと美しい。紫式部は、寒月に淡い雪明かりが加わった夜の風情を愛でた。

降りし汽車また寒月に発《た》ちゆけり　百合山羽公《ゆりやまうこう》

大寒

【だいかん】 晩冬 時候

二十四節気のひとつ。1月20日頃。1月5日頃の「小寒」から、立春の前日までの30日間を「寒の内」といって、一年中で最も寒さが厳しい時期とされる。

大寒の一戸もかくれなき故郷　飯田龍太

寒鯉【かんごい】

晩冬　動物

関連季語　寒鮒《かんぶな》

寒中の鯉のこと。冬になって水温が下がると、水底でじっと動かなくなる。もともと活発な魚だからこそ、その姿に厳しい寒さが思われる。

寒中の鯉は脂がのって、一年中で最も美味とされるが、ほとんど餌を食べないために釣りにくく、特に珍重される。寒中の鮒である「寒鮒」も同様。

寒鯉はしづかなるかな鰭《ひれ》を垂れ　水原秋桜子《しゅうおうし》

池の底の寒鯉。時が止まっているかのように、動く気配すら見えない。

冬の生き物の季語

凍蝶《いてちょう》　晩冬

晩秋から秋にかけて成虫になり、越冬する蝶。寒さをしのぐため、凍りついたように動かない。

［凍蝶の己《おの》が魂《たましい》追うて飛ぶ　高浜虚子《きょし》］

寒雀《かんすずめ》　晩冬

寒中の雀。秋の間に穀類をたくさん食べて、丸々と太っている。冬場は餌を求めて、庭先までやって来る。寒気のため全身の羽毛をふくらませ、ふくれて見えるため「ふくら雀」ともいう。

凍鶴《いてづる》　三冬

冬季の鶴が凍ったように動かず、首を翼に挟んで片足で立ちつくす様子。

寒蜆《かんしじみ》　晩冬

「蜆」は春の季語だが、寒中にとれるものを寒蜆という。特においしく、滋養に富む。

氷柱

【つらら】 晩冬 地理

軒先や木の枝、崖などから滴った水が寒さで凍り、棒のように垂れ下がったもの。「垂氷」は古い言い方。

関連季語 垂氷《たるひ》

夕暮れの氷柱は空の色をして

高木晴子

氷

【こおり】 晩冬 地理

関連季語 厚氷《あつごおり》・氷面鏡《ひもかがみ》

気温が氷点下になると、池や沼、湖、庭先の桶などにも氷が張る。雪国では厚い氷の上でのスケートも楽しめる。表面に光が反射して、鏡のように見えるのを「氷面鏡」という。

山河けふはればれとある氷かな

鷲谷《わしたに》七菜子

玉子酒

【たまござけ】 三冬 生活

酒に卵と砂糖を加えて熱し、アルコール分をとばしたもの。子どもでも飲める。滋養があり、体が温まるため、風邪気味のときなどに飲む。古くからの民間療法のひとつ。

玉子酒妻子見守る中に飲む

高木良多

マスク

三冬 生活

風邪をひきやすい冬の季語。感染症の予防や、乾燥からのどや鼻を守る。マスクによって顔の大部分が隠れて表情が読みとりにくく、独特の雰囲気になる。

マスクしてどの会話にも加はれず

鶴岡加苗

雪折

【ゆきおれ】三冬　植物

降り積もった雪の重さに耐えかねて、木や竹が折れ裂けること。また、折れてしまった幹や枝。

雪が降り積もる夜などに、木や竹の裂ける音とともに、どさりと雪が落ちる大きな音を聞くことがある。雪国では、庭木などの枝に、縄で枝を支える雪吊りをして防止する。

出航のやうに雪折匂ひけり　野口る理

雪の重みによって折れた樹木。まるで出航した船が港から離れていくように、その折れ口から生木の香りが匂い立つ。

探梅

【たんばい】晩冬　生活

関連季語　梅探《うめさぐ》る・探梅行《たんばいこう》

暖かな地方や日当たりのよい場所では、春に先がけ、冬の間に咲き始める早咲きの梅がある。そんな梅を訪ねて、まだ冬枯れの山野を歩き回ること。

春先の「梅見」とは異なり、咲いているかどうかわからない時期に、春を待ちかねて梅を探る様子は、風雅を追い求める人間の心を表している。

探梅のまれに話して二人なる　皆吉爽雨《みなよしそうう》

梅の花を探してのそぞろ歩き。間遠《まどお》に言葉を交わす二人。夫婦とも、これから関係の深まる他人とも思われる。「二人」に想像が広がる。

雪

【ゆき】 三冬 天文

関連季語
小雪《こゆき》・大雪《おおゆき》・根雪《ねゆき》・綿雪《わたゆき》・深雪《みゆき》・新雪《しんせつ》・粉雪《こなゆき》・細雪《ささめゆき》・雪明《ゆきあか》り

古来、詩歌では〝雪月花〟のひとつとして、その美しさが愛でられてきた。春の「花」、秋の「月」と並ぶ代表的な季語。降り方、積もり方に応じて、多様な表現方法がある。

また、北陸から北海道にかけての日本海側の地域は、世界でも有数の豪雪地帯。人々の生活も雪とは切り離せない。

いくたびも雪の深さを尋ねけり　正岡子規

根岸の子規庵で詠まれた病床での句。臥している子規が、自分では見ることのできない雪の様子を尋ねている。「いくたびも」が切なくも、子規の心のたかぶりを感じさせる。

雪まみれにもなる笑つてくれるなら　櫂《かい》未知子

雪にまつわる季語

雪女《ゆきおんな》 晩冬

雪国の伝説や昔話に現れる雪の精。白ずくめの女性の姿とされ、幻想的なイメージを持つ。「雪女郎《ゆきじょろう》」とも。

［みちのくの雪深ければ雪女郎　山口青邨《せいそん》］

雪催《ゆきもよい》・雪曇《ゆきぐもり》 三冬

いまにも雪が降りそうな空模様のこと。空には暗くどんよりとした雪雲が垂れこめている。〝催〟とは、物事が起ころうとする気配のこと。

［雪催ふ琴になる木となれぬ木と　神尾久美子］

雪起《ゆきおこ》し・鰤起《ぶりおこ》し 三冬

日本海側では、雪が降る前に雷が鳴ることがあり、「雪起し」と呼ぶ。また、鰤の漁期が始まる頃の雷でもあり、豊漁の前兆といわれる。

［雪起し海のおもてをたゝくなり　阿部慧月《けいげつ》］

二月

2月の暦

▼節分《せつぶん》（3日頃）
▼立春《りっしゅん》（4日頃）
▼雨水《うすい》（19日頃）

春隣

【はるどなり】 晩冬 時候

関連季語 春近《はるちか》し・春待《はるま》つ・春《はる》まぢか・冬《ふゆ》の果《はて》

冬の終わり頃、春がすぐそばまで来ていると感じること。〝隣〟は、手でふれられるほどの近さを表す。梅をはじめ、ふくらみはじめた草木のつぼみに、春の息吹を感じられるようになる時期。「春近し」とも。「春待つ」には、より主観的に春を待ちわびる気持ちがこもる。特に雪国の人々の春を待つ気持ちは切実。

叱られて目をつぶる猫春隣　久保田万太郎

いたずらを咎《とが》められて目をぎゅっとつぶっている猫の姿が愛らしく、いじましい。叱った飼い主も、そんな姿を見て思わずゆるしてしまったことだろう。そんな気分が「春隣」から伝わる。

白き巨船《きょせん》きたれり春も遠からず　大野林火《りんか》

日脚伸ぶ

【ひあしのぶ】 晩冬 時候

冬至（12月22日頃）を過ぎ、徐々に昼の時間が長くなること。その伸び方はわずかずつで、〝畳の目ひとつずつ〟とも例えられる。1月半ば過ぎると、ようやく日の長さを実感する。

よきことの一つ日脚の伸びしこと　京極杞陽《きよう》

蠟梅

【ろうばい】 晩冬 植物

関連季語 唐梅《からうめ》・南京梅《なんきんうめ》

蝋細工のような光沢を放つ、黄色い花弁が特徴。ほかに花の少ない厳寒期に花開き、蘭の花にも似た甘い香りを放つ。

蠟梅の香《か》の一歩づつありそめし　稲畑汀子《いなはたていこ》

節分

【せつぶん】 晩冬 時候

「節分」は季節の変わり目のことを表し、本来は〝立春・立夏・立秋・立冬の前日〟の総称。江戸時代以降、特に立春の前日が重んじられ、2月3日頃のことを指すようになった。

節分の行事は、古来宮中などで邪気を祓う儀式「追《つい》儺《な》」として行われていたもの。現在では、豆撒きなどの風習として各地に根づいている。

節分や梢《こずえ》のうるむ楢林《ならばやし》　綾部仁喜《じんき》

冬と春の節目である節分。冬が終わって、春が始まる。楢の木の梢に、春の気配を敏感に感じ取っている。

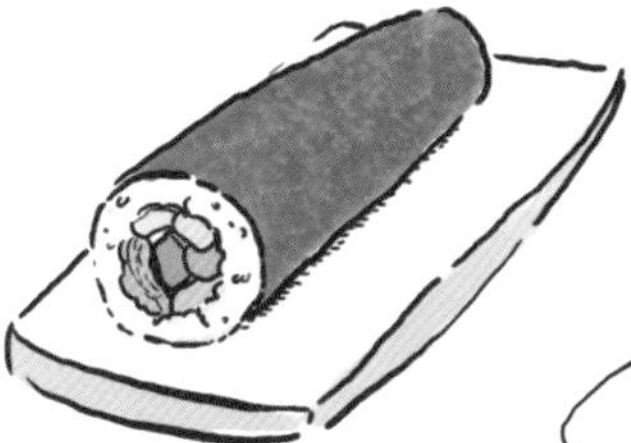

節分にまつわる季語

柊《ひいらぎ》挿《さ》す

晩冬

柊の枝に鰯の頭を刺し、戸口に挿す風習。柊のトゲと鰯の悪臭で鬼を追い払う。

［柊を挿すひびも古《ふ》り軒柱　山口青邨《せいそん》］

追《つい》儺《な》

晩冬

古代中国では旧暦の大みそかに行われていた、邪気を祓う行事。奈良時代から宮中の行事にとり入れられ、現在では豆撒きの風習と結びつき、寺社などで行われている。「鬼やらひ」ともいう。

［山国の闇恐ろしき追儺かな　原 石鼎《せきてい》］

豆《まめ》撒《まき》

晩冬

節分の夜に、〝福は内、鬼は外〟と大きな声で唱えながら炒り大豆（福豆）をまき、鬼を追い払う。その後、年齢の数だけ豆を食べ、無病息災を願う。

［使はざる部屋も灯して豆を撒く　馬場移公子《いくこ》］

立春

【りっしゅん】 初春 時候

関連季語 春立《はるた》つ・春来《はるきた》る・立春大吉《りっしゅんだいきち》

二十四節気のひとつで、2月4日頃。暦の上では、この日から立夏（5月5日頃）までが春。寒気の中にも、春の兆しを感じ始める時期。

旧暦では、立春は新たな一年の始まりと考えられていて、立春を基準にさまざまな決まりや節目が設けられた。禅宗の寺院の門に「立春大吉」と書いた札が貼られるのは、厄除けと招福のおまじないで、〝謹賀新年〟と同じ意味を持つ。

美しく晴れにけり春立ちにけり　星野立子

冬の厳しい寒さを過ぎて、ようやく春がやってきた。肌身に感じる風や大気にはまだ冷たさが残るが、春の喜びが一句に満ちる。

立春の米こぼれをり葛西橋　石田波郷《はきょう》

旧正月

【きゅうしょうがつ】 初春 時候

関連季語 旧正《きゅうしょう》

陰暦の正月。「旧正」は旧正月の略。毎年1月21日～2月20日頃の間で日にちが異なる。沖縄・奄美地方など一部の地域では、現在でも、新暦の2月に正月を祝うところがある。

中国や台湾、韓国などでは〝春節《しゅんせつ》〟と呼ばれ、新暦の正月より盛大に祝われる。日本の中華街などでも、獅子舞が練り歩いて祝祭ムードに包まれる。

道ばたに旧正月の人立てる　中村草田男《くさたお》

旧正月の準備をしているのか、常とは違う道端の景色。どことなく華やいでいる。

春浅し

【はるあさし】 初春 時候

関連季語 浅春《せんしゅん》

立春後しばらくの間、早春（2月いっぱい）よりもっと短い期間。まだ本格的な春が訪れず、冬の厳しい寒さが残る。雪が降り、木々の芽吹きもまだ見られないことも多い。

白き皿に絵の具を溶けば春浅し

夏目漱石

春の兆しを感じる季語

▼春《はる》めく 初春

まだ寒さが残る中に、少しずつ春らしさが兆してくる様子。「春動く」「春兆す」とも。

▼春《はる》遅《おそ》し 初春

立春が過ぎても寒さが残り、なかなかやって来ない春の到来を待ちわびること。

春の雪

【はるのゆき】 三春 天文

関連季語 春雪《しゅんせつ》・淡雪《あわゆき》・牡丹雪《ぼたんゆき》

立春を過ぎてから降る雪。降るそばから消えてしまう「淡雪」が多い。牡丹の花のように大きな雪片でふわふわと落ちるのが「牡丹雪」。いずれの雪も溶けやすく、はかない。

牡丹雪しばらく息をつがぬまま

野澤節子

針供養

【はりくよう】 初春 行事

2月8日、または12月8日に一年間使った針に感謝し、裁縫の上達を祈る行事。折れた古い針を、豆腐やこんにゃくに刺したり、紙に包んだりして神社に納める。この日は針仕事を休む。

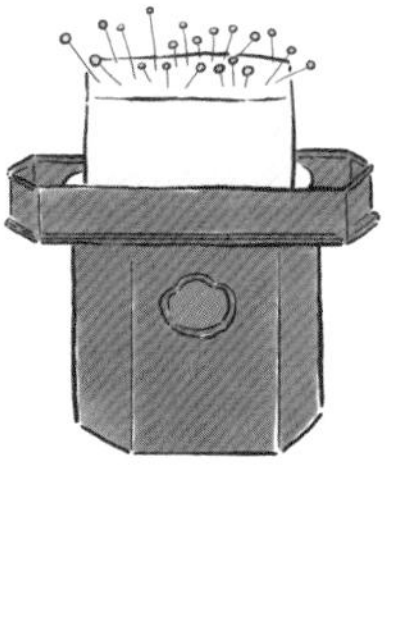

雪いつか雨となりたり針供養

加古《かこ》宗也

初午

【はつうま】 初春 行事

関連季語 一《いち》の午《うま》・二《に》の午《うま》・午祭《うままつり》

2月最初の午の日に、全国各地の稲荷神社で行われる祭礼。京都の伏見稲荷に稲荷神《いなりしん》が降臨した日とされる。豊作や商売繁盛を祈願し、神の使いである狐に、好物の油揚げをお供えする。

初午の日にお参りすることを「初午詣」「福参《ふくまいり》」ともいう。その日に参拝できなかった場合は、「二の午」「三の午」に参拝する。

はつ午や煮しめてうまき焼豆腐

久保田万太郎

しっかりと煮込まれて味がしみた焼豆腐。初午の屋台で求めたものか。焼豆腐の色が、稲荷神社に奉納される油揚げを思わせる。

蕗の薹

【ふきのとう】 初春 植物

関連季語 蕗《ふき》の芽《め》・蕗《ふき》の花《はな》

早春、淡い緑の花芽を土の中からのぞかせて、萌黄色の花をつける。〝蕗〟は〝冬黄《ふゆき》〟の略称で、冬に黄色い花を咲かせることからその名がついた。やわらかいつぼみのときに摘み取り、蕗味噌や天ぷらにして食べる。

まだ風の色にまぎれて蕗の薹

今瀬剛一

蕗味噌

【ふきみそ】 初春 生活

細かく刻んだ蕗の薹を練りこんだ味噌。ご飯のお供や酒の肴として、独特のほろ苦さと風味を楽しむ、春の味覚。

晩酌の蕗味噌に舌よろこべよ

秋元不死男《ふじお》

白魚

【しらうお】 初春 動物

関連季語 しらお・しろお・白魚網《しらおあみ》・白魚舟《しらおぶね》

春を告げる小さな魚。2月頃に産卵のため川を上る。黒い目に透き通った体が美しく、蒸したり湯がいたりすると真っ白になる。おどり食いで知られる〝素魚《しろうお》〟とは別の魚。

曙や白魚白きこと一寸《いっすん》　芭蕉

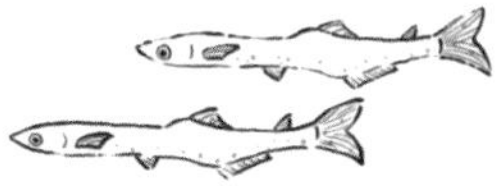

海苔

【のり】 初春 植物

関連季語 岩海苔《いわのり》・海苔舟《のりぶね》・海苔干《のりほし》

海苔は、秋から春にかけてが収穫期。特に春に採れた海苔は、光沢があり香り高い。海中での養殖が多く、舟で収穫する。かつては天日で干したが、現在は機械乾燥が主流。

一湾《いちわん》の日を立てかけて海苔を干す　日下野由季

水菜

【みずな】 初春 植物

京都の伝統野菜のひとつで、「京菜《きょうな》」とも呼ばれる。冬から早春が旬で、鮮やかな黄緑色とシャキシャキとした食感が特徴。さっぱりとした味わいが、お浸しやサラダに欠かせない。

水のみに育つ水菜よ浄《きよ》き妻よ　柴田白葉女《はくようじょ》

猫柳

【ねこやなぎ】 初春 植物

川辺に生える柳の一種で、「川柳《かわやなぎ》」ともいう。早春の寒空の下でいち早く、銀鼠色の花穂をつける。その艶のある毛が猫のしっぽを思わせるので、この名になった。

来て見ればほゝけちらして猫柳　細見綾子

梅【うめ】

初春 植物

関連季語 紅梅《こうばい》・白梅《はくばい》・白梅《しらうめ》・野梅《やばい》・枝垂梅《しだれうめ》・臥竜梅《がりゅうばい》・梅林《ばいりん》・盆梅《ぼんばい》・観梅《かんばい》・梅園《ばいえん》

春の花の代名詞。厳しい寒さが残る時期に、ほかの草木に先がけて花開き、春の到来を告げる。別名「花の兄《え》」「春告草《はるつげぐさ》」。そのかぐわしい香りから、「匂草《においぐさ》」とも呼ばれる。

平安時代の初期までは〝花〟といえば梅を指したように、古来より詩歌に多く詠まれ、日本人に愛されてきた。〝梅に鶯〟はとり合わせのよいものの例え。

白梅《はくばい》のあと紅梅の深空《みそら》あり　飯田龍太

白梅が咲いて、紅梅が咲く。梅の咲く様子を描きつつ、白、紅、青と一幅の日本画のように、美しい色彩で梅の空を切りとった。

紅梅や枝々は空奪ひあひ　鷹羽狩行《たかはしゅぎょう》

いろいろな梅の季語

▼白梅《はくばい》 初春

単に「梅」といえば白梅を指す。白色一重の野梅が多く、清楚な美しさと芳しい香りが、万葉の時代から歌人に好まれた。〝しらうめ〟とも読む。

▼紅梅《こうばい》 初春

花の色にも薄《うす》紅梅、中《なか》紅梅、濃《こき》紅梅とあり、さまざまな種類が楽しめる。単に「紅梅」という場合は、中紅梅を指す。

▼枝垂梅《しだれうめ》 初春

枝垂れている梅。

▼盆梅《ぼんばい》 初春

鉢植えにした梅。

▼臥竜梅《がりゅうばい》 初春

枝や幹が地を這って根を張る梅。臥した龍のような姿から。

鶯

【うぐいす】 三春 動物

関連季語 春告鳥《はるつげどり》・初音《はつね》

早春の野山に響く〝ホーホケキョ〟の鳴き声は、鶯の雄が雌を誘うさえずり。春の到来を告げる「春告鳥」として親しまれている。その年に初めて聞く鶯の声は、「初音」といって喜ばれる。

ただし、梅の枝にとまっている緑色の小鳥を見かけたら、大体は鶯ではなく目白。鶯は警戒心が強く、いつも藪や茂みのなかに隠れている。

鶯や前山《まえやま》いよゝ雨の中　水原秋桜子《しゅうおうし》

鶯が鳴き始めた。眼前にそびえる山々をしっとりと濡らす雨も、春の息吹の雨。

うぐひすや標高千の小学校　岬　雪夫

鶯餅

【うぐいすもち】 初春 生活

若草色が鶯を思わせる、春の和菓子。たっぷりの餡を包んだ求肥《ぎゅうひ》に、青きな粉（青大豆のきな粉）がまぶされている。両端を少しとがらせた形も鳥に似る。

鶯餅羽ばたくやうに粉払ふ　白濱一羊《しらはまいちよう》

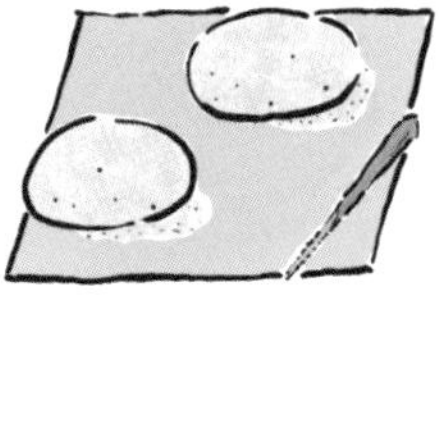

バレンタインデー

初春 行事

2月14日。ローマの聖バレンタインが殉教した日。〝愛の日〟とされ、恋人同士が贈り物を交わす風習がある。日本では、女性が男性にチョコレートを贈ることが多い。

いつ渡そバレンタインのチョコレート　田畑美穂女《みほじょ》

冴返る

【さえかえる】 初春 時候

関連季語 寒戻《かんもど》る

冬の季語「冴ゆ」は、鋭く刺すような寒さを指す。「冴返る」は、立春のあとにゆるんだ寒さが、もう一度ぶり返すこと。一度暖かさを経験したあとなので、より痛烈に寒さを感じる。一方で、寒い日と暖かい日のくり返しで春になる、という期待も含んだ言葉。

冴えかへるもののひとつに夜の鼻　加藤楸邨《しゅうそん》

ぶり返す寒さに身が縮こまる夜、鼻先に感じ取った冷え。「夜の」と修飾された鼻が、暗闇の中に取り残されて浮かんで見える。

いくたびか死におくれし身冴返る　野澤節子

春寒

【はるさむ】 初春 時候

関連季語 料峭《りょうしょう》

立春が過ぎても続く寒さのこと。すでに春になった気持ちが強く、寒さをあえて「春寒」と呼ぶことで、寒さが冬の名残であることを示し、春の到来に思いを寄せる。「料峭」とは、春風（東風《こち》）が冷たく感じられること。手紙の書き出しなどで、〝残寒《ざんかん》料峭の候〟などと、時候の挨拶としても使われる。

春寒や出《い》でては広く門を掃き　中村汀女《ていじょ》

きびきびと働く人の姿。竹箒《たけぼうき》だろうか。掃くたびに、箒の音が春寒の地に硬く響く。

料峭や人頼らむとしたりし愚《ぐ》　安住《あずみ》 敦

余寒

【よかん】 初春 時候

立春が過ぎたあとの寒さ。冬が残していった寒さという意味。残り続ける寒さに、若干恨みがましい気持ちもこめられている。対して、夏の暑さが残ることを「残暑」という。

鎌倉を驚かしたる余寒あり

高浜虚子《きょし》

風光る

【かぜひかる】 三春 天文

関連季語 光《ひか》る風《かぜ》

春になって日ざしが強くなり、空が明るくなる季節。吹きわたる風も、きらきらと光り輝くように感じられる。春めいてきたことへの喜びを表す季語。

産むために帰るふるさと風光る

鶴岡加苗

猫の恋

【ねこのこい】 初春 動物

関連季語 恋猫《こいねこ》・猫《ねこ》の妻《つま》・猫《ねこ》さかる

早春、猫が恋する季節。雄猫は雌を求めて、2月頃からそわそわし始める。発情期に入ると、赤ちゃんの泣き声にも似た切ない鳴き声を上げて、昼夜問わず雌を探し回る。また、雄同士で激しく争い合うこともある。昼よりも静かな夜の方が、鳴き声はよく聞こえる。

恋猫の恋する猫で押し通す

永田耕衣《こうい》

恋猫といいながら、恋に猪突猛進になっている人間の姿を想像させるところが面白い。恋猫の執念にはすさまじいものがある。

薄氷

【うすらい・うすごおり】 初春 地理

関連季語 春《はる》の氷《こおり》

春に入ってから寒さが戻り、すでに氷の解けた水辺に、薄く張った氷のこと。または、冬の分厚い氷が解け残って薄くなったこと。いずれもすぐに消える、はかない印象を持つ。

薄氷の吹かれて端の重なれる

深見けん二

うっすらと張った湖面の氷。春先の陽気にところどころ溶けて浮いている薄氷が風に吹きよせられて、端と端が重なった。

春の氷にまつわる季語

▼氷《こおり》解《と》く 仲春

春、川や湖などに張っていた氷が解け始めること。凍っていた大地が解けることは「凍解《いてどけ》」。

▼流氷《りゅうひょう》 仲春

2月頃、北方から南下し、北海道オホーツク海沿岸などに寄せて漂流する氷の塊。

下萌

【したもえ】 初春 植物

関連季語 草萌《くさもえ》・草青《くさあお》む・畦青《あぜあお》む・土手青《どてあお》む

早春、冬枯れの地面から、草の芽が萌えいずること。またはその芽。雪国では残雪の下から新芽をのぞかせる。〝下〟は〝枯れ草の下〟の意味。瑞々しさと生命力を感じさせる季語。萌え出た草がまぶしく青々と伸びてくることを「草青む」という。田畑の畦や川辺の土手も青む。

下萌にねぢふせられてゐる子かな

星野立子

いぬふぐり

初春 植物

早春の道端や野原に生え、春の致来を告げる。空色で小さく可憐な花をつけ、踏まれてもたくましく咲き続ける。名前は正確にはオオイヌノフグリで、ヨーロッパ原産。

いぬふぐり星のまたたく如《ごと》くなり

高浜虚子《きょし》

末黒野

【すぐろの】 初春 地理

関連季語　焼野《やけの》・末黒《すぐろ》

早春の頃に野原や河川敷の枯れ草を焼く「野焼」。その焼け跡が黒く残る野を「末黒野」という。野焼きで草の芽立ちが促され、害虫の駆除にもなる。

「末黒」の語源は、野焼きで先が黒く焼け残った芒《すすき》のことも。焼け跡からは、早々に若草が芽吹き、力強い生命力を感じさせる。

末黒野の夕焼け飛べぬもののため　高野ムツオ

野を焼いたあとの空を染める夕焼け。地を這う飛べぬものを悼《いた》むかのように、夕焼けが赤々と焼野を照らしている。

春炬燵

【はるごたつ】 三春 生活

暦の上では春になっても、しばらくは寒さがぶり返すことも多いので、なかなかしまえない。朝夕も暖くなり、炬燵をしまうのは「炬燵とる」。炬燵のなくなった部屋は、急に広々として寂しい感じがする。

それとなく話はづして春炬燵　星野立子

春の炉

【はるのろ】 三春 生活

春になっても片づけられない暖炉やストーブ。朝晩や雨の日はまだ寒い日もあるため、すぐには手放せない。

春炉《はるろ》守る磨き抜かれし太柱　堀之内和子

獺魚を祭る

【かわうそうおをまつる】初春　時候

関連季語　獺《おそ》の祭《まつり》・獺祭《だっさい》

古代中国の七十二侯のひとつで雨水《うすい》の初候。2月19日から5日間。現在の七十二侯では、「土脉潤起《つちのしょううるおいおこる》（雨が降って土が潤う）」とされる期間。

獺は捕らえた魚を岸に並べたあと、なかなか食べようとしない。それが先祖を祀る供物のように見えたことから生まれた表現。「獺祭書屋主人《だっさいしょおくしゅじん》」は、正岡子規の俳号のひとつ。蔵書を身辺に並べる様子が、獺の魚を並べる様に似たことから。

獺の祭見て来よ瀬田のおく　芭蕉

「瀬田のおく」とは瀬田川の奥、つまり琵琶湖のことを指している。琵琶湖には獺が多く棲息していた。そこで獺の祭を見てきなさい、と興じている。

春雷

【しゅんらい】三春　天文

関連季語　春《はる》の雷《らい》・初雷《はつらい》・虫出《むしだ》しの雷《らい》

立春を過ぎて鳴る雷のこと。「雷」といえば夏の季語だが、気圧が不安定な春も雷が起こりやすい。ただし夏のように長く鳴り響くことはなく、ひとつふたつで鳴りやむことが多い。

立春後に初めて鳴る雷を「初雷」と呼ぶ。また啓蟄の頃の雷は、虫たちを冬眠から呼び起こす「虫出しの雷」ともいわれる。

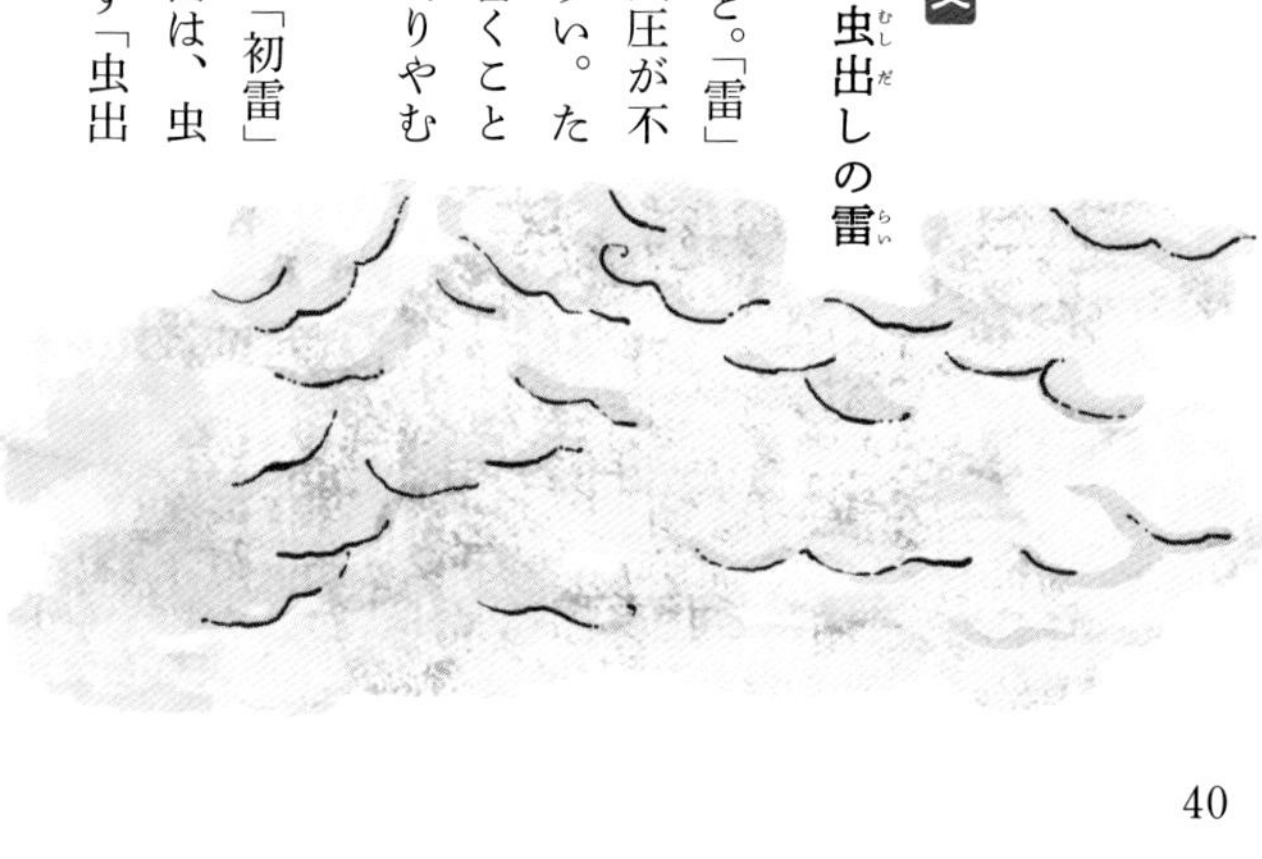

あえかなる薔薇撰《え》りをれば春の雷　石田波郷《はきょう》

花屋で選ぶかわいらしい薔薇の花。自分のためではなく、これから会う人のために。高鳴る鼓動のように、春の雷が鳴る。

東風

【こち】三春 天文

関連季語 朝《あさ》東《ご》風《ち》・夕《ゆう》東《ご》風《ち》・強《つよ》東《ご》風《ち》

寒さの残る早春に、東から吹く風。冬型の西高東低の気圧配置がくずれ、太平洋から吹きつける。雪を溶かし梅の花を咲かせるが、ときに時《し》化《け》を呼ぶ強風「強東風」となって、漁師に恐れられた。

菅原道真が、大宰府に流されるときに残した歌「東風吹かばにほひおこせよ梅の花あるじなしとて春を忘るな」から、春を告げる風として知られている。

夕東風や海の船ゐる隅田川　水原秋桜子《しゅうおうし》

隅田川に繋がれた海の船。吹く風にどことなく潮の香を感じさせるのは、その船があるからだろうか。

雲雀

【ひばり】三春 動物

関連季語 初《はつ》雲《ひ》雀《ばり》・揚《あげ》雲《ひ》雀《ばり》

春先に「ピーチュルピーチュル」と美しく囀《さえず》り、「春告鳥」として親しまれる。囀りは雄の縄張り宣言。囀りながら、天に向かい急上昇する様子を「揚雲雀」と呼ぶ。

揚雲雀空のまん中ここよここよ　正木ゆう子

二月尽

【にがつじん】初春 時候

関連季語 二《に》月《がつ》果《は》つ・二《に》月《がつ》尽《つ》く・二《に》月《がつ》終《お》わる・二《に》月《がつ》逝《ゆ》く

二月が終わること。〝尽〟はその月が終わるという意味。寒さも緩み、いよいよ春本番を迎えるという期待がこもる。

雲の中鳴く鳥ありて二月尽　米沢吾亦紅《われもこう》

季語コラム 1

通年あるけれど季節を限定する季語

いつも目にするものに「季語」として季節を感じる

一年中見聞きできるものでも、季語としては〝旬〟があり、ひとつの季節に限定されるものがあります。例えば、「ぶらんこ」「風車《かざぐるま》」「石鹸《しゃぼん》玉」は春の季語。長い冬が終わり、ようやく外で遊べるようになった子どもたちが、心地よい春風のなか、戸外で遊びを楽しむ様子を思い浮かべると、春らしさを感じるのではないでしょうか。

年中いる虫も、「虫」とだけいえば秋の季語。秋の虫は鳴いている虫。春の「蝶」や秋の「蜻蛉《とんぼ》」とちがい、姿ではなく、主にその鳴く声を詠みます。

単体で使うと季節は限定されるけれど、別の季節に使えるものもあります。「雷」「夕焼」「虹」は夏の季語。春に使いたいときは、「春雷《しゅんらい》」「春夕焼」「春の虹」など、季節を頭につけて使います。

春

▼ぶらんこ
春風に吹かれて軽やかに漕ぐ。

▼石鹸《しゃぼん》玉
春の日ざしに輝く様子が美しい。

▼風車《かざぐるま》
春風に吹かれて回る様子が春らしい。

▼試験
入学、就職など、春は大切な試験のある時期。

夏

▼昼寝
寝苦しい夜が続くため、昼寝で体力を回復。

秋

▼虫
美しく鳴く秋の虫。姿ではなく声を指す。

▼夜学
秋の夜長は、勉学に励むのにぴったり。

▼夜食
夜学や夜更かしの際に食べる軽食。

冬

▼マスク
風邪や感染症の流行る冬に欠かせない。

三月

3月の暦

- ▼上巳《じょうし》／桃の節句（3日）
- ▼啓蟄《けいちつ》（5日頃）
- ▼春分《しゅんぶん》（20日頃）
- ▼彼岸《ひがん》（春分を中日とする7日間）

雛祭

【ひなまつり】 仲春 行事

関連季語 桃の節句《もものせっく》・雛《ひな》・ひいな・雛飾《ひなかざり》・雛人形《ひなにんぎょう》・雛飾《ひなかざ》る・菱餅《ひしもち》・白酒《しろざけ》

3月3日に雛を飾って、女の子の健やかな成長を願う。「桃の節句」とも。元々は「上巳《じょうし》の節句」といわれる五節句のひとつ。人の穢《けが》れを移した人形を海や川に流した厄払いの行事と、人形遊び（ひいな遊び）の風習が結びついたものとされる。

男雛と女雛の対である内裏雛を中心に、三人官女、五人囃子、随臣《ずいしん》、仕丁《しちょう》などを雛段に飾る。桃の花を飾り、白酒や、赤・白・緑の三色を重ねた菱餅を雛人形に供える。白酒や菱餅は、邪気を祓うという。

仕《つかま》る手に笛もなし古雛《ふるひいな》　松本たかし

年を経てこまごまとしたお道具が失われてしまった古雛。あるべきものがなくなってしまった。五人囃子の笛方の笛までも。

酢の匂ひ厨《くりや》に満ちて雛まつり　小林ユキ

雛祭にまつわる季語

▼雛流《ひなながが》し 仲春

3月3日の夕方、飾り終えた紙雛などを海や川へ流す風習。雛人形は本来、人の穢れを引き受けてくれる形代《かたしろ》だった。

▼雛《ひな》あられ 仲春

桃色・緑・黄・白を基本とした美しい色のあられ。女の子の健康を祈願し、雛壇に供える。

［雛あられ幸せ彩《いろ》をちりばめて　川邊房子］

▼雛納《ひなおさ》め 仲春

雛祭りのあと、雛人形をしまうこと。また、その日。雛の顔を和紙などで包み、道具類といっしょに元の箱に納める。3月3日の翌日、もしくはできるだけ早くしまうのがよいとされる。

［いまだ恋しらぬ指もて雛納め　土生重次《はぶじゅうじ》］

蛤

【はまぐり】 三春 動物

浅い海の砂底に生息する二枚貝。旬は冬から春先にかけて。上品な味わいで、蛤の吸い物は雛祭りの祝膳にも欠かせない。殻の表面がなめらかで美しく、細工物にも利用される。

蛤を逃がせば舌を出しにけり

高浜虚子《きょし》

蜆

【しじみ】 三春 動物

関連季語 真蜆《ましじみ》・紫蜆《むらさきしじみ》・蜆舟《しじみぶね》・蜆売《しじみうり》

主に淡水に生息する、小粒の二枚貝。蜆汁として食べるのが一般的。旬は産卵を控えた春とされるが、水揚げは通年。夏は「土用蜆《どようしじみ》」、冬は「寒蜆《かんしじみ》」としても珍重される。

蜆売りしばらく仰ぐ大手門

飯田龍太

曲水

【きょくすい・ごくすい】 晩春 行事

関連季語 曲水《きょくすい》の宴《えん》・盃流《さかずきなが》し

奈良時代から平安時代にかけて、宮廷や貴族の間で行われた年中行事のひとつ。庭園の曲水（ゆるやかに曲がりくねった小川）に御神酒《おみき》を注いだ盃を浮かべ、盃が自分の前を通り過ぎる前に詩歌を詠み、飲み干してから次へと流すという儀式。もともとは、中国の上巳《じょうし》の節句（3月3日・桃の節句）に、水辺で禊をして穢《けが》れを祓う行事が伝わったもの。

はしり書《が》きする曲水の懐紙かな

松瀬青々《せいせい》

曲水の宴。盃がまわってくるまでに歌を詠んでは、さらさらと懐紙にはしり書く。流れる水のごとく。

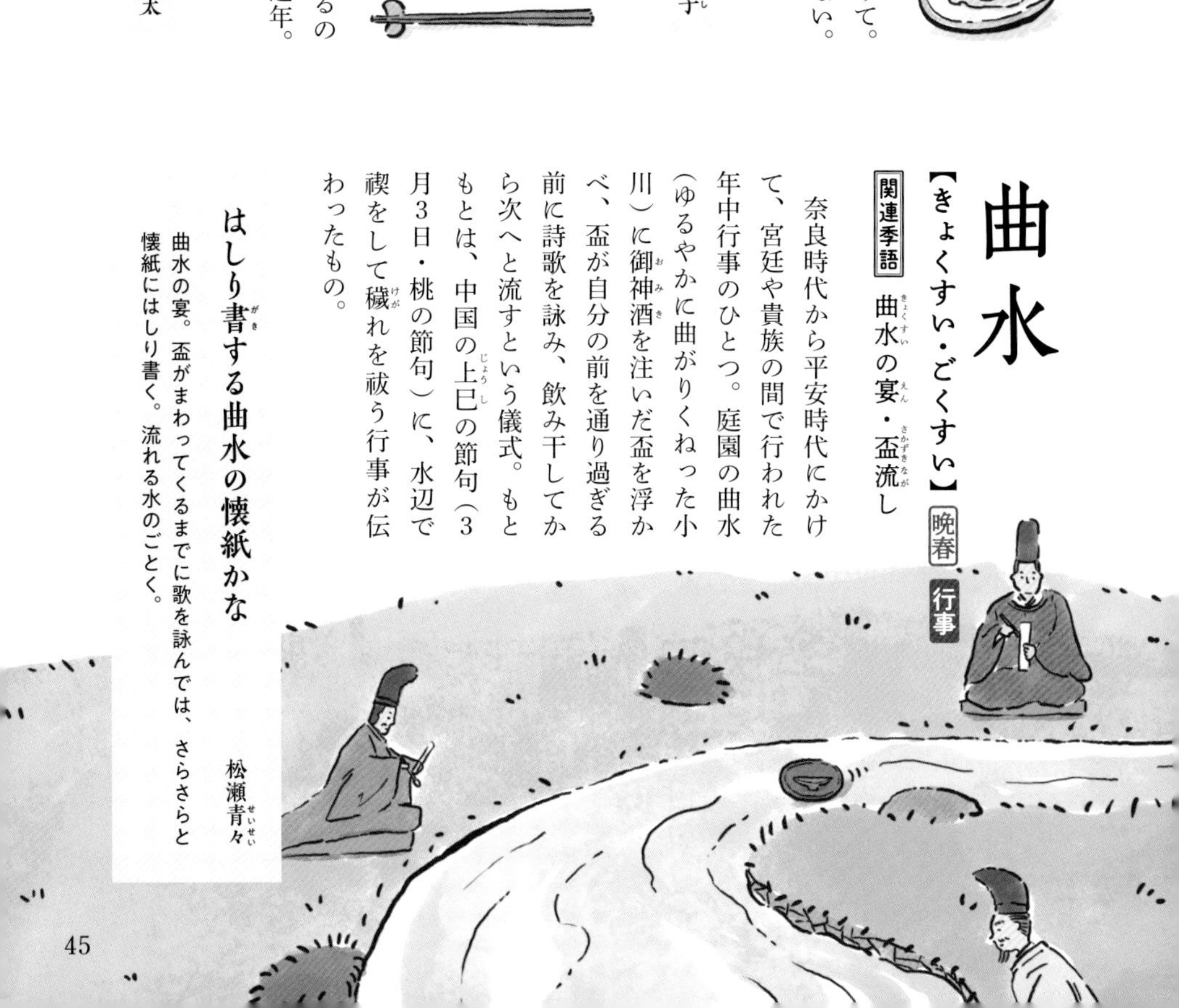

啓蟄

【けいちつ】仲春 時候

関連季語 地虫穴《じむしあな》を出《い》づ・蟻穴《ありあな》を出《い》づ

二十四節気のひとつで、新暦の3月5日頃。「啓」には「開く、開放する」、「蟄」には「冬ごもりしている虫」という意味がある。春の陽気に誘われて、地中で冬眠していた虫や蛇、蛙などがはい出してくる頃。

この時期、時折鳴る春の雷のことを、「虫出しの雷《らい》」とも呼ぶ。

啓蟄の蚯蚓《みみず》の紅《あか》のすきとほる　山口青邨《せいそん》

啓蟄で土の中から這い出してきた蚯蚓。「すきとほる」に初々しい蚯蚓のいのちを感じる。

水あふれゐて啓蟄の最上川　森　澄雄

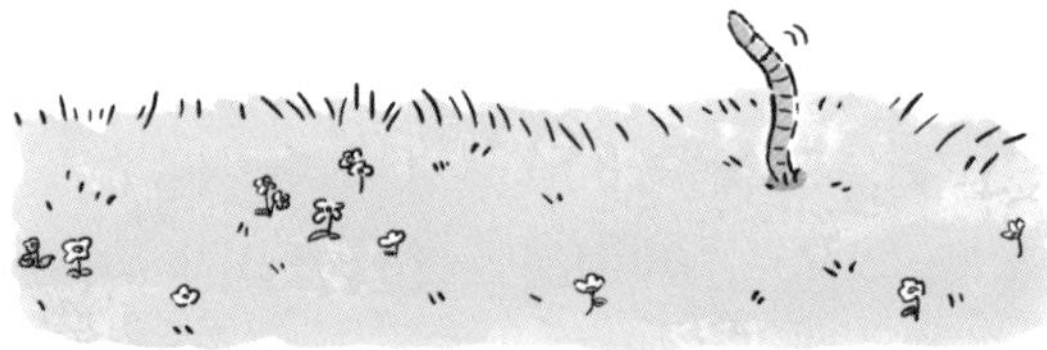

春に目を覚ます生き物の季語

▼蛇穴《へびあな》を出《い》づ 仲春

地中で冬眠していた蛇が、陽気にさそわれて穴を出て、地上に姿を現すこと。啓蟄の頃といわれるが、本格的な活動は3月下旬頃から。

［蛇穴を出る流行に遅れじと　今瀬剛一］

▼地虫穴《じむしあな》を出《い》づ 仲春

啓蟄の頃、地中で冬眠していた虫が地上に出てくる。「地虫出づ」とも。

▼蜥蜴穴《とかげあな》を出《い》づ 仲春

冬眠していた蜥蜴が穴から出てくること。

▼熊穴《くまあな》を出《い》づ 仲春

雪解けの頃、熊が冬眠から覚めて、木の洞などから出てくること。雌は冬眠の間に産んだ子熊と一緒のこともある。

摘草

【つみくさ】 三春 生活

関連季語 草《くさ》摘《つ》む

春の野山に出て、食用となる若草を摘むこと。摘むものは、菊の一種である嫁菜《よめな》の若芽や、蓬《よもぎ》、土筆《つくし》、芹《せり》など、香りの強い草が多い。生のままで食べるほか、煮たり、薬味に用いたりして食べる。

万葉の時代から続く春の恒例行事。春の行楽のひとつでもあった。現在は山菜採りとして親しまれている。

摘草の遠くの人のゐずなりぬ　倉田紘文《こうぶん》

先ほどまで見えた遠くの摘草の人が、見えなくなった。草丈に隠れているのか、摘み終えたのか。はたまた幻想だったのか。

蓬

【よもぎ】 三春 植物

関連季語 餅草《もちぐさ》・蓬生《よもぎう》・蓬《よもぎ》摘《つ》む・艾《もぐさ》

山野や川原などに自生する、キク科の多年草。「餅草」とも呼ばれ、香りのよい若葉を餅につきこめば草餅となる。葉の裏面にある白い綿毛は、お灸に使われる「艾」となる。

ひざまづき蓬の中に摘みにけり　高野素十《すじゅう》

芹

【せり】 三春 植物

関連季語 根白草《ねじろぐさ》・根芹《ねぜり》・田芹《たぜり》・芹《せり》摘《つ》む

春の七草のひとつ。早春の頃に生じた香りのよい新芽を、お浸しや和え物、お吸い物などにして食べる。田で摘む芹は「田芹」。別名「根白草」といい、根まで食べる地域も。

子に跳べて母には跳べぬ芹の水　森田　峠

椿

【つばき】 三春 植物

関連季語 白椿《しろつばき》・紅椿《べにつばき》・八重椿《やえつばき》・乙女椿《おとめつばき》・藪椿《やぶつばき》・落椿《おちつばき》

赤や白、ピンクなど、ぽってりとした形の花をつける常緑樹。春を代表する花のひとつで、『古事記』や『日本書紀』にも登場するほど古くから愛でられてきた。日本古来の品種「藪椿」のほか、八重咲が美しい「八重椿」「乙女椿」など、多様な品種がある。

落花のときには、花びらが散るのではなく、花全体がぽとりと落ちる。その様子を「落椿」と呼び、美しさを愛でる。

ゆらぎ見ゆ百の椿が三百に　高浜虚子《きょし》

風に吹かれる椿の垣根か。椿の花の揺れによって、百の椿が三百もあるかに見える。百、三百という数の面白さ。

椿咲くたびに逢いたくなっちゃだめ　池田澄子

涅槃会

【ねはんえ】 初春 行事

関連季語 涅槃《ねはん》・涅槃像《ねはんぞう》・涅槃図《ねはんず》・寝釈迦《ねしゃか》

釈迦の入滅《にゅうめつ》（死去）した日といわれる旧暦2月15日（涅槃）に、寺院で行われる法要。各寺では、「涅槃図」を掲げて「涅槃像」を祀り、読経を行う。現在は、新暦3月15日頃に行われることが多い。

涅槃図、涅槃像とは、釈迦が亡くなるときの様子を描いた絵または彫刻。沙羅双樹の木の下で、頭を北に向け、右脇を下にして臥《ふ》した釈迦を囲み、人々や鳥獣が嘆き悲しむ様子を描く。

土不踏《つちふまず》ゆたかに涅槃し給へり　川端茅舎《ぼうしゃ》

涅槃像の土不踏。「ゆたかに」によって涅槃像の大きさと安らぎが伝わってくる。

鳥雲に入る

【とりくもにいる】仲春 動物

関連季語 鳥雲《とりくも》に・鳥帰《とりかえ》る・鳥引《とりひ》く・残《のこ》る鴨《かも》

雁《かり》や鴨、白鳥、鶴などの渡り鳥は、秋に北方から渡来して越冬し、春に北へと帰っていく。それらの鳥が群をなして高く飛んでいき、雲間に消えていくように見えるさま。鳥たちの帰郷に、季節の移ろいと惜別の情を感じている。「引く」は「帰る」と同義。帰りを遅らせている「残る鴨」もいる。

鳥雲に入るおほかたは常の景　原 裕

北へと帰る鳥たちが、雲に紛れて見えなくなった。変わらない景色の中に捉えた、移りゆくものの姿に春の愁《うれ》いが滲む。

春の宵

【はるのよい】三春 時候

関連季語 春宵《しゅんしょう》・宵《よい》の春《はる》

日暮れ間もない、ほの明るい時間帯。春の宵には、どことなく抒情《じょじょう》的な気分が漂う。漢詩でも、「春宵一刻値千金《しゅんしょういっこくあたいせんきん》（わずかな時間にも千金の価値あり）」と称えられたほど。

目つむれば若き我あり春の宵　高浜虚子

西行忌

【さいぎょうき】仲春 行事

旧暦2月15日、平安～鎌倉期の歌人・西行法師の忌日。「ねがはくは花のしたにて春死なむそのきさらぎの望月のころ」と詠み、釈迦入滅の日に死ぬことを願っていたため、実際の忌日（2月16日）よりも1日早い、15日を忌日とする。

ほしいまま旅したまひき西行忌　石田波郷《はきょう》

雪しろ

【ゆきしろ】 仲春 地理

関連季語 雪《ゆき》しろ水《みず》・雪《ゆき》濁《にご》り・雪《ゆき》汁《じる》・春《はる》出《で》水《みず》

雪解け水のこと。春になって暖かくなり、積もっていた雪が急にとけて、川や海にどっと流れ出す。雪しろが流れこんで川や海が濁ることを「雪濁り」。雪しろが大量にあふれ出すと「春出水」になり、雪深い山に囲まれた地域などでは、水害が起こってしまうことも。

一方で、力強く大地を潤す雪しろは、長い冬の終わりと春の到来を告げ、命を育む大切な水となる。

雪しろの溢《あふ》るるごとく去りにけり　沢木欣一

雪解けの水が川へ流れ込み、豊かに流れていく。「去りにけり」がその流れの速さを感じさせる。

雪解

【ゆきげ・ゆきどけ】 仲春 地理

関連季語 雪《ゆき》解《げ》水《みず》・雪《ゆき》解《げ》川《がわ》・雪《ゆき》解《げ》風《かぜ》

冬の間に野山や町に積もった雪が、春の日ざしや雨にうながされてとけること。暖かい地方では、春を待たずに溶けてしまうので、積雪の多い地方での根雪の雪解を指す。

雪とけて村一ぱいの子どもかな　一茶

春泥

【しゅんでい】 三春 地理

関連季語 春《はる》の泥《どろ》

春の雨や雪解け水により、大地が水を含んでぬかるむこと。特に雪国では、凍った大地がゆるみ、たっぷりとした雪解け水がもたらすぬかるみが何日も続く。

戦ひしごとき靴跡春の泥　秋元不死男《ふじお》

斑雪

【はだれ】 三春 天文

関連季語　はだら雪《ゆき》・斑雪野《はだれの》・斑雪山《はだれやま》

ところどころに地面をのぞかせながら、まばらに降り積もった春の雪。または、とけかけて斑に残っている雪のこと。はらはらとまばらに降る、春の雪を指すこともある。

野の雪がすっかり溶けても、山の峰には、残雪が白く残ることがある。雪が山肌に斑に溶け残る様子を、「斑雪山」という。

ぬばたまの夜目《よめ》にも峡《かい》の斑雪かな　村山古郷《こきょう》

「ぬばたま」は「夜」にかかる枕詞。漆黒の夜の闇にほの白く浮ぶ、山々の斑雪。

燕

【つばめ】 仲春 動物

関連季語　乙鳥《おつどり》・乙鳥《つばくろ(ら)》・つばくらめ・初燕《はつつばめ》・飛燕《ひえん》

3〜4月頃に南方から飛来し、春から夏の間、人家の軒先や梁などに巣を作って子育てを行う。春の到来を実感させる鳥。喉と額が赤く、背中の黒と腹部の白のコントラストが印象的。飛翔力が強く、鳴き交わしながら軽快に飛ぶ。

乙鳥《つばくろ》はまぶしき鳥となりにけり　中村草田男《くさたお》

暖か

【あたたか】 三春 時候

関連季語　春暖《しゅんだん》・温《ぬく》し

心地よい春の陽気。彼岸の頃から、ぽかぽかと暖かくなる。気温が上がりすぎ、汗ばむような暑さになると「春暑し」という。

あたたかや鳩の中なる乳母車　野《の》見《み》山《やま》朱鳥《あすか》

水温む

【みずぬるむ】

関連季語　温《ぬる》む水《みず》

仲春　地理

春になって気温が上がり、痛いほどに冷たかった冬の水も温まってくること。それに伴って、水中には水草や藻が繁茂《はんも》し、水に棲む生き物が活発に動き出す様子も見られる。水底でじっとしていた魚たちも、水面近くをゆったりと泳ぐ姿が見られるようになる。さらに暖かくなれば、魚や蛙の産卵が始まる。

ひとつ足す窓辺の木椅子水温む　日下野由季

窓辺に足す木椅子は、ひとり新たに加わったということ。ひとりが二人か、二人が三人か。「水温む」に明るさがある。

春の水

【はるのみず】

関連季語　春水《しゅんすい》・水《みず》の春《はる》

三春　地理

春は雨が多く、雪解けの水が流れ込むこともあり、湖沼や河川は水かさを増して豊かな印象になる。凍てついていた冬涸れのあとだけに、水の豊かさで余計に春の喜びが増す。

淡水のことで、主に景色を指し、海水や飲用水には使わない。「水の春」は、たっぷりと水をたたえた、美しい春の景色や雰囲気を表す。

春の水とは濡れてゐる水のこと　長谷川　櫂《かい》

水はもともと濡れているのだけれど、春の水はことさら濡れている水であるという。そう、春の水は艶《つや》やかに濡れている。

雪の果

【ゆきのはて】 仲春 天文

関連季語 名残《なごり》の雪《ゆき》・忘《わす》れ雪《ゆき》・別《わか》れ雪《ゆき》・涅槃雪《ねはんゆき》

春の最後の雪のこと。それを惜しむ言葉。涅槃会《ねはんえ》（旧暦2月15日）前後に降るといわれるため、「涅槃雪」とも。

夜半より雪の別れとよゝと降る

星野立子

残雪

【ざんせつ】 仲春 地理

関連季語 残《のこ》る雪《ゆき》・雪残《ゆきのこ》る

春になっても、木陰や藪の陰などに消え残る雪のこと。昼間わずかに溶けても、夜の冷えこみで再び凍り、ざらざらとした粗目雪になる。または、高山の山肌に残る、白く輝く雪。

一枚の餅のごとくに雪残る

川端茅舎《ぼうしゃ》

茎立

【くくたち・くきだち】 三春 植物

春、大根や蕪、菜類が、花をつけるために、茎を高く伸ばすこと。この茎を薹《とう》といい、一般的には薹が立つと、食用部分の水分が減って味が落ちる。盛りが過ぎたことを指す〝薹が立つ〟の〝薹〟は、これらの植物の花茎を意味する。茎立した先には、菜の花に似た小さな花がつき、そこから種が採れる。

茎立や灯台守《とうだいもり》の捨て畑

高橋悦男

灯台守の畑、それも小さな畑だろう。今は捨てられて、荒れ果てている。茎立の頃ゆえに、寂しさが一層際立つ。

陽炎

【かげろう】三春 天文

日ざしが強く風の弱い日に、地上から水蒸気が立ち昇り、遠くのものがゆらゆらと揺らいで見える現象。春に限らず見られるが、そののどかな感じから、春の季語とされる。

関連季語　糸遊《いとゆう》

かげろふと字にかくやうにかげろへる　富安風生《とみやすふうせい》

北窓開く

【きたまどひらく】仲春 生活

関連季語　北開《きたひら》く

冬の間、北風や寒気を防ぐために閉め切っていた北側の窓を、春になって開け放つこと。春風とともに明るい光が室内に流れこみ、春を迎えた喜びを実感する。

ひとりではなくて北窓ひらきけり　日下野由季

山笑ふ

【やまわらう】三春 地理

草木が芽吹き、花が咲いて鳥のさえずる、明るく生気に満ちた春の山の様子。山を擬人化した独特の表現は、中国北宋の画家・郭熙《かくき》による画論『臥遊《がゆう》録《ろく》』に語源を持ち、秋の「山粧《よそお》ふ」、冬の「山眠る」という季語もある。

『臥遊録』には、「春山淡冶《しゅんざんたんや》にして笑うが如《ごと》く、夏山蒼翠《かざんそうすい》にして滴るが如し、秋山明浄《しゅうざんめいじょう》にして粧《よそお》うが如く、冬山惨淡《とうざんさんたん》として眠るが如し」とある。春の山のたたずまいは、はにかんだ少女の微笑みのよう、と表されている。

故郷《ふるさと》やどちらを見ても山笑ふ　正岡子規

子規の故郷は愛媛県の松山。それほど高くない山々が、やさしく包み込む故郷の風景。そしてどれも明るい芽吹きの山である。

モナリザのほほ笑みほどに山笑ふ　日下野仁美

蒲公英

【たんぽぽ】三春 植物

関連季語 鼓草《つづみぐさ》

3~5月頃、黄または白の花をつけ、日が昇ると開き、日が沈むと閉じる。花の形が鼓に似ているので「鼓草」とも。鼓の音の連想から、たんぽぽと名づけられたともいう。

たんぽぽや長江にごるとこしなへ

山口青邨《せいそん》

土筆

【つくし】仲春 植物

関連季語 つくづくし・つくしんぼ・土筆摘《つくしつ》む・土筆野《つくしの》

春先、日当たりのよい土手や草地に群生する。頭は筆の穂先に似て、茎には節と袴がある。穂先が開く前に摘んで袴を除き、佃煮や卵とじで食べる。ほろ苦くて香りがよい。

子のたちしあとの淋しさ土筆摘む

杉田久女《ひさじょ》

蕨

【わらび】仲春 植物

関連季語 早蕨《さわらび》・蕨手《わらびで》

春を告げる山菜の代表。長い柄の先に、丸く渦巻いた小さな握りこぶしのような新芽が出る。芽が出たばかりのものを「早蕨」、または「蕨手」と呼ぶ。新芽を採って食べると、やわらかくて独特の風味がある。

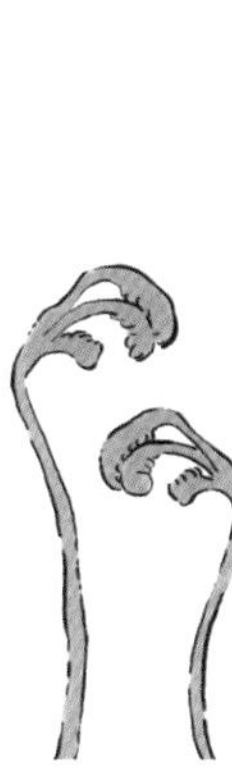

早蕨や若狭《わかさ》を出でぬ仏たち

上田五千石《ごせんごく》

春の山野で採れる山菜

▼**薇《ぜんまい》** 仲春

蕨と並ぶ、春を告げる山菜。白い産毛でおおわれた、渦巻き状の若芽を摘んで食べる。

▼**野蒜《のびる》** 仲春

若芽とともに、地中の白い球茎ごと掘りとって食べる。味噌をつけて食すとおいしい。

彼岸【ひがん】 仲春 時候

関連季語 春分《しゅんぶん》・彼岸入《ひがんい》り・中日《ちゅうにち》・彼岸過《ひがんす》ぎ・彼岸会《ひがんえ》

雑節《ざっせつ》のひとつ。春分の日（3月20日頃）を「中日」とした前後各三日間ずつの合計七日間を指す。初日を「彼岸入り」という。仏壇にぼたもちや団子、花などを供えて経を上げる「彼岸会」の仏事や、先祖の墓参りをする風習が残る。

単に「彼岸」という場合は、春の彼岸を指し、秋は「秋の彼岸」という。

〝暑さ寒さも彼岸まで〟というように、この頃から気温が安定し始める。

毎年よ彼岸の入りに寒いのは　正岡子規

母の口からもれた言葉を、そのまま一句に仕立てた句。彼岸の入りに、ふと口ずさみたくなる。

藁《わら》屋根のあをぞらかぶる彼岸かな　久保田万太郎

蝶【ちょう】 三春 動物

関連季語 蝶生《ちょううま》る・初蝶《はつちょう》・初蝶来《はつちょうく》

蝶は年中見られるが、蜜を求めて花に集まる様子から、春の季語とされる。春以外の季節のものは、それぞれ季節名をつけて区別する。「初蝶」は早春の季語で、春になって初めて目にする蝶のこと。3月頃から、紋白蝶や紋黄蝶などが、花の間を舞い飛ぶ様子が見られる。

初蝶やわが三十の袖袂《そでたもと》　石田波郷《はきょう》

陽気と共に姿を現す「虫」の季語

▼**蜂《はち》** 三春

通年見られるが、目立ち始めるのは春。身近に見られるものは、蜜蜂や足長蜂など。

▼**蠅生《はえうま》る** 晩春

春に羽化したばかりの小さな蠅。寒さに耐えて冬を越した成虫は、「春の蠅」という。

春暁

【しゅんぎょう】 三春 時候

関連季語 春《はる》の暁《あかつき》・春《はる》の曙《あけぼの》

春の夜明けのこと。日の出前、ほのぼのと空がしらみかけた頃。かつては、夜明けの気配はあるものの、辺りはまだ薄暗い時分とされたが、現在では、「曙」とともにやや明るくなってきた時間のことを指す。

清少納言が『枕草子』の冒頭で、秋の暮と対比して、「春は曙。やうやうしろくなりゆく山際、少しあかりて、紫だちたる雲の細くたなびきたる」と述べたことで、その趣が定着した。

春暁のうすむらさきに枝の禽《とり》

飯田蛇笏《だこつ》

霞

【かすみ】 三春 天文

関連季語 朝霞《あさがすみ》・夕霞《ゆうがすみ》・遠霞《とおがすみ》

大気中に水蒸気がたちこめ、景色や色、物音までがぼやけて見える現象。気象現象としては秋の季語「霧」が薄くなったものと同じだが、万象がほのかに霞む様子は、春ののどかな気分にも通じる。夜の霞は「朧《おぼろ》」と呼ぶ。

畝傍山《うねびやま》放てる鳶《とび》のこゑかすむ

水原秋桜子《しゅうおうし》

春夕焼

【はるゆうやけ・はるゆやけ】 三春 天文

ぼんやりと霞む春の大気を、茜色に染めながら沈む入日が、やわらかな感じをもたらす。単に「夕焼」は夏の季語。

誰恋ふとなく庭にあり春夕焼

勝又一透《いっとう》

木の芽時

【このめどき】 三春 時候

関連季語 木《こ》の芽《め》・芽《め》立《だ》ち・芽《め》吹《ぶ》く

さまざまな木々の新芽が芽吹く頃のこと。急な気温の変化で、心身に変調が起きやすい時期でもある。「木の芽」は春の木の芽の総称。「きのめ」と読むと山椒の芽を指す。

夜の色に暮れゆく海や木の芽時

原 石鼎《せきてい》

春雨

【はるさめ】 三春 天文

関連季語 春《はる》の雨《あめ》・春霖《しゅんりん》・花《はな》の雨《あめ》

煙るようにやわらかく、しっとりと降りつづき、地表を潤す春の雨。大地を潤し、木や花の芽吹きを促す。「春霖」は数日間降り続く長雨のこと。桜の頃に降るのは「花の雨」という。

春雨や小磯《こいそ》の小貝《こがい》濡るゝほど

蕪村

辛夷

【こぶし】 仲春 植物

関連季語 花辛夷《はなこぶし》

モクレン科の落葉高木。早春、葉に先立ち、木蓮に似た香りのよい白い花をつける。蕾が赤ちゃんの拳に似ていることから、「辛夷」という名前がついたそう。

朝空のすでにおほぞら花辛夷

林 誠司

沈丁花

【じんちょうげ】 仲春 植物

関連季語 沈丁《じんちょう》・丁字《ちょうじ》

庭木として植えられることが多く、早春から開花する。薄紅の小さなくす玉のような花をつけ、甘く強い香りが特徴。沈丁と丁字の香りを併せ持つため、名づけられたという。

門灯をつけ忘れをり沈丁花

江國 滋《しげる》

木の芽和

【きのめあえ】 三春 生活

木の芽は山椒の若芽のこと。木の芽をすり混ぜた白味噌（木の芽味噌）に、筍や蒟蒻《こんにゃく》、魚介などを和えた季節の料理。ピリッとした山椒の味わいが刺激的な、春の味覚。

着流しのまま暮れてゆく木の芽和

橋 閒石《かんせき》

田楽

【でんがく】 三春 生活

関連季語 木《き》の芽《め》田楽《でんがく》・田楽焼《でんがくやき》

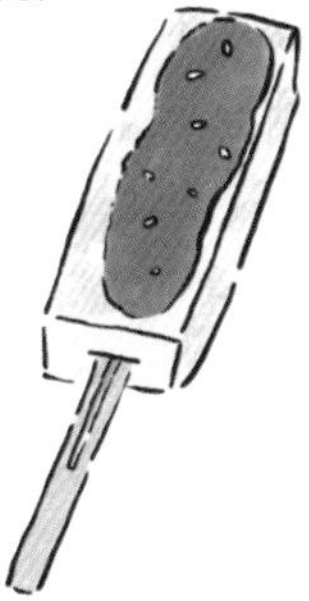

木綿豆腐を竹串に刺し、木の芽味噌をつけて焼いたもの。串を打った様子が、田楽（古来、田植えのときに行われた歌舞の一種）の舞姿に似ていたため、この名になったという。

田楽の少し焦げたる串の先

山崎ひさを

目刺

【めざし】 三春 生活

関連季語 頬刺《ほおざし》

真《ま》鰯《いわし》や片口鰯を数匹連ね、竹串や藁などに通して、天日で干したもの。串を目に刺したものを目刺、えらに通したものを頬刺と区別することもある。

火にぬれて目刺の藍のながれけり

渡辺水巴《すいは》

春は「干物」のベストシーズン

▼干《ほし》鰈《がれい》 仲春

鰈のはらわたを除き、骨が透き通るまで干したもの。

▼白《しら》子《す》干《ぼし》 三春

鰯などの稚魚をさっと茹でて干したもの。「ちりめん」とも。

▼干《ひ》鱈《だら》 三春

塩漬けにして干した鱈。三枚におろし、固く干して水分を飛ばしたものが「棒鱈」。棒鱈煮は、関西のお節料理の定番。

季語コラム 2

四季を感じる「動物」の季語

日常で目にする動物から空想の世界の生き物まで

季語の世界では、動物からも季節を感じ取ることができます。代表的なものとして、春先に南方から日本へと渡ってくる「燕《つばめ》」は春の季語。燕が帰り、入れ替わるように渡ってくる雁《かり》や鴨などの「水鳥」は冬の季語です。

ふだんあまり目にしないような生き物が登場するのは、「龍天に昇る」「獺魚《かわうそうお》を祭る」などの季語。古代中国に起源を持つ暦のひとつ「七十二候」がモチーフです。七十二候は、一年間を72に区切り、それぞれの時期にストーリーを感じさせる名称がつけられています。

同じく空想に基づく季語としては、「蚯蚓《みみず》鳴く」「亀鳴く」「蓑虫鳴く」なども。いずれも実際には鳴きませんが、昔の人は季節ごとに聞こえてくる物音を、彼らの鳴き声と考えて楽しんでいたのです。

渡り鳥

▼燕《つばめ》来《く》る（春）
南方から渡来して、軒などに巣をかける。

▼鳥渡る（秋）
北方から越冬するために日本にやって来る。

蝶

▼夏《なつ》蝶《ちょう》（夏）
揚羽など、カラフルで大型な蝶が多い。

▼凍《いて》蝶《ちょう》（冬）
寒さに耐え、じっと動かない冬の蝶。

空想の世界の生き物たち

▼龍《りゅう》天《てん》に昇《のぼ》る（春）
春分の頃に天に昇って雨を降らせるという。

▼鷹《たか》化《か》して鳩《はと》となる（春）
鷹も鳩に変身するような、春ののどかさ。

▼蚯蚓《みみず》鳴く（秋）
春には亀が鳴き、秋には蚯蚓が鳴くとされる。

四月

4月の暦

▼清明《せいめい》（5日頃）
▼穀雨《こくう》（20日頃）

万愚節

【ばんぐせつ】仲春 行事

関連季語 エイプリルフール・四月馬鹿《しがつばか》

4月1日に限り、罪のない嘘をついても許されるとする風習。また、その日にかつがれた人のこと。大正時代に、ヨーロッパから入って来た風習。

四月馬鹿ローマにありて遊びけり　山口青邨《せいそん》

木蓮

【もくれん】仲春 植物

関連季語 紫木蓮《しもくれん》・白木蓮《はくもくれん》・はくれん

3〜4月に、葉に先立ち、濃い紫色の花をつける。花弁の内側は白味を帯び、そのコントラストが美しい。「紫木蓮」とも。別種に少し早く咲く「白木蓮（またははくれん）」がある。

木蓮のため無傷なる空となる　細見綾子

清明

【せいめい】晩春 時候

二十四節気のひとつで、4月5日頃。〃清浄明潔《せいじょうめいけつ》〃の略で、万物が清らかに生き生きと輝くことを示す。春分後の15日目にあたり、農耕の季節の幕開けの時期とされる。

清明の15日後が、二十四節気の「穀雨《こくう》」。この時期には春の雨が降り、農家にとって恵みの雨となる。前年の秋に蒔いた麦の成長が促され、清明の頃に蒔いた籾《もみ》が稲に育つ。

水口《みなくち》に清明の雲はしりけり　大嶽青児《せいじ》

「水口」とは田に水を引く取水口《しゅすいこう》のこと。早いところでは4月に田植えが始まる。水を入れ始めた田に、清明の雲が映る。

花

【はな】 晩春 植物

関連季語 花片《はなびら》・花盛《はなざかり》・花《はな》の雲《くも》

俳句で花といえば、桜の花のこと。古くは「梅」も「花」としていたが、平安時代以降、「桜＝花」のイメージが確立した。

現在、全国に広がる品種・ソメイヨシノは、山桜系統の大島桜と彼岸桜の交配種。春の華やぎや咲きほこる美しさを表現するだけでなく、やがて滅んでいくものに対して心を寄せる風情も表す。

咲き満ちてこぼるゝ花もなかりけり　高浜虚子《きょし》

満開にしてひとひらも散っていないという光景には、なかなか出会えない。この世の栄華のような見事なまでの桜の姿。

チゝポゝと鼓打たうよ花月夜　松本たかし

花筏

【はないかだ】 晩春 植物

水面に舞い落ちた桜の花びらが重なり合い、筏のように連なって流れていく様子。

花筏風の一寸法師乗る　高橋悦男

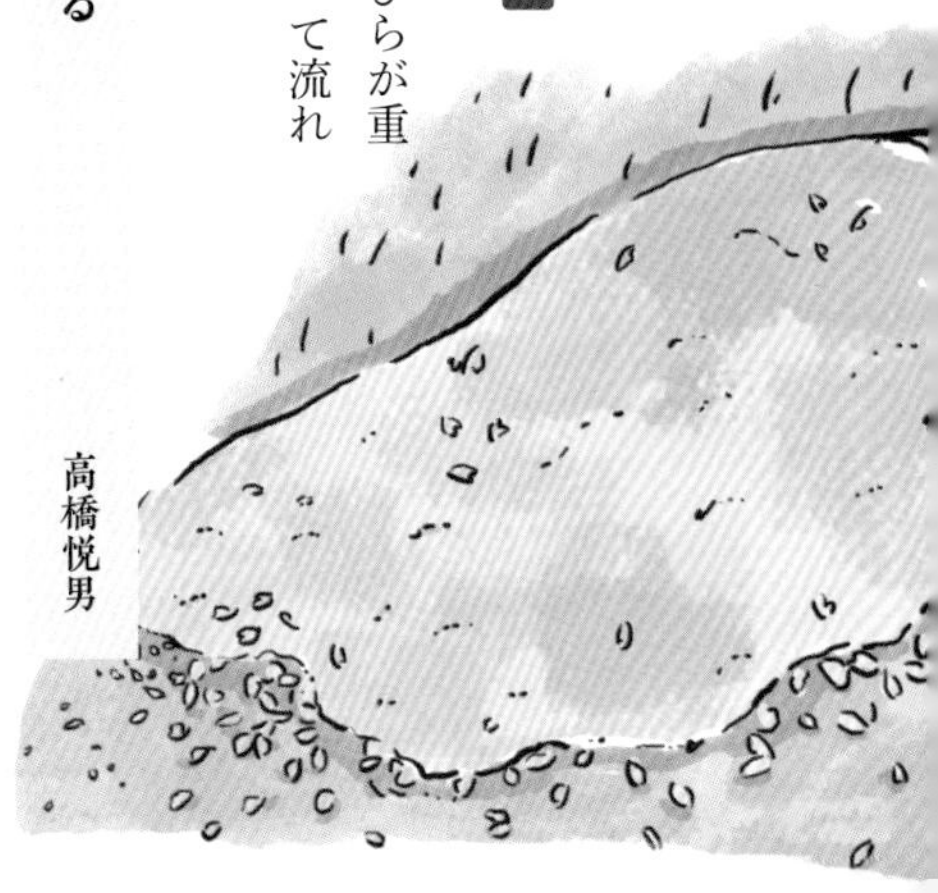

いろいろな桜の季語

▼初桜《はつざくら》 仲春

その年初めて咲いた桜の花。

▼枝垂桜《しだれざくら》 仲春

下方に垂れた細い枝に咲く桜。

▼山桜《やまざくら》 晩春

山地に自生する桜の一種。4月上旬頃から赤みがかった若葉とともに開花する。

▼八重桜《やえざくら》 晩春

山桜の変種。桜の中では開花期が最も遅い。塩漬けにして桜湯などに使われる。

花筵

【はなむしろ】 晩春 生活

花見の宴席を設けるために敷いた筵。桜の花びらが舞い落ちて地面に散り敷いた様子を、筵に例えていうこともある。

満開に男ばかりの花筵

日下野由季

桜鯛

【さくらだい】 晩春 動物

関連季語 花見鯛《はなみだい》

春先の真鯛のこと。桜の時期になると、産卵のため内海に入り、特に雄の体が、赤みを帯びた婚姻色になる。

よこたへて金《きん》ほのめくや桜鯛

阿波野青畝《せいほ》

花見

【はなみ】 晩春 生活

関連季語 桜狩《さくらがり》・観桜《かんおう》

桜の花を観賞すること。日本の伝統的な行楽のひとつ。古くは平安時代から、桜の下に酒肴を持ちよって和歌を詠む風習があった。庶民が宴会に興じるようになったのは、江戸時代から。

花見客を指す「花人《はなびと》」、花見のときに着ていく衣装である「花衣《はなごろも》」、夜桜を引き立てるために焚く「花《はな》篝《かがり》」など、花にまつわるたくさんの季語がうまれた。花見で疲れることは「花疲れ」。

石垣を突いて廻しぬ花見船

綾部仁喜《じんき》

城の濠を巡る花見船だろうか。船頭が石垣を棹で突いて、船首をぐいと廻す。城と桜とは何とも贅沢な花見船である。

落花

【らっか】 晩春 植物

関連季語 散《ち》る桜《さくら》・花吹雪《はなふぶき》・飛花《ひか》・花散《はなち》る・花屑《はなくず》・花《はな》の塵《ちり》

桜の花びらがはらはらと散ること。また、散る花びらそのもの。散り際が潔く美しいことから、その風情が多くの詩歌の題材になってきた。

吹雪のように舞い落ちることを「花吹雪」、散り落ちた花びらを「花屑」「花の塵」と呼ぶ。水面を流れると「花筏《はないかだ》」、地面に散り敷くと「花筵《はなむしろ》」となる。

東大寺湯屋の空ゆく落花かな

宇《う》佐《さ》美《み》魚目《ぎょもく》

花曇

【はなぐもり】 晩春 天文

関連季語 養花天《ようかてん》・春陰《しゅんいん》

なかなかすっきりと晴れわたらない、桜が咲く頃の曇り空。花と一体になったような白い空が続く。「春陰」の〝陰〟は曇りのこと。この季節独特の、重苦くなるような感じも含む。

ゆで玉子むけばかがやく花曇

中村汀女《ていじょ》

花冷え

【はなびえ】 晩春 時候

桜の咲く時期、ぽかぽかとした陽気が一転し、急に冷えこむこと。寒の戻りの一種。早春の「春寒《はるさむ》」とはちがい、すっかり暖かくなってからの冷えこみを指す。

花冷《はなびえ》や砕きて白き吉野葛

長谷川 櫂《かい》

春の海

【はるのうみ】 三春 地理

関連季語 春潮《しゅんちょう》・春《はる》の波《なみ》

おだやかな表情を見せる、春の海のこと。冬の間は風が強く、荒々しい波が打ち寄せたが、春になると風が凪ぎ、のんびりとしたムードになる。沖はぼんやりと霞がかって、風情を増す。

春の海は、干満の差も激しくなる。潮が豊かに押し寄せて、大きく引いていく様子を「春潮」と呼ぶ。「春の波」は、春の日差しを受けてきらめくような波のこと。

春の海終日《ひねもす》のたり〳〵かな 蕪村

春の海ののどかさを存分に表現した一句。「のたりのたり」が春の海の波のおだやかな様子を伝えている。

春の海渡るものみな映しをり 矢野玲奈

鰆

【さわら】 晩春 動物

晩春の産卵期に沿岸に寄って来て旬となる。瀬戸内海では、春の訪れを告げる「春告魚《はるつげうお》」とも呼ばれる。成長につれて、サゴシ、ヤナギ、サワラと名前が変わる出世魚。塩焼きや味噌漬けのほか、関西では鮨や刺身でも食べる。

渦潮の鰆とる舟かしぎ舞ふ 山口草堂《そうどう》

鰊

【にしん】 晩春 動物

関連季語 春告魚《にしん》・鰊群来《にしんくき》

産卵期の春から初夏がおいしい。かつては産卵期に、北海道西海岸に大群で押し寄せ、「鰊群来」と呼ばれた。

唐太《からふと》の天《あめ》ぞ垂れたり鰊群来 山口誓子《せいし》

踏青

【とうせい】 晩春 生活

関連季語 青《あお》き踏《ふ》む・野遊《のあそ》び

中国の古い風習にならって、旧暦3月3日に野に出て青草を踏み、宴を開いたことに由来する。現在ではその日に限らず、春の野を散策すること。野原で遊ぶ「野遊び」と同義としてもよいが、「踏青」には、萌え出た緑の豊かな色調や、それを素足で踏む感触のイメージも備わっている。

青き踏む左右の手左右の子にあたへ　加藤楸邨《しゅうそん》

子どもとつなぐ左右の手。春の野をゆく、弾むような親子の姿がやさしく見えてくる。

四月

若鮎

【わかあゆ】 晩春 動物

関連季語 小鮎《こあゆ》・鮎《あゆ》の子《こ》・上《のぼ》り鮎《あゆ》

3月頃から川を遡ってくる、まだ小さな鮎のこと。急流を懸命に遡る姿が、力強く美しい。この頃はまだ禁漁中。単に「鮎」といえば夏の季語。

若鮎の二手になりて上りけり　正岡子規

若布

【わかめ】 三春 植物

関連季語 和布《わかめ》・若布《め》刈《か》り船《ぶね》

日本特産の海藻。春先が旬で、「若布刈り船」と呼ばれる船の上から、長い鎌で刈り取る。乾燥、または塩蔵できるので年中食べられるが、春の新物は特にやわらかい。

みちのくの淋代《さびしろ》の浜若布寄す　山口青邨《せいそん》

復活祭

【ふっかつさい】晩春 行事

関連季語 イースター・染卵《そめたまご》

キリストが亡くなってから3日目に復活したことを記念する祝祭。3月22日～4月25日の間の日曜日にあたり、年によって異なる。彩色した卵を飾る習慣がある。

カステラに沈むナイフや復活祭　片山由美子

竹の秋

【たけのあき】晩春 植物

関連季語 笹《ささ》の秋《あき》

竹は3、4月頃から、地中の筍に栄養を送って育てるため、葉が黄ばみ始める。ほかの草木が紅葉する秋の状態に似ていることから、竹の秋と呼ぶ。凋落《ちょうらく》を思わせるイメージが伴う。

夕風の吹くともなしに竹の秋　永井荷風《かふう》

仏生会

【ぶっしょうえ】晩春 行事

関連季語 花祭《はなまつり》・灌仏会《かんぶつえ》・誕生仏《たんじょうぶつ》

釈迦の誕生日といわれる日にちなみ、4月8日に寺院で行われる法会のこと。左右の手で天地を指す「誕生仏」が、花で飾った「花御堂《はなみどう》」に立ち、参詣人が像に「甘茶《あまちゃ》」をそそぐ。甘茶は、釈迦の誕生時に天から甘露が降ったという伝承から。稚児行列などを盛大に行う寺院もある。

ぬかづけばわれも善女《ぜんによ》や仏生会　杉田久女《ひさじょ》

花祭の法要に集まる善男善女（仏教に帰依した人々）。その中に加わると、自分も善女のひとりになったような気分に。己の姿を引いた目で見ている。

長閑

【のどか】三春 時候

関連季語 のどけし・駘蕩《たいとう》

春のおだやかな日和に、心がのびのび、ゆったりとしてくる様子。また、その静かで落ち着いた様。「麗か」も同義だが、「長閑」のほうが心理的な意味合いが強い。

古来感じられてきた季節感であり、『枕草子』でも、春の日は「うらうらとのどかに照りたる」と表される。漢語の「春風《しゅんぷう》駘蕩」も、同じく春風がのどかに吹く様子を表す。

駘蕩として鹿の目の長まつげ　八染《やそめ》藍子

おだやかな春の陽気にまどろんでいる鹿たちの長い睫毛。見ているこちらまで、心地よい眠気を誘われる。

麗か

【うららか】三春 時候

関連季語 うらら・麗日《れいじつ》

春の晴天の下、全てのものがおだやかに明るく美しく見える様子。すっきりと晴れた秋晴れや、冬の晴天のうららかさは、それぞれ「秋麗《しゅうれい》」「冬麗《とうれい》」という。

麗かや野に死に真似の遊びして　中村苑子《そのこ》

春愁

【しゅんしゅう・はるうれい】三春 生活

春には、心浮き立つような高揚感とは対照的に、ふと哀愁にとらわれることがある。ぼんやりともの思いにふけるような、なんとなく気だるいような気持ちのこと。

春愁の人をみんなで呼び返す　藤井あかり

四月

百千鳥

【ももちどり】 三春 動物

春の野山や森で、いろいろな種類の小鳥の群れが、競うように鳴き交わす様子。「百《もも》千《ち》」とは古語で数が多いことを指し、春の朝には、何十種類もの鳥が囀《さえず》る。そのにぎやかさに、春が訪れた喜びが感じられる。

主に色鮮やかな姿が詠まれる秋の小鳥とくらべ、春はその美しい声が中心になる。

百千鳥雌《め》蕊《しべ》雄《お》蕊《しべ》を囃《はや》すなり　飯田龍太

春は生き物の恋の季節。鳥や虫によって受粉する雄しべ雌しべだが、その雄しべ雌しべにまで恋をせよ、と百千鳥が呼びかけている。

囀

【さえずり】 三春 動物

関連季語 囀《さえず》る

春先の小鳥の、求愛のための鳴き声。雄は雌の気を引くため、また自分のテリトリーを守るために、さかんに囀る。鶯《うぐいす》や雲雀《ひばり》、目白など、さまざまな鳴き声が聞かれる。

囀りをこぼさじと抱く大樹かな　星野立子

お玉杓子

【おたまじゃくし】 晩春 動物

関連季語 蝌《か》蚪《と》・蛙《かえる》の子《こ》・蛙生《かえるうま》る

蛙の幼生のこと。姿が調理道具の玉杓子に似ていることから、その名がつけられた。俳句では「蝌蚪」の2文字が主流。孵化前のひも状の卵のことは「数《じゅ》珠《ず》子《こ》」と呼ぶ。

川底に蝌蚪の大国ありにけり　村上鬼《き》城《じょう》

潮干狩

【しおひがり】晩春 生活

関連季語 汐干狩《しおひがり》・潮干《しおひ》・磯遊《いそあそ》び

潮の干上がった浜辺で、浅蜊《あさり》や蛤などの貝や魚をとって遊ぶこと。旧暦3月3日前後の大潮の頃は、一年のうちで最も潮の干満の差が激しく、潮干狩の好機。干潮時に、沖まで続く干潟が現れることを「潮干」という。大潮の頃、一日を磯で過ごすことを「磯遊び」といい、潮干狩はここから始まった。

汐干狩ふいにみんなが遠くなり

内田美紗

貝をとるのに夢中になってひとり離れてしまったのか、浜から汐干狩の人たちを見て感じたものか。「ふいに」が劇的。

潮の香のぐんぐんかわく貝拾ひ

杉田久女《ひさじょ》

菜の花

【なのはな】晩春 植物

関連季語 菜種《なたね》の花《はな》・花菜《はなな》・油菜《あぶらな》

油菜の花。種から菜種油を採るために栽培される。畑や水田の裏作としてつくられ、切り花や野菜として利用されることも。少し黄色くなった蕾を摘みとり、漬け物にした「花菜漬」は、ほのかな香りと独特の風味が楽しめる。

菜の花や食事つましき婚約後

福永耕二

菜種梅雨

【なたねづゆ】晩春 天文

関連季語 花菜雨《はななあめ》

菜の花が咲く3月中旬から4月上旬にかけて、降り続く長雨。しっとりと暖かく降り、作物の成長を促す。

鯉痩《や》せてしづかに浮ぶ菜種梅雨

福田甲子雄《きねお》

春風

【はるかぜ・しゅんぷう】 三春 天文

関連季語　春《はる》の風《かぜ》・涅槃西風《ねはんにし》

「春風駘蕩《しゅんぷうたいとう》」というように、そよそよとのどかに吹く春の風。顔に吹きつける風も心地よい。彼岸の日前後に吹く「涅槃西風」など、時には強く吹くこともある。

春風や仏を刻む鉋屑《かんなくず》　大谷句仏《くぶつ》

風船

【ふうせん】 三春 生活

関連季語　紙風船《かみふうせん》

空に浮かぶ風船は、花見のときの行楽地で販売され、春の風物詩に。また、暖かくなった戸外に出て、子どもたちが紙風船をついて遊ぶ様子も、春を告げる風景だった。

紙風船息吹き入れてかへしやる　西村和子

石鹸玉

【しゃぼんだま】 三春 生活

ストローの先に石けん水をつけて吹く遊び。七色に輝く石鹸玉が次々と飛び出し、春風に吹かれて昇っていき、少し漂っては消えていく。昔はストローの代わりに、麦わらや葦《あし》、竹などの管《くだ》を使っていた。

気候のよい春は、石鹸玉のほか、風船や風車、鞦韆《しゅうせん》（ぶらんこ）など、戸外で楽しむ遊びがぴったりの季節。

たくさんの吾《われ》が生まるるしやぼん玉　津川絵理子

しゃぼん玉に映る自分の顔。小さな「吾」がたくさん生まれて、吹かれてゆく。

風車

【かざぐるま】三春　生活

美しい色のセルロイドやビニール、色紙などを車輪の形に組み合わせ、柄をつけた玩具。風を受けて回る様子が春らしい。かつては春先に、風車売りが売り歩いた。

父がまづ走つてみたり風車

矢島渚男《なぎさお》

遠足

【えんそく】晩春　生活

昔の野遊びが、春季の学校行事に定着したもの。暖かく日の永い春は、遠足にぴったりの季節。野山や海へと出かけ、一日の行楽を楽しむ。

遠足のおくれ走りてつながりし

高浜虚子《きょし》

鞦韆

【しゅうせん】三春　生活

関連季語　ぶらんこ・ふらここ・半仙戯《はんせんぎ》

ぶらんこのこと。「ふらここ」とも。鞦韆は元々、古代中国の春を呼ぶ行事のひとつで、晴れ着を着た男女が一緒に乗って漕ぎあったという。当時は、二十四節気の「清明《せいめい》」の遊びだったことから、春の季語になった。まるで仙人のように見えることから「半仙戯」とも。

現在は年中遊べる遊具だが、子どもが春風に向かい、軽やかに漕ぐ様子が春らしい。

鞦韆は漕ぐべし愛は奪ふべし

三橋鷹女《たかじょ》

ぶらんことは漕ぐもの、愛とは奪うもの。激しい物言いの句だが、その根底には一心に生きなさい、というメッセージを感じる。

春眠

【しゅんみん】 三春 生活

関連季語 朝寝《あさね》・春《はる》の夢《ゆめ》

春の心地よく深い眠りのこと。唐の詩人・孟浩然《もうこうねん》の詩『春暁《しゅんぎょう》』の一節で、「春眠暁を覚えず、処処啼鳥《しょしょていちょう》を聞く」に由来する季語。日中に訪れる眠けのことも指す。

暖かくのどかな春の朝、床を離れがたく、ついうつらうつらと寝過ごしてしまうことを「朝寝」。春眠に見る夢は「春の夢」。はかない夢を表す季語でもある。

春眠の大き国よりかへりきし　森　澄雄

「大き国」とはどこなのであろう。春の心地よい眠りの中、夢の中で遥かな旅をしていたのかもしれない。

蛙の目借時

【かわずのめかりどき】 晩春 時候

関連季語 目借時《めかりどき》

蛙が鳴き出す頃の晩春、心地よい暖かさに、眠くてたまらなくなる時期。蛙が人の目を借りるので眠くなるという言い伝えがある。蛙が妻を求める「妻狩時《めかりどき》」とする説も。

考へてゐし目蛙に借られけり　細川加賀《かが》

葱坊主

【ねぎぼうず】 晩春 植物

関連季語 葱《ねぎ》の花《はな》

冬が旬の「葱」を、種を採るため畑に残しておく。晩春には、中心部から茎がのびてきて、たくさんの白い小花を毬のようにつける。その様子を坊主頭に見立てた表現。

抽《ぬき》んでてひとつは風の葱坊主　日下野由季

種蒔

【たねまき】 晩春 生活

関連季語　種下《たねお》ろし・籾蒔《もみま》く

稲の籾種《もみだね》を、苗代《なわしろ》（苗を育てるための田）に蒔くこと。時期は、彼岸から八十八夜頃までがよいとされる。野菜や草花の種の場合は、「花種蒔《はなだねま》く」などと区別する。

木曽駒《きそごま》の冷えのさざなみ種下ろす

藤田湘子《しょうし》

園芸シーズン・春の季語

▼花種蒔《はなだねま》く 仲春

夏、または秋咲きの草花の種を蒔くこと。「朝顔蒔く」「鶏《けい》頭《とう》蒔く」などと具体的に詠っても。朝顔の種蒔は、八十八夜前後が適当とされる。

▼苗木植《なえぎう》う 仲春

春先に根が伸び始める苗木は、4月頃に植えるのがよいとされる。春になると寺社の境内などに、庭木や果樹などの若木を売る苗木市が立つ。

日永

【ひなが】 三春 時候

関連季語　永日《えいじつ》・永《なが》き日《ひ》

春分を過ぎると、徐々に昼間の時間が伸びる。最も日が長くなるのは夏至前後だが、日の短かった冬のあとだけに、より実感がこもる。夏は「短夜《みじかよ》」、秋は「夜長《よなが》」という。

永き日のにはとり柵を越えにけり

芝　不器男《ふきお》

遅日

【ちじつ】 三春 時候

関連季語　暮遅《くれおそ》し

春の日が遅々として暮れないことを指す。「日永」が昼の時間が伸びることを指すのに対し、「暮遅し」というように、日暮れが遅くなったことに重きを置いた表現。

水尾《みお》の端遅日の岸に届きけり

村上鞆彦《ともひこ》

朧

【おぼろ】 三春 天文

関連季語 朧月《おぼろづき》・朧夜《おぼろよ》・星朧《ほしおぼろ》・鐘朧《かねおぼろ》

春、大気が水蒸気をふくんで、万物がかすんだように見える様子。昼は「霞《かすみ》」というのに対して、夜は「朧」という。この時期は、湿った南風が吹きやすく、空気中に水蒸気が立ち昇ることが多い。

ぼんやりと霞み、ほのかに明るい春の月を「朧月」、朧月の夜を朧月夜、略して「朧夜」という。淡くまたたく春の星は「星朧」。鐘の音さえ奥ゆかしくくぐもって聞こえる感じを、「鐘朧」という。

辛崎《からさき》の松は花より朧にて　芭蕉

琵琶湖を眺め、背後の山の桜よりも、辛崎の松の朧に風情がある、と讃えている。芭蕉『野ざらし紀行』の中の一句。

おぼろ夜のかたまりとしてものおもふ　加藤楸邨《しゅうそん》

鳥曇

【とりぐもり】 晩春 天文

関連季語 鳥雲《とりくも》・鳥風《とりかぜ》

春、雁や鴨などの渡り鳥が北へ帰っていく頃の、曇りがちな空のこと。「鳥風」は、鳥たちが海を渡るために利用する風のこと。または、鳥の羽ばたきを風になぞらえているともいう。

また職をさがさねばならず鳥ぐもり　安住《あずみ》 敦

亀鳴く

【かめなく】 三春 動物

実際に亀が鳴くことはないが、春になると雄が雌を慕って鳴くと空想された。藤原為家《ふじわらのためいえ》の歌「川越《かわごえ》のをちの田中の夕闇に何ぞと聞けば亀の鳴くなり」に、由来するという。

亀鳴くを聞きたくて長生きをせり　桂 信子

藤

【ふじ】 晩春 植物

関連季語 山藤《やまふじ》・白藤《しろふじ》・藤《ふじ》の房《ふさ》・藤浪《ふじなみ》・藤棚《ふじだな》

庭や公園などに棚を仕立てて栽培し、垂れ下がる薄紫の花房を楽しむ。野生の藤は、木や崖に蔓《つる》をかける。花房は数十センチから1メートルほどになるものも。晩春から初夏にかけてが見頃。

花房が風に吹かれる様子を「藤浪」と呼ぶ。風にゆれる姿は優雅で、辺りに芳香が漂う。特に白い花をつける「白藤」は、甘い香りが強い。

白藤や揺りやみしかばうすみどり　芝 不器男《ふきお》

揺れているときは白一色に見えた花房が、揺れやんでみると、白に薄緑がほんのり差しているのに気がついた。繊細な写生の句。

菫

【すみれ】 三春 植物

関連季語 菫草《すみれぐさ》・花菫《はなすみれ》

野山に自生し、濃紺、薄紫、白などの可憐な花を咲かせる。名前の由来は、形が大工道具の墨入れに似るからとの説も。ひと回り大きい三色菫（パンジー）は、別品種。

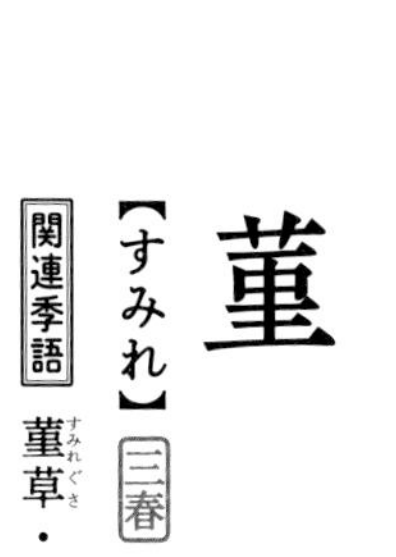

かたまつて薄き光の菫かな　渡辺水巴《すいは》

チューリップ

晩春 植物

ユリ科の球根植物。釣鐘型の花が上向きに咲く。ヨーロッパで古くから品種改良され、赤、紫、黄色、白、ピンク、絞り、斑入りなど、色味が豊富。春の花壇を鮮やかに彩る。

チューリップ喜びだけを持つてゐる　細見綾子

暮春

【ぼしゅん】 晩春 時候

関連季語 暮《くれ》の春《はる》・春《はる》の果《はて》

春がまさに暮れよう（終わろう）としている時期。やわらかな表現では「暮の春」とも。「行《ゆ》く春」「春惜しむ」などの感慨につながる。「晩春」は、4月最後の1ヶ月。

似た表現に「春の暮」があるが、こちらは春の夕暮れ時を指す。また、秋は「暮秋」ではなく「晩秋」を使う。

人入つて門のこりたる暮春かな　芝　不器男《ふきお》

人が門に入っていったことによって、門の景色に動と静が生まれた。取り残されたように立つ門に、暮春の寂しさが通う。

ペン先の金やはらかや暮の春　小川軽舟《けいしゅう》

行く春

【ゆくはる】 晩春 時候

関連季語 春《はる》行《ゆ》く・春《はる》尽《つ》く

春がまさに終わろうとする時期。「暮春」と同じ時期だが、より詠嘆的な意味合いを持つ。春という季節を人になぞらえ、移ろいゆく季節に、愛惜の意をこめている。

行く春を近江の人と惜しみける　芭蕉

春惜しむ

【はるおしむ】 晩春 時候

関連季語 惜春《せきしゅん》

過ぎ行く春を惜しむこと。しみじみとした独特の寂しさが漂う。古来、日本では春と秋が惜しむべき季節と捉えられ、秋の終わりも「行《ゆ》く秋」「秋惜しむ」などと表される。

人も旅人われも旅人春惜しむ　山口青邨《せいそん》

茶摘

【ちゃつみ】晩春 生活

関連季語 一番茶《いちばんちゃ》・二番茶《にばんちゃ》・茶摘女《ちゃつみめ》・茶摘唄《ちゃつみうた》・茶畑《ちゃばたけ》

お茶の新芽を摘むこと。茶摘は、八十八夜前後の4〜5月に始まり、晴天の朝を選んで茶の芽を摘む。かつては赤い襷《たすき》に紺絣《こんがすり》の「茶摘女」たちが、「茶摘唄」を歌いながら茶摘を行う風景が見られた。

摘み始めから半月ほどの間に摘んだやわらかい茶葉が、最も上質な「一番茶」とされ、古くは長寿の効果もあるとされた。続いて「二番茶」、「三番茶」となる。

向きあうて茶を摘む音をたつるのみ　皆吉爽雨《みなよしそうう》

茶摘み唄を歌うでもなく、黙々と茶摘みの作業をするふたり。籠には次々と新茶が摘まれていく。

蚕

【かいこ】晩春 動物

関連季語 春蚕《はるご》

繭から絹糸をとる虫。蚕は4月中旬に孵化し、桑の葉を食べて成長する。養蚕《ようさん》は春から秋にかけて行われるが、春が最盛期。蚕といえば、この「春蚕」を指し、「夏蚕《なつご》」「秋蚕《あきご》」とは区別する。

糸吐きて蚕が薄明《はくめい》に隠れきる　野澤節子

夏近し

【なつちかし】晩春 時候

関連季語 夏隣《なつどなり》

夏に移ろうとする時期。夜明けが早くなり、木々の若芽も緑が濃く、日ざしも強くなって、夏の近いことが感じられる。

海近く住み潮の香に夏近し　稲畑汀子《いなはたていこ》

俳人紹介 ① 近世編

俳句のルーツは連歌※から派生した「俳諧の連歌」(俳諧)。江戸時代に流行し、雅な和歌に対し、滑稽・洒脱に遊び、庶民にも愛された。

松《まつ》尾《お》芭《ば》蕉《しょう》

1644～1694

伊賀(三重県)生まれ。本名は松尾宗房《むねふさ》。別号に桃青《とうせい》などがある。江戸・深川に庵を結び、蕉門を確立。俳諧に精神性や詩情をとり入れ、ひとつの文芸として確立させ、俳聖《はいせい》と呼ばれる。俳諧を交えた紀行文『おくのほそ道』で知られる。

五月雨をあつめて早し最上川
荒海《あらうみ》や佐渡に横たふ天の河
秋深き隣は何をする人ぞ
旅人と我が名よばれん初時雨

与《よ》謝《さ》蕪《ぶ》村《そん》

1716～1784

大坂生まれ。抒情性、写実性に富む作風で、俳諧中興の祖といわれる。晩年は蕉風の復興を提唱。本職は画家であり、俳諧と同じく洗練された画風に評価が高い。

菜の花や月は東に日は西に
春の海終日《ひねもす》のたり〳〵かな
しら梅に明《あく》る夜ばかりとなりにけり

小《こ》林《ばやし》一《いっ》茶《さ》

1763～1828

信州(長野県)生まれ。15歳で江戸に出て、20歳頃に俳句の道を目指す。幼時から逆境に見舞われ、屈折した感情に基づく、異色の世界観で俳句を詠んだ。

我と来て遊べや親のない雀
目出度《めでた》さもちう位《くらい》也おらが春
是《これ》がまあつひの栖《すみか》か雪五尺

※和歌の形式のひとつ。ひとりが「五・七・五」の発句(長句)をつくり、それに対して別の人が「七・七」の短句をつけ足す。その長短句を交互に続けていく。

五月

5月の暦

▼八十八夜《はちじゅうはちや》（2日頃）
▼端午《たんご》／菖蒲《しょうぶ》の節句（5日）
▼立夏《りっか》（5日頃）
▼小満《しょうまん》（21日頃）

八十八夜

【はちじゅうはちや】晩春　時候

雑節《ざっせつ》のひとつで、立春から八十八日目にあたる5月2日頃。春から夏に移る節目となる日で、農家では種蒔につづいて養《よう》蚕《さん》が始まる大切な時期。「夏も近づく八十八夜」と歌にも歌われるように、茶摘みの最盛期でもある。

音立てて八十八夜の山の水

桂　信子

別れ霜

【わかれじも】晩春　天文

関連季語　忘《わす》れ霜《じも》・霜《しも》の名残《なごり》

晩春の霜。4月になっても霜が降りることは多いが、「八十八夜の別れ霜」といわれ、これ以降の降霜《こうそう》はまれになる。

別れ霜仏飯《ぶっぱん》ややに尖りたり

柿本多映

春日傘

【はるひがさ】晩春　生活

晩春の頃から、日差しは急に強さを増す。日焼けを嫌って外出時に日傘を用いる女性も多くなる。夏の「日傘」にくらべると、春らしくカラフルな色が選ばれることも多い。

春日傘まはすてふこと妻になほ

加《か》倉《くら》井《い》秋《あき》を

子猫

【こねこ】晩春　動物

関連季語　猫《ね》の子《こ》・親猫《おやねこ》・子持猫《こもちねこ》

猫は年中子を産むが、春先の「猫の恋」をきっかけに、晩春の頃に特に出産が多くなる。子猫はうまれて3週間ほどで遊びはじめる。その愛くるしい姿を詠んだ句も多い。

猫の子のつくづく見られなきにけり

日野草城《そうじょう》

夏蜜柑

【なつみかん】晩春　植物

関連季語　夏柑《なつかん》・甘夏《あまなつ》

実がつくのは秋だが、収穫は春。３月頃から市場に出回るので春の季語となった。大型の柑橘類の代表格で、皮が厚い。汁気が多く、ほのかな苦味とみずみずしい酸味を楽しむ。

割る時の親指太し夏蜜柑　今瀬剛一

余花

【よか】初夏　植物

関連季語　残花《ざんか》

山間部や北国で夏に入ってから咲く、または咲き残る桜のこと。若葉に混じって咲く花の風情を表す。晩春まで散り残る桜は、「残花」と呼ばれて春の季語となる。

余花に逢ふ再び逢ひし人のごと　高浜虚子《きょし》

葉桜

【はざくら】初夏　植物

関連季語　花《はな》は葉《は》に

満開の花が散ったあと、桜の枝々には、明るい黄緑色の若葉が萌え出る。葉は次第に茂って木全体をおおい、美しい葉桜になる。花の終わりを惜しむ寂しさとともに、初夏の明るさ、爽快さが感じられる季語。

桜の花が散って、いつのまにか葉桜になったことを、「花は葉に」という。

葉桜の中の無数の空さわぐ　篠原梵《ぼん》

葉桜越しに見上げた空。無数の葉の重なりに切り取られた無数の空が、葉の揺れとともに揺れ動いては、初夏の光をこぼす。

端午【たんご】

初夏　行事

関連季語　五月《ごがつ》の節句《せっく》・菖蒲《しょうぶ》の節句《せっく》・菖蒲《しょうぶ》の日《ひ》・幟《のぼり》

5月5日。中国から入って来た五節句のひとつ。菖蒲が邪気除けに使われたので「菖蒲の節句」とも呼ばれた。武家社会では、武を重んじる「尚武《しょうぶ》」にも通じることから男子の節句となり、武者人形を飾り、鯉のぼりを立てるようになった。現在では、子どもの成長を願う祝日となっている。

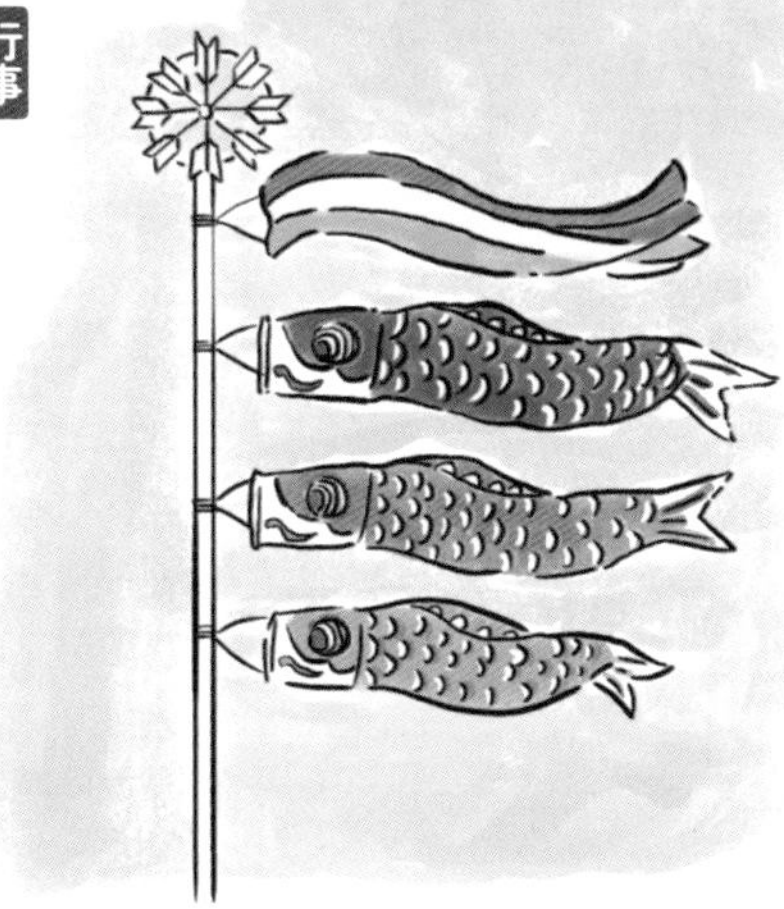

雨がちに端午ちかづく父子かな　石田波郷《はきょう》

端午のお祝いを心待ちにしている男の子。息子の成長を思う父にも、常とは違う感慨があることだろう。心配なのは雨がちな空。

端午にまつわる季語

▼菖蒲《しょうぶ》葺《ふ》く　初夏

5月4日の夜に、軒端に菖蒲を挿しかざして邪気を払う風習。端午の行事に使う菖蒲はショウブ科の植物で、アヤメ科の花菖蒲とは別種。今ではあまり行われない。

［葺かれたる菖蒲やながき潮来町《いたこまち》　高屋窓秋《たかやそうしゅう》］

▼柏餅《かしわもち》　初夏

端午の節句のお菓子。米粉の餅で餡を包み、柏の葉で包んで蒸したもの。米粉を練って笹の葉に包み、糸・藁《わら》などで縛って蒸したお菓子「粽《ちまき》」も季語。

［手づくりの柏餅とて志野《しの》の皿　水原秋桜子《しゅうおうし》］

▼菖蒲湯《しょうぶゆ》　初夏

端午の節句に、菖蒲の茎や葉を湯舟に入れ、心身を清める。濃い緑の葉に、青々とした芳香が漂う。

［沸きし湯に切先青き菖蒲かな　中村汀女《ていじょ》］

立夏

【りっか】初夏　時候

関連季語　夏《なつ》立《た》つ・夏《なつ》に入《い》る・夏《なつ》来《きた》る

二十四節気のひとつで、5月5日頃。夏の気の立つ日といい、この日から暦の上では夏となる。「夏立つ」などともいわれる。

地域により夏を実感する時期は異なるものの、日ざしは強さを増し、爽やかで明るい空気が満ちて、街行く人の装いも軽やかになる。好天の日が増え、気温も上がってくる。

おそるべき君等の乳房夏来る　西東三鬼《さいとうさんき》

薄着となった少女たち。「乳房」に象徴された若さのまぶしさに、作者は慄《おのの》いているのである。それはまさに夏そのもの。

プラタナス夜《よ》もみどりなる夏は来ぬ　石田波郷《はきょう》

夏めく

【なつめく】初夏　時候

関連季語　夏《なつ》兆《きざ》す

あたりが夏らしくなること。草木の緑が輝きを増し、梅雨に入るまでのつかの間の解放感が生まれる。

松脂《まつやに》の香れる廊下夏兆す　西山ゆりこ

新茶

【しんちゃ】初夏　生活

関連季語　走《はし》り茶《ちゃ》・古《こ》茶《ちゃ》

その年の新芽を摘んで精製した茶のこと。「走り茶」「一番茶」ともいわれて、すがすがしい香りと味を楽しむ。新茶が出回ると、前年の茶は「古茶」になる。

新茶来る雲より高きところより　大谷弘至《ひろし》

若葉

【わかば】 初夏 植物

関連季語 山若葉《やまわかば》・谷若葉《たにわかば》・若葉風《わかばかぜ》・若葉雨《わかばあめ》・若葉寒《わかばざむ》・若葉冷《わかばびえ》

春に芽吹き、初夏にかけて伸びていく若い葉。葉1枚だけというよりも、その木や場所全体が、青々とした新緑に包まれている様子をいう。

木々によって色合いや姿が異なり、特定の樹木を指す場合は、上に植物の名を冠する。「山若葉」「谷若葉」「若葉冷」など、情景や情感とともに詠まれることも多い。

不二《ふじ》ひとつうづみ残して若葉かな　蕪村

不二、つまり富士山だけを埋め残し、あたり一面が若葉に覆われているという。誇張した表現によって、若葉の季節を讃えている。

様々な「若葉」の季語

▼柿若葉《かきわかば》 初夏

丸い葉がつやつやと若々しく、明るい萌葱《もえぎ》色が目に鮮やか。日の光が透きとおるような美しさがあり、新緑の中でも格別にみずみずしいイメージがある。

［みどりごに光あつめて柿若葉　東《ひがし》蕾《つぼみ》］

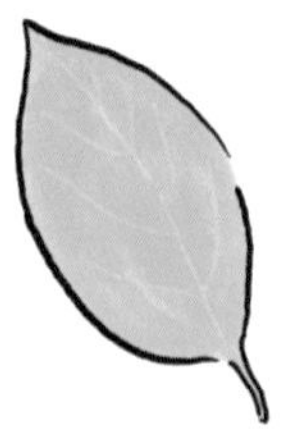

▼椎若葉《しいわかば》 初夏

常緑樹である椎からも、初夏に淡い緑の若葉が萌え出る。ほかの常緑樹に、樫《かし》や樟《くす》などもあり、それぞれの名を冠して詠む。

▼若楓《わかかえで》 初夏

楓の若葉のこと。秋の紅葉だけでなく、萌え出たばかりの初夏の若葉も美しい。季節が進めば、緑が深まって青葉となり、「青楓《あおかえで》」と呼ばれる。

新緑

【しんりょく】 初夏 植物

関連季語 みどり・緑《みどり》さす

春に萌え出たばかりの、まだ若々しく溌剌《はつらつ》とした初夏の木々の葉が広がる様子。「緑さす」は緑を通してさす光。

摩天楼より新緑がパセリほど

鷹羽狩行《たかはしゅぎょう》

万緑

【ばんりょく】 三夏 植物

明るく瑞々しかった新緑が、日を追うごとに濃さを増して広がり、深い緑になる。見渡す限り青々と茂る、真夏の緑の盛んな様子。もとは漢詩「万緑叢中紅一点《ばんりょくそうちゅうこういってん》」に基づく言葉。中村草田男の句が多くの共感を呼び、季語として定着した。

万緑の中や吾子《あこ》の歯生え初むる

中村草田男《くさたお》

青嵐

【あおあらし・せいらん】 三夏 天文

関連季語 風青《かぜあお》し・夏嵐《なつあらし》

夏の青空の下、草木や草原の緑をそよがせて吹きわたる、やや強い風のこと。吹き抜ける爽快さに、夏らしく明るいイメージを感じさせる。

南寄りの風が多く、「南風《はえ》」とほぼ同じ意味だが、青嵐の方が風雅なイメージ。「せいらん」と読むと、晴れた日にたつ霞（晴嵐《せいらん》）とまぎらわしいため、「あおあらし」と読むことが多い。青葉を吹いて渡る東風を指す、「青東風《あおごち》」という言葉もある。

うごかざる一点がわれ青嵐

石田郷子《きょうこ》

青嵐にも微動だにせず力強く立っているのが「私」であるという。実景というより、人生の一場面が象徴的に描かれているようだ。

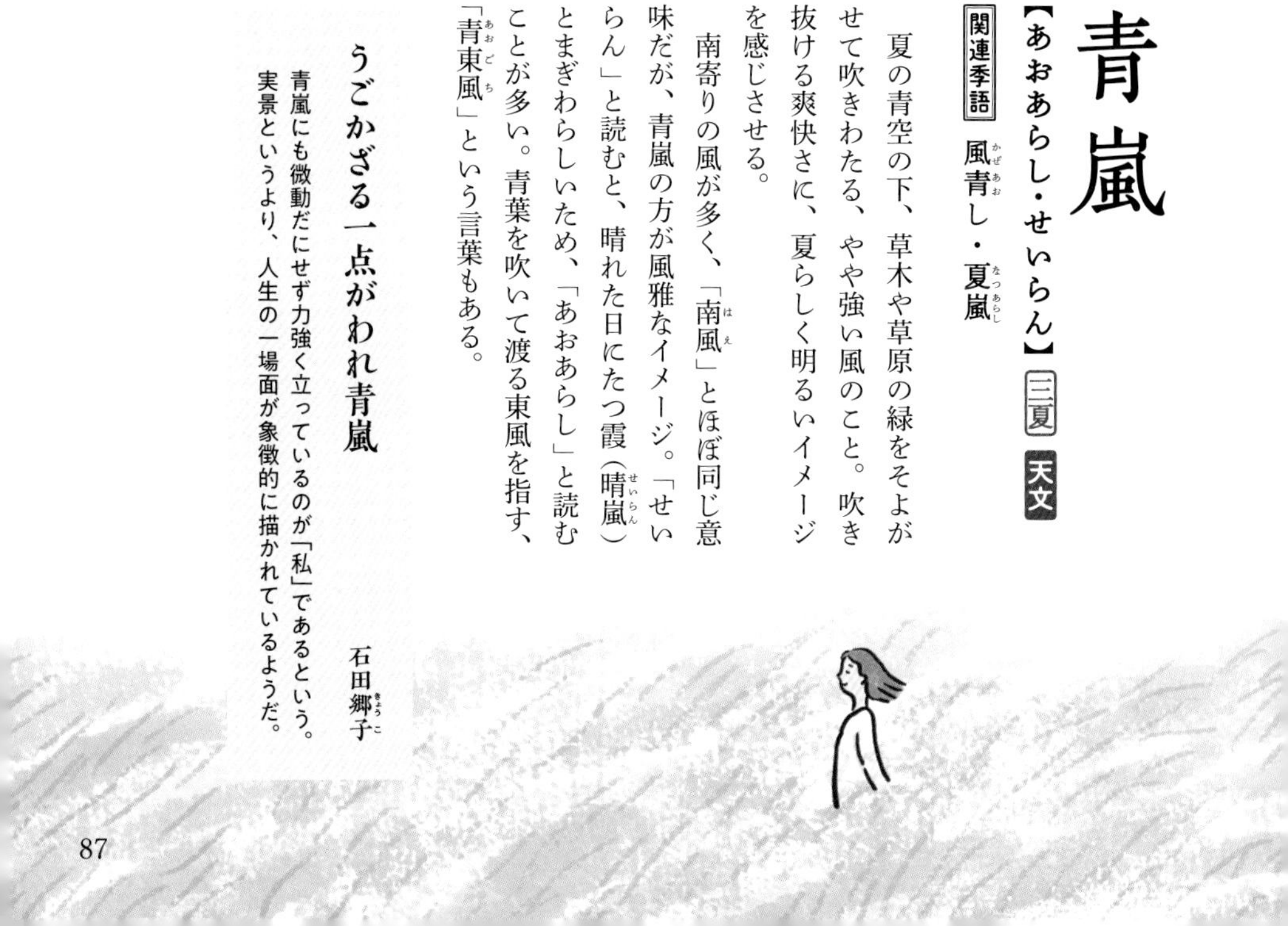

青時雨

【あおしぐれ】三夏 天文

関連季語 青葉時雨《あおばしぐれ》

青葉の頃の雨上がり、木々の下を通ると、葉にたまっていた水滴が、ぱらぱらと降りかかってくること。その様子を「時雨」に見立てた。

大原や青葉しぐれに髪打たす　鍵和田秞子《ゆうこ》

青葉

【あおば】三夏 植物

関連季語 青葉山《あおばやま》・青葉冷《あおばびえ》

初夏の木々の葉が生い茂っている様。「若葉」よりも季節が進み、緑の深まりとたくましさを感じさせる。

あらたふと青葉若葉の日の光　芭蕉

風薫る

【かぜかおる】三夏 天文

関連季語 薫風《くんぷう》

万物がいきいきと活動を始める頃、青葉若葉のなかを、爽やかに匂うように吹きわたる夏の風。

和歌では花や草の香りを運ぶ風として、春風のことを指していたが、俳句では「薫風南より来る」などの禅語を受け、匂い立つような初夏の風のことを指すようになった。季語としては夏中使えるが、やはり初夏の風にふさわしい。

風薫る森にニーチェを読みにゆく　遠藤若狭男《わかさお》

ニーチェの書を携えて、新緑の森へと入っていく。作者はそこでどんな言葉に出会ったのだろう。悩める青年の横顔が見える。

薫風の窓にフランス国旗かな　後閑《ごかん》達雄

初鰹

【はつがつお】 初夏 動物

関連季語 初松魚《はつがつお》・鰹《かつお》

鰹は春、黒潮に乗って北上し、初夏、伊豆半島や房総沖に押し寄せる。このときの鰹が「初鰹」。鰹が北上する黒潮を、「青葉潮」とも呼ぶ。

江戸時代、旬の走りである初鰹は高級品だったが、「女房を質に入れても初鰹」ともてはやされた。初物を特別視した江戸っ子たちは、こぞって買い求めたという。

断つほどの酒にはあらず初鰹　鷹羽狩行《たかはしゅぎょう》

初鰹を食卓に、一献。断つほどの酒量ではないが、初鰹のうれしさに、思いのほか酒が進んだことだろう。

筍

【たけのこ】 初夏 植物

関連季語 竹《たけ》の子《こ》・たかんな・たこうな

初夏、地中から顔を出す間際に掘り起こして食べる。筍飯などが美味。食用の孟宗竹《もうそうちく》は3〜4月、真竹《まだけ》は5〜6月が旬。成長著しく、たちまち伸びて若竹となってしまう。

筍の光放つてむかれたり　渡辺水巴《すいは》

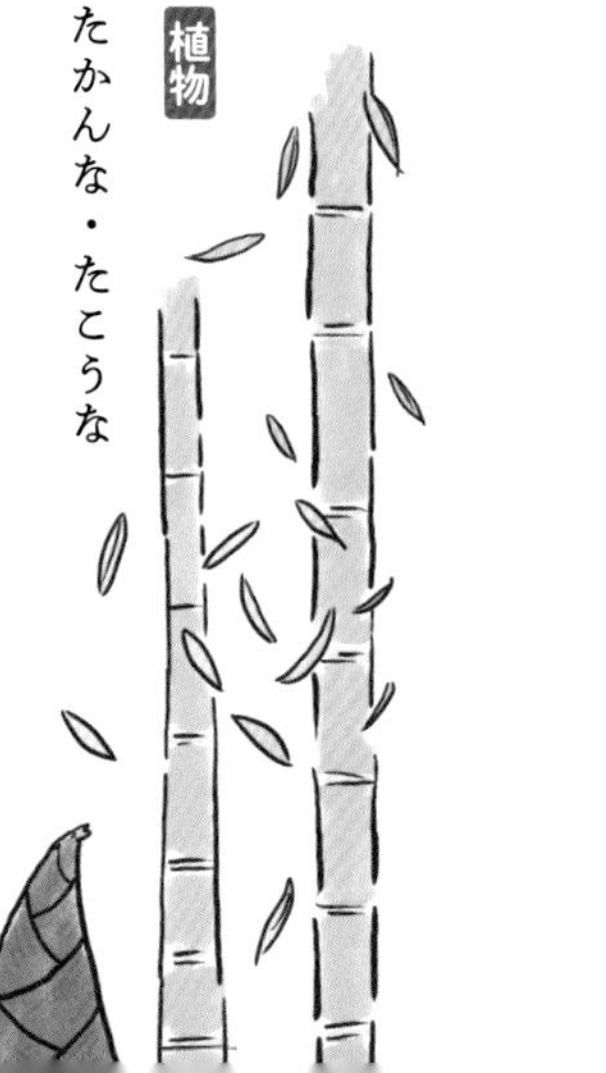

竹落葉

【たけおちば】 初夏 植物

関連季語 笹《ささ》散《ち》る・竹《たけ》の葉《は》散《ち》る

筍を育てるために黄葉した竹の葉は、「竹の秋」と呼ばれる春の季語。筍が地面から顔を出すと、初夏の新しい葉と入れ替わるように古い葉が落ち、竹林一面に散り敷いていく。

昼の月よりひらひらと竹落葉　倉田紘文《こうぶん》

牡丹

【ぼたん】 初夏 植物

関連季語 ぼうたん・白牡丹《はくぼたん》・牡丹園《ぼたんえん》

初夏、直径約10～20センチの大輪の花を咲かせる。白、淡紅、黒紫、黄など色もさまざま。平安時代に中国から漢方薬として渡来し、のちに花を観賞する目的で栽培されはじめた。優美に咲き誇る姿が、中国では〝百花の王〟として称えられ、則《そく》天武后《てんぶこう》や楊貴妃《ようきひ》などに愛でられたという。

白牡丹といふといへども紅《こう》ほのか　高浜虚子《きょし》

白にさす、ほのかな紅。客観写生の句であるが、「といふといへども」という言葉に、虚子の驚きと発見が現れている。花の美しさを引き立てる、ものの本質のありようが見えるかのよう。

日の牡丹たちまち凪の牡丹かな　藤岡筑邨《ちくそん》

薪能

【たきぎのう】 初夏 行事

関連季語 芝能《しばのう》・能篝《のうかがり》

「薪能」の起源は、奈良興福寺の神事能。５月の夕暮れから夜間に、野外で篝火を焚いて催される。近年では各地の寺社でも、夏場を中心に、夜間の野外能が催されている。

曳くやうに笛吹き出せり薪能　茨木和生《いばらきかずお》

細くなびくような能の笛の音を「曳くやうに」とは言い得て妙。薪能であることが、ことさらその音色を幽玄なものにしている。

薔薇

【ばら】初夏 植物

関連季語 そうび

初夏、芳香とともに華麗な花を咲かせる。ヨーロッパでの栽培の歴史は古く、現在では数万種以上の園芸品種がある。二季咲き、四季咲きの品種も多いが、一季咲きのものは5月頃が最盛期であり、初夏の季語とされる。

日本にはもともと、棘のある野生種「茨《いばら》（野ばら）」が存在したが、ここから「ばら」という名前が生まれた。

手の薔薇に蜂来れば我王の如《ごと》し

中村草田男《くさたお》

手に持つ薔薇に寄り来る蜂。まるで王になったかのように、かしずく蜂を見下ろしている。西洋の童話のような雰囲気を纏《まと》う。

虞美人草

【ぐびじんそう】三夏 植物

関連季語 雛罌粟《ひなげし》・ポピー

初夏、紅や白、紅紫などの花を咲かせる。細い茎が風にそよぐ様はたおやかな美女のよう。「虞美人草」の名は、楚《そ》の武将・項羽《こうう》が愛した絶世の美女、虞《ぐ》の生まれ変わりという言い伝えから名づけられた。

雛罌粟のはらりと花になりにけり

今井肖子

芍薬

【しゃくやく】初夏 植物

初夏、紅または白の大きな花を咲かせる。〝花の王〟と呼ばれる牡丹と対比され、〝花の宰相〟とも呼ばれる。芍薬という名のとおり、根を乾燥させたものは薬用にもなる。

芍薬を嗅げば女体となりゐたり

山口誓子《せいし》

卯の花腐し

【うのはなくたし】初夏　天文

関連季語　卯《う》の花降《はなくだ》し

卯月《うづき》（卯の花月）と呼ばれる旧暦4月頃に、降り続く雨のこと。春雨と梅雨の中間の長雨。卯の花が咲く頃にあたり、その花を散らして損なう雨といわれる。いっぽうで、その名が卯の花の白さを連想させる。卯の花が雨にけぶる様や、散りだしたところにも風情がある。

この時期の曇り空を、「卯の花曇り」という。

銀食器曇る卯の花腐しかな　山内貞子

雨で銀食器が曇るかどうかは定かではないが、卯の花も萎《しお》れるような長雨の憂鬱さが、銀食器の曇りと通い合う。

卯の花

【うのはな】初夏　植物

関連季語　花卯木《はなうつぎ》

5、6月頃、真っ白な小花を密集して咲かせ、夏の到来を告げる。卯の花は「卯木《うつぎ》の花」が省略された呼び名。幹が空洞になっているので「空木《うつぎ》の花」と書くこともある。

花卯木水模《も》糊《こ》として舟ゆかず　飯田蛇笏《だこつ》

卯波

【うなみ】初夏　地理

関連季語　卯月浪《うづきなみ》

旧暦4月（卯月）の頃、季節の変わり目で天候が悪く、海や川に白波が立つ様子。白波を卯の花になぞらえたともいう。

あるときは船より高き卯浪かな　鈴木真砂女《まさじょ》

袋角

【ふくろづの】 初夏 動物

関連季語 鹿《しか》の若角《わかづの》・鹿茸《ろくじょう》

鹿の角は、毎年春に付け根から落ち、初夏に新しい角が生えてくる。生え始めはビロードのような皮をかぶっていてやわらかく、袋のように見えるため「袋角」と呼ぶ。袋角は敏感で、ふれると嫌がられる。9月頃には伸びて、鋭く硬い角になる。

秋の発情期を迎えると気性が荒くなるため、奈良では角切りの行事も行われる。

袋角鬱々と枝《え》を岐《わか》ちをり

橋本多佳子

生え変わったばかりの鹿の角は先端が丸くて、角というには何とも頼りない。鋭さのないその角を「鬱々」と捉えた。

繭

【まゆ】 初夏 生活

関連季語 新繭《しんまゆ》・玉繭《たままゆ》・繭掻《まゆかき》・繭干《まゆほ》す・繭買《まゆがい》・糸取《いととり》

春に孵化した蚕が繭を作る時期。繭は、その美しさから「玉繭」とも呼ばれる。養蚕《ようさん》において、繭を作るための専用の箱から繭を外す作業を「繭掻」と呼び、その後「繭干す」などの作業ののち、「糸取」で絹糸をとる。

悉《ことごと》く繭となりたる静けさよ

高野素十《すじゅう》

薄暑

【はくしょ】 初夏 時候

一年で最も過ごしやすい時期といえる5月でも、うっすらと暑さを覚える日がある。本格的な暑さではなく、汗ばむ額を吹きすぎる風に爽快感を感じるような、初夏の暑さ。

帯解けば疲れなだるる夕薄暑

古賀まり子

蚕豆

【そらまめ】 初夏 植物

関連季語 空豆《そらまめ》

さやが蚕の形に見えるので「蚕豆」と呼ぶ。さやが空に向かって直立してつくため、「空豆」の名前も。

そら豆はまことに青き味したり

細見綾子

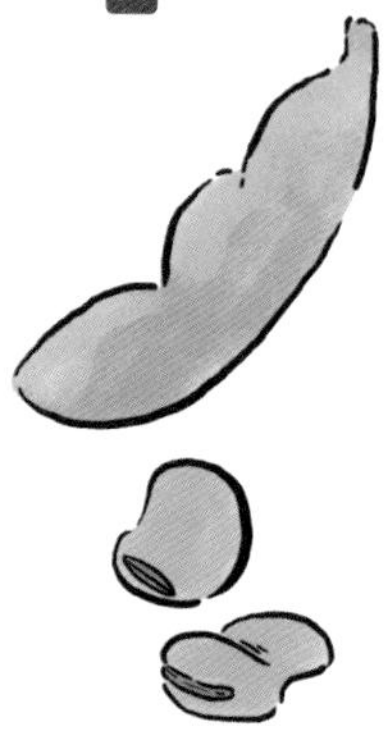

蕗

【ふき】 初夏 植物

関連季語 蕗《ふき》の葉《は》・蕗畑《ふきばたけ》・伽羅蕗《きゃらぶき》

蕗は、春の「蕗の薹《とう》」と、初夏の茎が食用になる。茎は茹でて皮をはぎ、炊いたり醤油で伽羅色に煮詰めて「伽羅蕗」にしたりする。ほのかな苦みが特徴。

蕗むいて一日むいてゐるやうな

山尾玉藻《やまおたまも》

豆飯

【まめめし】 初夏 生活

蚕豆や青豌豆《あおえんどう》を炊きこんで、うすい塩味をつけたご飯。鮮やかな豆の緑が、白いご飯に映えて美しい。季節の風味を楽しむ庶民の味。

豆飯や軒《のき》うつくしく暮れてゆく

山口青邨《せいそん》

夏の「炊き込みご飯」の季語

▼筍飯《たけのこめし》 初夏

細かく刻んで煮た筍を、だし汁とともに炊きたてのご飯に混ぜたり、ご飯に炊きこんだりしたもの。筍の旬は、晩春から5月中頃まで。

▼麦飯《むぎめし》 初夏

白いご飯に大麦を混ぜて炊いたもの。少し水を多めにして炊くとよい。昔は夏にビタミン不足となりやすかったので、よく麦飯を食べた。

母の日

【ははのひ】 初夏 行事

5月の第2日曜日で、母に感謝をささげる日。赤いカーネーションを贈ることが多い。20世紀初頭のアメリカの女性が、亡き母を偲んで白いカーネーションを配ったことがはじまり。当時は、亡母を偲ぶ場合は白い花、健在の場合は赤い花を胸につけた。やがて全世界に広まり、戦後、日本でも一般化した。

母の日の母を泣かしてしまひけり　黛《まゆずみ》まどか

うれしいときも悲しいときも涙は出るものだが、母を喜ばせて泣かせているのでは句にならない。母の日に何か悲しいことを告げたのである。

母の日や何もせずとも母とゐて　大橋敦子

郭公

【かっこう】 三夏 動物

関連季語　閑古鳥《かんこどり》

時鳥《ほととぎす》の仲間だが、やや大型の鳥。5月半ばに南方から渡ってくる。卵を頬白《ほおじろ》や鵙《もず》、葭切《よしきり》などの巣に託す習性（托卵《たくらん》）がある。「カッコウ」というのどかな鳴き声が特徴的。

郭公の恋の尾羽をひろひけり　堀口星眠《せいみん》

時鳥

【ほととぎす】 三夏 動物

関連季語　子規《ほととぎす》・不如帰《ほととぎす》

5月、南方から渡ってくる。「キョッキョッキョキョキョ」という鋭い鳴き声は、「テッペンカケタカ」とも聞こえる。昔の人は、夏を告げる声として初音《はつね》を待ちわびていた。

谺《こだま》して山ほととぎすほしいまゝ　杉田久女《ひさじょ》

麦の秋

【むぎのあき】 初夏 時候

関連季語 麦秋《ばくしゅう》

大麦、小麦をはじめとした麦は、5～7月に収穫期を迎える。通常の穀物は実りの時期が秋であることから、この時期を「麦の秋」「麦秋」と呼ぶようになった。周囲を彩る初夏の新緑に、収穫を待つ麦畑の黄金色が対照的に映える。

麦の種を蒔《ま》く「麦蒔《むぎまき》」は冬、根の発育を促すために麦を踏む「麦踏《むぎふみ》」は春の季語。

新しき道のさびしき麦の秋　上田五千石《ごせんごく》

麦秋の中にある一本の新しい道。そこをひとり歩きゆく作者。新たなものを切り開いていくときの、孤高の寂しさを思う。

麦秋の中に近江の湖《うみ》をおく　大高霧海《おおたかむかい》

草笛

【くさぶえ】 三夏 生活

関連季語 麦笛《むぎぶえ》

草や木の葉を唇につけて、笛のような音を出す。葉の当て方で様々な音色が楽しめる。麦の茎を鳴らす「麦笛」や、草の葉を指にはさんで飛ばす「草矢《くさや》」などに並ぶ遊び。

草笛で呼べり草笛にて応《こた》ふ　辻田克巳

雷

【かみなり・らい】 三夏 天文

関連季語 神鳴《かみな》り・いかずち・鳴神《なるかみ》・遠雷《えんらい》・雷鳴《らいめい》・雷雨《らいう》

積乱雲に伴う放電現象で、夏に最も多い。局地的に激しい雨や雹《ひょう》を降らせることもある。雷鳴は聞こえず雷光だけがひらめく「稲妻」は、秋の季語。

遠雷やはづしてひかる耳かざり　木下夕爾《ゆうじ》

更衣

【ころもがえ】 初夏 生活

関連季語 衣《ころも》更《か》う

衣服を夏物に変えること。着物の時代は、旧暦5月5日に、袷《あわせ》（裏付きの着物）を単衣《ひとえ》（裏地のない一重の着物）に改めた。その風習にならって、制服などは6月1日に衣替えをする場合が多いが、通常は気候の変化に合わせて変えていく。秋の衣替えは「後《のち》の更衣」という。

更衣して胸元の水明り　藤本美和子

夏の装いで川辺に遊んでいるのだろう。きらきらと反射する水の光が、露わになった胸元を輝かせている。

夏帽子

【なつぼうし】 三夏 生活

関連季語 夏帽《なつぼう》・麦《むぎ》藁《わら》帽《ぼう》子《し》

強い日差しを避けるため、夏場にかぶる帽子の総称。綿や麻、麦藁など涼しげな素材で作られたものが多い。

わが夏帽どこまで転べども故郷　寺山修司

袋掛

【ふくろかけ】 三夏 生活

5～6月にかけて、虫・鳥の食害や病気を防ぐため、桃や林檎、梨、葡萄などの若い果実のひとつひとつに、紙袋をかぶせる作業。果樹園で人々が黙々と袋掛を行う様子は、初夏の風物詩であると同時に、農家の苦労を偲ばせる。

顔あげて少女なりけり袋掛　篠田悌《てい》二《じ》郎《ろう》

季語コラム 3

四季を感じる「水」の季語

水の温度の変化から季節の移ろいを知る

春夏秋冬、俳句の世界にはさまざまな季語があり、季語によって季節はさらにこまやかに分けられます。普段身近にある「水」ひとつをとっても、春に温《ぬる》み、夏に涼を呼び、秋に澄んで、冬に凍るものとして、その変化が豊かに描き出されます。

春、雪解けとともに湧き出した「雪しろ」は、大地を潤し、草木の芽吹きを促します。雪国の大地は潤い、春泥でぬかるみます。温んだ「春の水」には、春らしい穏やかさが感じられます。夏は「清《し》水《みず》」の冷たさを喜ぶ季節。見た目の涼しさも感じられる「滝」「噴水」も夏の季語。やがて来る秋は、水の透明感が増す「水澄む」時期。冬になると水は氷となり、涸れてしまいます。季語は「水涸る」。寒中にくみ取る水を「寒《かん》の水」といいます。

春

▼**春の水**
雪解けの水や春雨で、川や池の水量が増す。

▼**水《みず》温《ぬる》む**
水の温かさが増し、生き物が活発に動く。

▼**雪しろ**
雪が溶け、川や野原に水があふれる。

夏

▼**清《し》水《みず》**
夏山から湧き滴る、清らかで冷たい水。

▼**滝**
夏場に涼気を感じるもの。その音も涼しげ。

▼**日《ひ》向《なた》水《みず》**
夏の強い日ざしで温かくなった水。

秋

▼**水澄む**
大気が澄みわたる秋、水にも透明感を覚える。

冬

▼**水《みず》涸《か》る**
乾燥や積雪で、川や池などの水量が減る。

▼**寒《かん》の水**
一年で最も冷たく、飲むと体によいとされた。

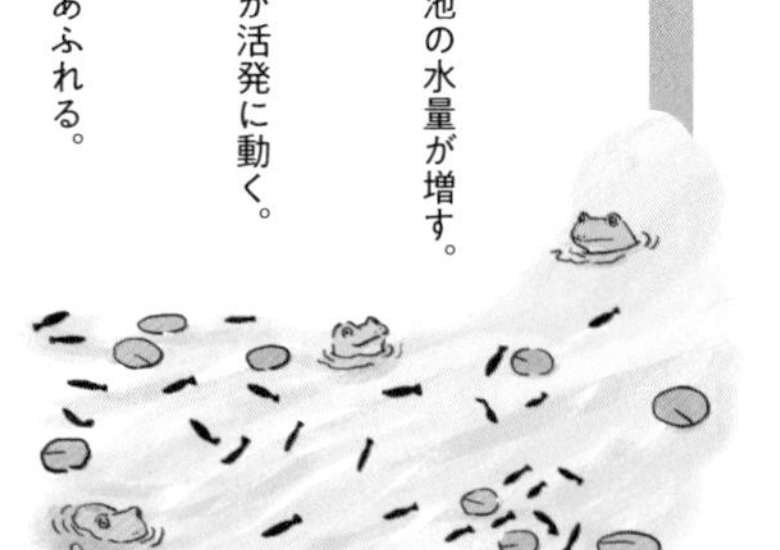

六月

6月の暦

- ▼芒種《ぼうしゅ》（5日頃）
- ▼入梅《にゅうばい》（10日頃）
- ▼夏至《げし》（21日頃）

田植

【たうえ】 仲夏 生活

関連季語 田《た》を植《う》う・田植歌《たうえうた》・田植笠《たうえがさ》・代掻《しろかき》

水を張った田に早苗を植えること。かつては田の神を招く神事でもあり、紺絣《こんがすり》に赤い帯、手《てっ》甲《こう》と脚絆《きゃはん》をつけ、田植笠をかぶった早乙女《さおとめ》(田植をする女性)たちによって、早苗が1株ずつ植えつけられた。

最近では機械化が進み、あっという間に終わってしまうので、昔の風情は薄れた。通常は6月上旬から、7月2日頃の「半夏生《はんげしょう》」までに行われる。

田一枚植ゑて立ち去る柳かな　芭蕉

西行《さいぎょう》が立ち寄ったといわれる蘆野《あしの》(栃木県)の遊行柳《ゆぎょうやなぎ》を訪ねて詠んだ句。田一枚を植えるくらいの間そこにとどまり、西行に想いを馳せた。『おくのほそ道』の中の一句。

早苗

【さなえ】 仲夏 植物

関連季語 玉苗《たまなえ》・早苗籠《さなえかご》

水田に植える若い苗。田植え前、籾《もみ》を蒔いてから40～50日、水田の一部を区切った苗代で育てられ、20センチほどに伸びる。青々とした美しさに愛着をこめて「玉苗」と呼ぶことも。

早苗籠負うて走りぬ雨の中　高浜虚子《きょし》

枇杷

【びわ】 仲夏 植物

関連季語 枇杷《びわ》の実《み》

6月頃、丸い果実がオレンジ色に熟す。薄い果皮をむいて食べる。種が大きく果汁も豊富。もともとは中国から伝来したもので、現在では、長崎や千葉が産地として知られる。

やはらかな紙につつまれ枇杷のあり　篠原　梵《ぼん》

若竹

【わかたけ】 仲夏 植物

関連季語 今年竹《ことしだけ》

その年に生え出たばかりの若々しい竹のこと。くすんだ幹の色をした前年までの竹が並ぶ竹林で、青緑色の幹に、やわらかな若葉を広げた様子がひときわ目立ってすがすがしい。「今年竹」ともいう。

筍が成長し若竹になるにつれて、下方から1枚ずつ皮を落としていく様子を「竹の皮脱ぐ」という。

若竹や鞭の如《ごと》くに五六本《ごろっぽん》

川端茅舎《ぼうしゃ》

「鞭の如くに」とは若竹ならではの比喩。鞭がしなるように、若竹が風に揺れている。

鮎

【あゆ】 三夏 動物

関連季語 年魚《ねんぎょ》・香魚《こうぎょ》・鮎釣《あゆつり》

春、若鮎として清流をさかのぼった鮎は、上流で苔を食べて成長する。鮎漁の解禁は6月初め頃。寿命が1、2年なので「年魚」、川の香りがするので「香魚」とも呼ばれる。

釣り上げし鮎のいのちのしたたれり

高橋悦男

夏蝶

【なつちょう】 三夏 動物

関連季語 夏《なつ》の蝶《ちょう》・揚羽蝶《あげはちょう》・梅雨《つゆ》の蝶《ちょう》

単に「蝶」なら、花の多い春の季語。夏蝶の代表格は、黄色地の羽に黒い模様の「揚羽蝶」。そのほか「烏揚羽」「大紫」など、夏の陽光に映える、大型で色鮮やかな蝶が多い。

つまみたる夏蝶トランプの厚さ

高柳克弘

芒種

【ぼうしゅ】仲夏　時候

二十四節気のひとつで、6月5日頃。「芒《のぎ》」は穀物の穂先の硬い毛のことで、麦の刈り入れや稲の植付けの時期を指す。

芒種はや人の肌さす山の草

鷹《たか》羽《は》狩行《しゅぎょう》

燕の子

【つばめのこ】三夏　動物

関連季語　子《こ》燕《つばめ》・親《おや》燕《つばめ》

燕は、4〜7月にかけて2度産卵する。巣の中の子燕は、大きく口を開け、身を乗り出して親鳥に餌をねだる。飛翔の練習をする姿もほほえましく、20日ほどで巣立つ。

子燕のこぼれむばかりこぼれざる

小澤　實《みのる》

父の日

【ちちのひ】仲夏　行事

6月の第3日曜日。父に感謝する日。1940年、アメリカのドッド夫人が、男手ひとつで育ててくれた父に感謝を表したことが起源とされる。日本に入って来たのは戦後で、「母の日」ほどは一般化しなかったが、最近は徐々に定着しつつある。母とくらべて忘れられがちな、父親の哀愁を含んだ句も多い。

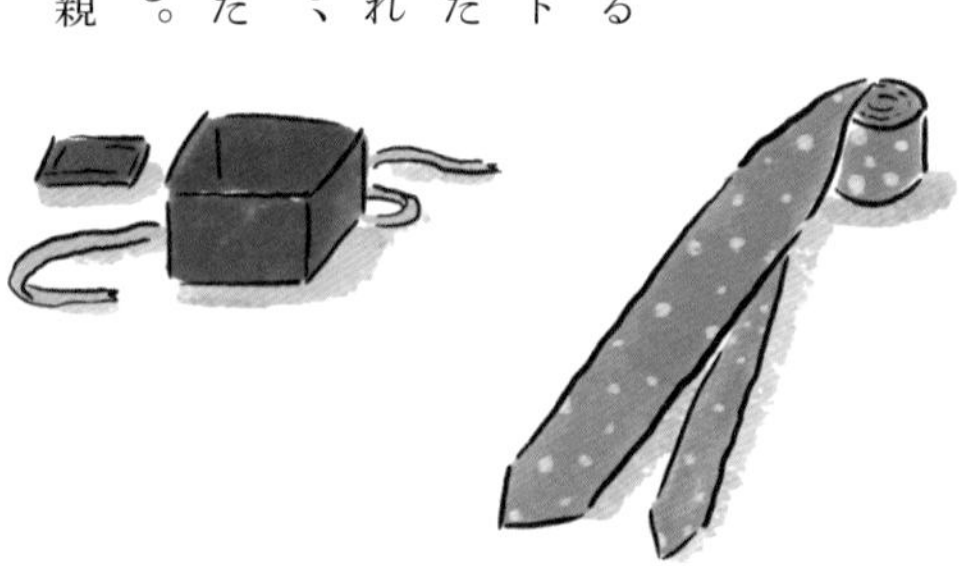

父の日やライカに触れし冷たさも

広《ひろ》渡《わたり》敬《たか》雄《お》

父の日に思い出す、父との思い出。ライカは父愛用のカメラだったのだろう。それに触れたときの冷たさまで、ありありと思い出す。

父の日や遺影に花と柿の種

吉原一枝

安居

【あんご】 三夏 行事

関連季語　夏安居《げあんご》・夏籠《げごもり》・夏行《げぎょう》・雨安居《うあんご》・一夏《いちげ》

旧暦4月16日から7月15日の90日間、仏教の僧が一室に籠り、修行をすること。安居とは梵語の〝雨季〟が語源で、釈迦が雨季の間、弟子を修行に専念させたことがはじまり。安居に入ることを「結夏《けつげ》」といい、解くことを「解夏《げげ》」という。

俳句では、梅雨の時期に部屋にこもって何かに打ちこむことも、広く安居ととらえる。

しばらくは滝に籠《こも》るや夏《げ》の始め　芭蕉

栃木県の裏見《うらみ》の滝で詠んだ『おくのほそ道』の中の一句。夏行の始まる修行僧たちのように、しばらくはこの滝の裏の洞窟に籠り、瞑想にふけっておりましょう、という句意。

杜若

【かきつばた】 仲夏 植物

関連季語　燕子花《かきつばた》

水辺や湿地に群生するアヤメ科の花。中央に白い筋が入った紫色の花弁と、剣状にとがった葉が特徴。古くは花の汁で衣を染め、〝書付花《かきつけばな》〟と呼ばれたことが語源とされる。花の姿が燕を思わせることから、「燕子花」とも書く。

天上も淋しからんに燕子花　鈴木六林男《むりお》

蟷螂生る

【とうろううまる・かまきりうまる】 仲夏 動物

関連季語　子鎌切《こかまきり》

蟷螂《とうろう》（鎌切）は5月頃から孵化する。数百の卵が包まれた卵《らん》嚢《のう》が草や木の枝につき、やがて無数の子鎌切が生まれる。

蟷螂や生れてすぐにちりぢりに　軽部《かるべ》烏頭子《うとうし》

紫陽花

【あじさい】仲夏 植物

関連季語 七変化《しちへんげ》・四葩《よひら》・手毬花《てまりばな》

日本原産とされる園芸品種。梅雨時を代表する花で、雨の中、ひっそりと咲く様子にも風情がある。

土の成分で花の色が異なり、また咲くうちにも次第に色が変化するため、「七変化」とも呼ばれる。小さな花が毬のように密集して咲く様子から「手毬花」の名も。「四葩」という名の由来である、4枚の葩（花びら）のように見える部分はガクであり、ガクの中央に細かい粒のような花をつける。

水鏡《みずかがみ》してあぢさゐのけふの色　上田五千石《ごせんごく》

「水鏡」とは水面が鏡のように風景を映すこと。紫陽花は七変化ともいい、花の色が変わりゆく。水鏡に映る「けふの色」は今日だけの色。

梔子の花

【くちなしのはな】仲夏 植物

関連季語 花山梔子《はなくちなし》

梅雨の頃、甘い香りを放ちながら花開く。一重、または八重の、純白の花びらを持つ。単に「梔子」といえば実を意味する秋の季語となるので、花とわかるように詠む。

口なしの花はや文の褪《あ》せるごと　中村草田男《くさたお》

蝸牛

【かたつむり】三夏 動物

関連季語 かたつぶり・でで虫《むし》・でんでん虫《むし》

渦巻き型の薄い殻を背負い、2本の角を出して、木や葉をはう。梅雨時によく見られる。「でんでん虫」は、子どものはやし言葉〝出ろ出ろ〟などが呼び名になったもの。

かたつむり甲斐も信濃も雨の中　飯田龍太

梅雨

【つゆ・ばいう】 仲夏 天文

関連季語 黴雨《ばいう》・梅霖《ばいりん》・梅《うめ》の雨《あめ》・梅雨空《つゆぞら》・梅雨雲《つゆぐも》・走《はし》り梅雨《づゆ》

6月上旬から7月中旬にかけての雨季、またその時季のじめじめとした長雨。暦のうえでは、入梅は6月11日頃にあたり、この日から数えて約30日間とされる。実際は年や地域によって異なり、南方からはじまって北へと移る。

ちょうど梅の実の熟する頃の雨。黴が生えやすい季節のため、「黴雨」とも。

樹も草もしづかにて梅雨はじまりぬ　日野草城《そうじょう》

梅雨のはじまりを印象的に描いた。樹や草に象徴された森羅万象が、しずかに梅雨の雨に濡れている。

ふところに乳房ある憂さ梅雨ながき　桂　信子

梅雨に関わる季語

▼五月雨《さみだれ》 仲夏

旧暦5月（新暦の6月）、田植えを終えた頃に、何日も降りやまない雨のこと。梅雨に降る雨と同義。農耕には大切な雨となる。

［五月雨の電車の軋み君がもとへ　矢島渚男《なぎさお》］

▼青梅雨《あおつゆ》 仲夏

青葉の頃の梅雨。曇りがちな梅雨時の空に「青」という一字を加えることで、緑の鮮やかさ、爽やかさが印象づけられる。

［青梅雨や櫂《かい》の届かぬ水底も　髙柳克弘］

▼空梅雨《からつゆ》・旱梅雨《ひでりづゆ》 仲夏

梅雨時期に入っても雨がほとんど降らないこと。水不足になることも多く、農作物などに大きな被害を及ぼす。

［ピアニカの音色の狂ふ旱梅雨　金子豊子］

六月

黒南風

【くろはえ・くろばえ】 仲夏 天文

梅雨の最中に吹く、湿った南風。梅雨時の空がさらに黒い雲に覆われることから、「黒南風」と呼ばれる。梅雨の半ば頃に激しく吹き荒れるときは、「荒南風《あらはえ》」ともいう。「南風《はえ》」とは、梅雨時から初秋まで続く湿り気を帯びた南風を指し、もともとは風の動きに目を配る漁師の言葉。

黒南風《くろはえ》や行方不明になりたき日　水津《すいづ》久美恵《くみえ》

「黒南風」と「行方不明」が不穏な空気を漂わせるが、「なりたき日」に救われる。ふとそんな気分になる日もある、という風に。

梅雨寒

【つゆさむ】 仲夏 時候

関連季語　梅雨冷《つゆびえ》

蒸し暑い梅雨時期に訪れる、季節外れの寒さ。梅雨前線に、オホーツク海から寒気が吹きこむと、前線が停滞しやすくなり曇りや雨天が続く。寒気が強い日は一段と肌寒い。

梅雨寒や即身仏《そくしんぶつ》の前屈み　若井新一

五月闇

【さつきやみ】 仲夏 天文

関連季語　梅雨闇《つゆやみ》

五月雨、つまり梅雨の時期に厚い雲が垂れこめ、昼夜を問わず暗くなること。特に夜は、月や星の光も遮られて、漆黒の闇に包まれる。木々も茂りを深くして、さらに闇を濃くする。

皇帝の文机小さし五月闇　大高《おおたか》霧海《むかい》

五月晴

【さつきばれ】仲夏 天文

関連季語 梅雨晴《つゆばれ》・梅雨晴間《つゆはれま》

梅雨の合い間の晴れ上がった空。5月の好天の表現として一般化しているが、季語としては誤り。「梅雨晴」は、梅雨が明けて晴天が続くようになることをいう場合もある。

漕ぎ出《い》でて水の広さや五月晴　岩田由美

黴

【かび】仲夏 植物

関連季語 黴《かび》の香《か》・黴《かび》の花《はな》

食べ物や住居などに生える青黴・黒黴などのこと。梅雨時の高温多湿に乗じてはびこりやすい。鬱陶しさを象徴する存在。

黴の世や言葉もつとも黴びやすく　片山由美子

出水

【でみず】仲夏 地理

関連季語 梅雨出水《つゆでみず》・夏出水《なつでみず》

長雨が降り続く梅雨の時期、川や湖の水かさが増してあふれ出すこと。単に「出水」でもいいが、「梅雨出水」ともいう。特に梅雨の末期は大雨が降って、河川があふれることも多い。豪雨による河川の氾濫を「水害」「水禍」「出水川《でみずがわ》」などという。

春の雪解けの時期の出水は「春出水」、秋の台風シーズンに起こる場合を「秋出水」という。

草のさき出《い》でて吹かるる梅雨出水　山上樹実雄《きみお》

梅雨の大雨による出水。すっかり水に浸かった草は先端のみ見えて、風に吹かれている。常とは違う風景をこまやかに写生した。

夏草

【なつくさ】三夏 植物

関連季語 草茂《くさしげ》る

強い日ざしを浴びて勢いよく伸び、青々と繁茂する夏の草。〝夏草の〟は、古くは和歌において枕詞にも使われたことば。草が一面に茂る様子を「草茂る」という。

夏草や兵《つわもの》どもが夢の跡

芭蕉

蜥蜴

【とかげ】三夏 動物

石垣や草むらに生息する爬虫類。成体は深緑色だが、幼い頃は鮮やかな青色をしているため、「青蜥蜴」と呼ばれる。

輝ける己《おのれ》おそれて蜥蜴かな

中村汀女《ていじょ》

青梅

【あおうめ】仲夏 植物

関連季語 梅《うめ》の実《み》・実《み》梅《うめ》

熟さないうちに収穫された緑の梅のこと。固くて酸味が強い。塩漬けにして梅干しにするほか、焼酎に漬けて梅酒を作ったりする。6月下旬になると黄色く熟す。季語では、熟した実を「実梅」と呼ぶ。青梅よりもやわらかくて甘味がある。

青梅の臀《しり》うつくしくそろひけり

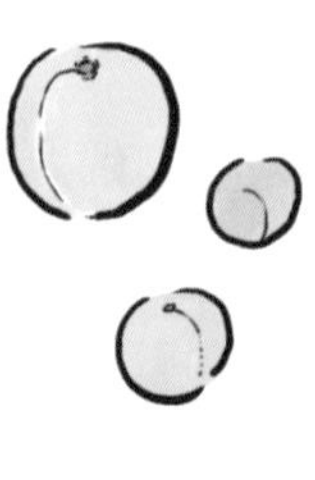

室生《むろう》犀星《さいせい》

紫蘇

【しそ】晩夏 植物

関連季語 青紫蘇《あおじそ》・赤紫蘇《あかじそ》

赤紫蘇の葉は香りがよく、梅酢に入れると赤色になるので、梅干しの色づけにも使われる。葉が緑色のものは「青紫蘇」。

束ねたる紫蘇の葉匂ふ夕厨《ゆうくりや》

清嶋《きよしま》静恵

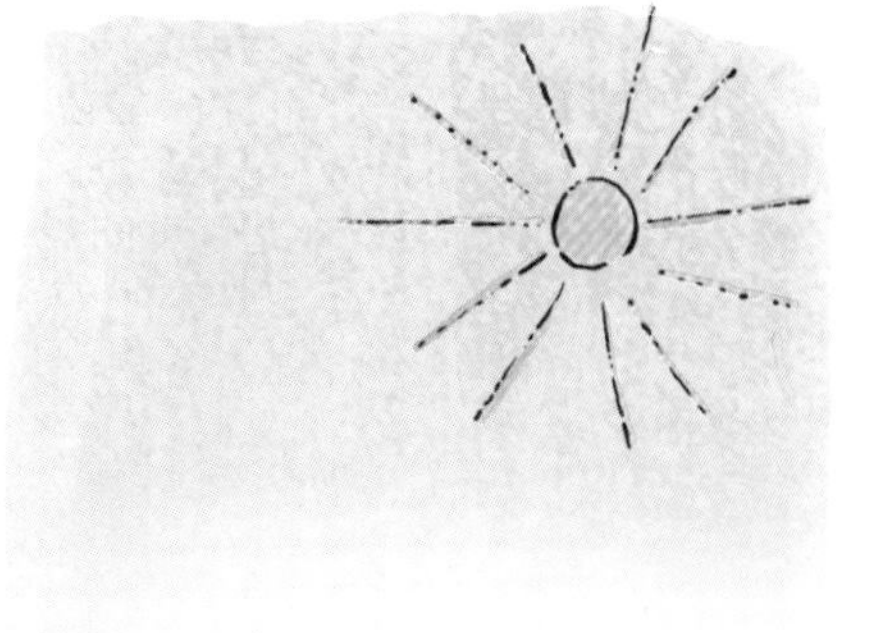

夏至

【げし】仲夏　時候

二十四節気のひとつで、6月21日頃。また、その日から「小暑」までの15日間。春分を境に短くなりはじめた夜の時間は最も短くなり、反対に昼の時間は最も長くなる。世界各地で夏至に合わせて、行事や祭りが行われる。とはいえ日本では梅雨のただ中で、日照時間の平均は冬よりも短い。

地下鉄にかすかな峠ありて夏至　正木ゆう子

短夜

【みじかよ】三夏　時候

関連季語　明易《あけやす》し

夏至の頃、眠り足りないうちにすっかり明けてしまう、短くはかない夜のこと。夜の明けやすさを惜しみ、「明易し」とも。

短夜のあけゆく水の匂《におい》かな　久保田万太郎

火取虫

【ひとりむし】三夏　動物

関連季語　灯取虫《ひとりむし》・灯蛾《とうが》・火蛾《ひが》・蛾《が》

夏の夜、灯火に集まってくる虫のこと。主に、電灯のまわりを乱舞する蛾を指す。昔は蝋燭《ろうそく》や灯明《とうみょう》に飛びこんで火を消すこともあったため、「火取虫」と呼ばれた。

火取虫己の燃ゆる音聞くか　鎌田　俊

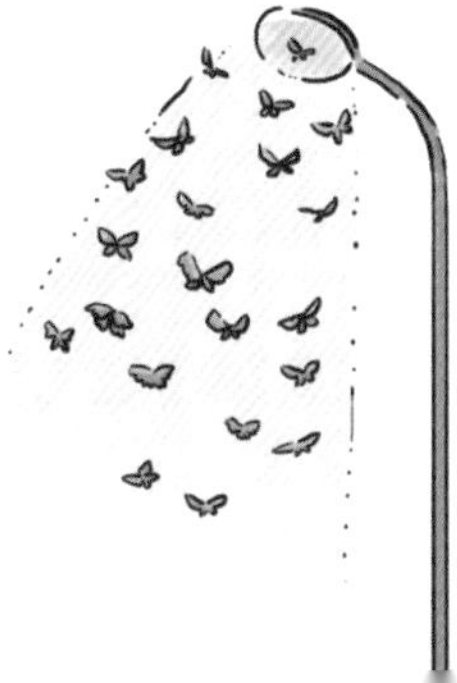

蛍狩

【ほたるがり】仲夏　生活

関連季語　蛍見《ほたるみ》

初夏の風物詩・蛍の最盛期は、梅雨入り前後の短い期間。恋の相手を探すため、夜の水辺で光を点滅させて飛び交う。「蛍狩」は蛍の採集、「蛍見」は蛍の鑑賞を主な目的とする。

蛍狩うしろの闇へ寄りかかり

正木ゆう子

闇という実体のないものに寄りかかることはできないが、蛍狩の闇の深さが、どことなくそんな心地に作者を誘うのである。

蟻

【あり】三夏　動物

関連季語　山蟻《やまあり》・蟻塚《ありづか》・蟻《あり》の塔《とう》・蟻《あり》の道《みち》・蟻《あり》の列《れつ》

蟻は、冬は土中などに作った巣の中に潜み、夏になると外に出て餌を蓄える。大きな蟻の巣を「蟻の塔」、巣を作るために掘った土が積まれているのを「蟻塚」、長い列を組んで歩む様子を「蟻の道」という。

影を出ておどろきやすき蟻となる

寺山修司

蠅

【はえ】三夏　動物

関連季語　金蠅《きんばえ》・銀蠅《ぎんばえ》

夏場に食べ物などにたかる虫。うるさくて不潔だと嫌われる。金緑色の光沢を持つ「金蠅」は体も大きい。

蠅とんでくるや簞笥《たんす》の角よけて

京極杞陽《きよう》

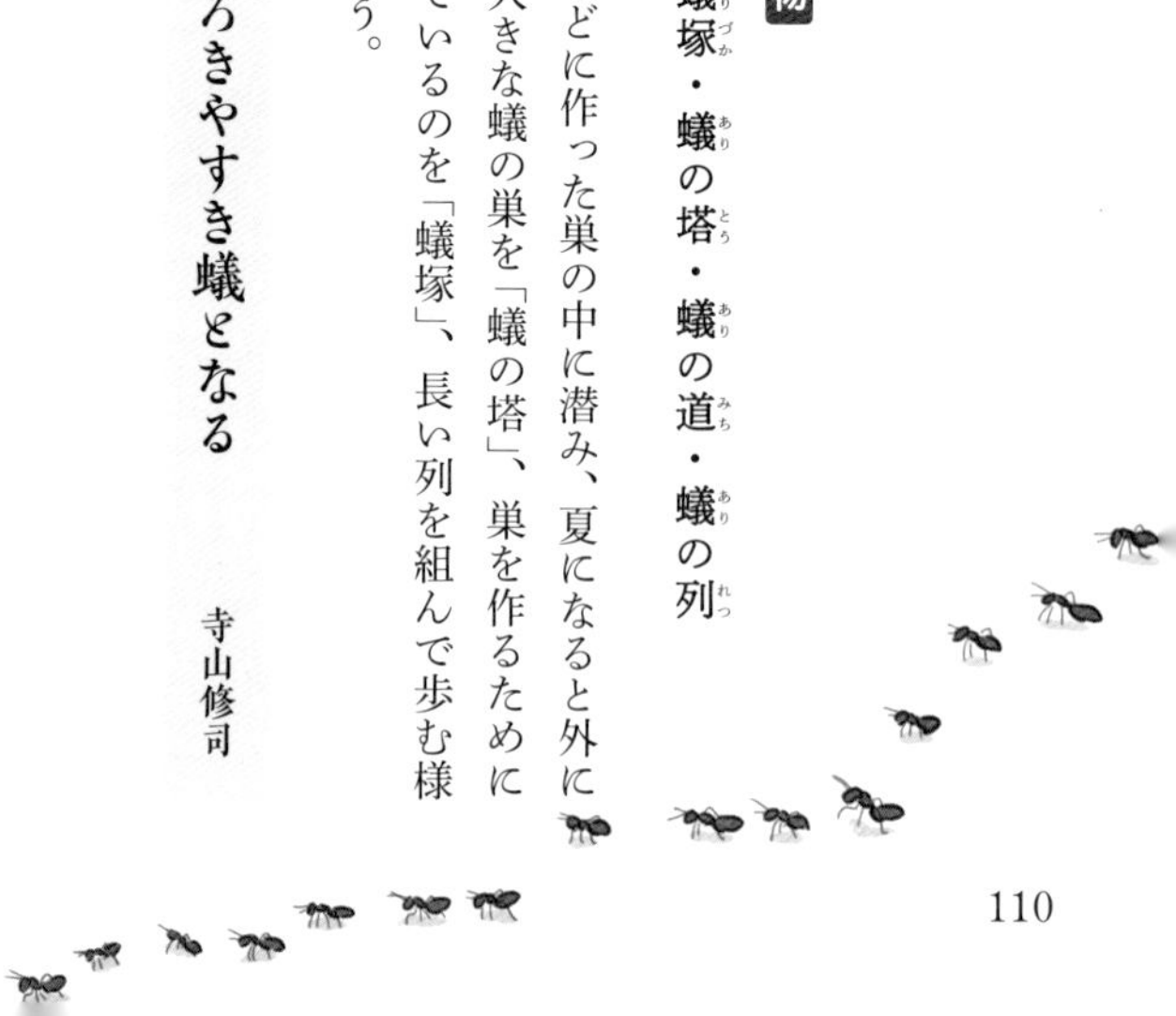

蚊帳

【かや】 三夏 生活

関連季語 母衣蚊帳《ほろがや》

蚊に刺されることを防ぐため、部屋の四隅を吊る、麻や綿でできた網地の帳《とばり》。水色や萌《もえ》葱《ぎ》、白などの色がある。赤ちゃんや子どもが昼寝する時などに使う折り畳み式のものは、「母衣蚊帳」という。

蚊取り線香や網戸、冷房の普及などで、見かけることは少なくなったが、近年はエコの観点から快適さが見直されつつある。

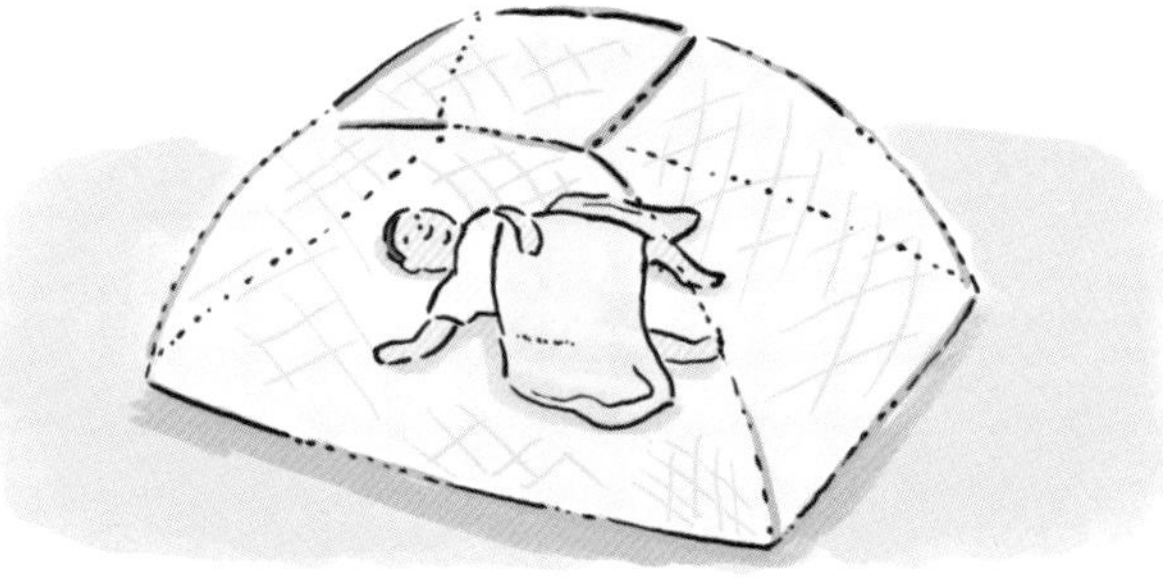

水に入《い》るごとくに蚊帳をくぐりけり　三好達治

蚊帳にくぐり入るときの、少しひんやりとした感覚が「水に入るごとく」から感じられる。どことなくくぐもる視界も、まるで水の中。

風鈴

【ふうりん】 三夏 生活

夏場の軒先や窓辺に吊ると、風に揺られて涼しい音色を響かせる。金属やガラス、陶器のものがあり、材質によって音色がちがうが、一般的に金属製が最も高音でよく響く。

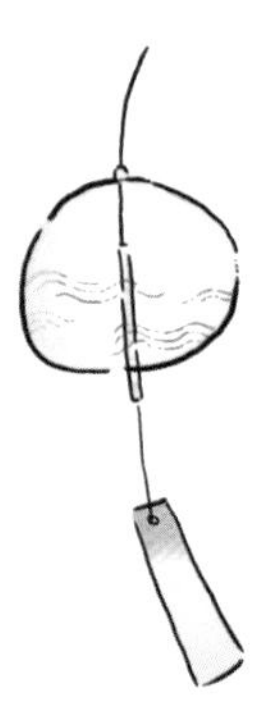

鳴らしつつ探す風鈴吊るところ　下坂速穂《しもさかすみほ》

夏座敷

【なつざしき】 三夏 生活

暑い夏を涼しく快適に過ごすために、夏のしつらいに改めた座敷。襖《ふすま》・障子を取り外す、窓を開け放って簾《すだれ》を下げる、茣《ご》蓙《ざ》や籐の敷物をしくなどして、涼しさを演出する。

山も庭に動き入《い》るるや夏座敷　芭蕉

季語コラム 4

四季を感じる「風」の季語

春の強風から初夏の薫風 秋の嵐、冬の北風まで

春風駘蕩《しゅんぷうたいとう》というように、春に吹く風の代表は、心地よく穏やかな春風。長い冬を終えて日ざしも明るさを増し、日照時間も長くなる時期。風さえも光るように感じられることを、「風光る」と表現します。一方で、「春一番」のような強い風が吹き、春を告げるのもこの季節。

夏の風は「南風」。〝はえ〟と読むのは、漁師たちの言葉に語源があるとされます。春一番も同様に漁師の言葉が語源で、天候に敏感にならざるをえない彼らの言葉が、季語に転じた例はいくつかあります。

「台風」「野分《のわき》」が吹き荒れる秋を過ぎると、寒さの冬が訪れます。冬の北風にも、さまざまな呼び方があります。11月頃に吹き始めるのが「木枯《こがらし》」。春一番は、二番、三番と数えますが、木枯は一号、二号、三号と数えます。

春

▼**東風《こち》**
雪を溶かし、梅を咲かせるという温かい風。

▼**涅槃西風《ねはんにし》**
西方浄土からの迎風とされ、寒さがぶり返す。

▼**春一番《はるいちばん》**
立春後、初めて吹く強い南風。芽吹きを促す。

夏

▼**風《かぜ》薫《かお》る**
匂い立つような、初夏の新緑、若葉の頃の風。

▼**南風《はえ》**
夏の季節風。湿り気を帯び、暑苦しい。

秋

▼**雁《かり》渡《わた》し**
雁が渡ってくる頃に吹く北風。

▼**野分《のわき》**
強い秋風。主に台風のもたらす風。

冬

▼**神《かみ》渡《わた》し**
神無月の頃、神々を出雲に送るために吹く風。

▼**虎落笛《もがりぶえ》**
吹きつける音が、笛のように聞こえる北風。

七月

7月の暦

▼半夏生《はんげしょう》（2日頃）
▼七夕《しちせき》※（7日）
▼小暑《しょうしょ》（7日頃）
▼大暑《たいしょ》（23日頃）
▼土用《どよう》（立秋前日までの18日間）

※「七夕」は、旧暦にならい8月の季語として掲載しています。

白南風

【しろはえ・しらはえ】晩夏 天文

梅雨が明ける頃や、明けきったあとに吹く南風のこと。空をどんよりと覆っていた梅雨雲を吹き飛ばし、明るく輝く夏空と白い雲をもたらしてくれる。夏の到来を告げる風。または、梅雨の晴れ間の南風を指す場合もある。

梅雨の最中に吹いて空をいっそう暗くする南風「黒南風《くろはえ》」と対になっている。梅雨時の黒雲と、梅雨明けの白い雲の明暗を、対称的に表したことば。

逢ひたきか逢ひたし白南風応へけり　山田みづえ

「逢ひたきか逢ひたし」という畳みかけるような呼応に胸が高鳴る。白南風の明るさが、逢いたい気持ちを呼び起こしたのだろうか。

半夏生

【はんげしょう】仲夏 時候

関連季語 半夏《はんげ》

雑節《ざっせつ》のひとつで、夏至から数えて11日目の7月2日頃。かつての農家では、この日以降の田植えは収穫がままならないとして、半夏生までに田植えを終える習慣があった。

木の揺れが魚《うお》に移れり半夏生　大木あまり

梅雨明

【つゆあけ】晩夏 時候

暦の上では、6月11日頃の「入梅《にゅうばい》」から約30日後。実際の梅雨明けは、本州では7月下旬頃が多い。梅雨入りと同様、南方から明けていく。雷鳴を伴う豪雨で梅雨が明けるともいう。

梅雨明のみづうみ自転車がふたつ　中岡毅雄《たけお》

送り梅雨

【おくりづゆ】晩夏 天文

関連季語　戻《もど》り梅雨《づゆ》・返《かえ》り梅雨《づゆ》

梅雨明け前にまとまって降る雨で、雷を伴い、豪雨となることも多い。梅雨を送る雨として捉えられている。「戻り梅雨」は、梅雨明けのあとに、梅雨のような雨が続くこと。

鐘撞《つ》いて僧が傘さす送り梅雨

森　澄雄

麦酒

【ビール】三夏 生活

関連季語　生《なま》ビール・黒《くろ》ビール・ビヤガーデン

夏場は特に、さっぱりとした味わいのキンと冷えたビールが好まれる。ビルの屋上や公園などにビヤガーデンが特設されてにぎわうのも、この季節ならではの風景。

黒ビール白夜《びゃくや》の光すかし飲む

有馬朗人《あきと》

花氷

【はなごおり】晩夏 生活

関連季語　氷柱《ひょうちゅう》

大きな氷の中に、美しい草花を閉じこめて凍らせたもの。見た目に華やかかつ、冷気をもたらして室温を下げるため、昔はホテルやデパートなどの装飾として好んで飾られた。

花氷女の嘘もうつしけり

野村喜舟《きしゅう》

水中花

【すいちゅうか】三夏 生活

美しく彩色した紙などを、草花や動物の形に型取り、小さく圧縮したもの。水中に入れると泡を出しながら開く。見た目にも涼しげで、かつては夏の縁日などで売られていた。

いきいきと死んでゐるなり水中花

櫂《かい》　未知子

睡蓮

【すいれん】晩夏 植物

関連季語 未草《ひつじぐさ》

夏、水中から花茎を出し、直径5センチほどの可憐な花を咲かせる。花の色は白、黄色、桃色などさまざま。切りこみの入った丸い葉で、蓮にくらべると小さく分厚いのが特徴。

日本に自生するものは、「未草」と呼ばれる品種。未の刻（午後2時頃）に開くといわれて名づけられた。

睡蓮や水をあまさず咲きわたり　深見けん二

水面が見えないほど、睡蓮の花が咲き広がっている。モネの絵画『睡蓮』をイメージさせるような美しさを讃えた一句。

鯵

【あじ】三夏 動物

関連季語 小鯵《こあじ》・夕鯵《ゆうあじ》

鯵は、梅雨の頃から秋が旬。たたきや刺身、塩焼き、フライのほか、干物もおいしい。日中に近海で獲れた新鮮な鯵が、夕方の魚市場で売られることを「夕鯵」と呼んだ。

夕《ゆう》河岸《がし》の鯵売る声や雨あがり　永井荷風《かふう》

胡瓜

【きゅうり】晩夏 植物

みずみずしさで涼を呼ぶ、夏野菜の代表格。現在では年中出回っているが、夏の胡瓜は濃い緑がひときわ鮮やか。

初なりの曲がり胡瓜のとげ光る　和野《わの》幸子《さちこ》

雲の峰

【くものみね】 三夏 天文

関連季語 入道雲《にゅうどうぐも》・積乱雲《せきらんうん》・峰雲《みねぐも》・雷雲《らいうん》

巨大な峰のようにせり上がった入道雲（積乱雲）。雷や夕立を伴うことも多く、「雷雲」とも呼ばれる。峰の頂は白く輝くが、底のほうは暗い。地面の熱が急速な上昇気流を引き起こすために現れる。

雲の峰いくつ崩れて月の山　芭蕉

「月の山」とは月山《がっさん》のことで、出羽三山《でわさんざん》のひとつ。雲の峰が崩れて、月夜に照らされた月山がそびえ立っている。

緑蔭

【りょくいん】 三夏 植物

関連季語 青葉闇《あおばやみ》・木下闇《こしたやみ》・下闇《したやみ》

青々と茂った樹木のつくる、明るい木陰のこと。木漏れ日越しに涼しい風が吹き抜け、木の下でくつろぐような、爽やかなイメージがある。

対して「青葉闇」「木下闇」は、うっそうと茂る夏木立の下、昼でもほの暗く、ひんやりと涼しい木陰を指す。強い日ざしのもとで、特に暗さが際立つ。

緑蔭に低唱《ていしょう》「リンデン・バウム」と言ふ　上田五千石《ごせんごく》

「リンデン・バウム」とはシューベルトの有名な歌曲で、菩提樹のこと。木陰で誰かが低く口ずさむその響きに、「ああ、菩提樹か」と耳を澄ます。

緑蔭や矢を獲《え》ては鳴る白き的　竹下しづの女

鬼灯市

【ほおずきいち】晩夏 行事

関連季語 酸漿市《ほおずきいち》・四万六千日《しまんろくせんにち》

7月9、10日、東京浅草寺の境内に立つ市。7月10日の観音菩薩の縁日に参詣した者は、四万六千日分の参詣に相当する功徳があるという。この日を「四万六千日」といい、多くの参詣者が集まり、この縁日に伴って鬼灯市が開かれる。持病や腹痛に効果があるという鬼灯を売る店が立ち並ぶ。

鬼灯市夕風《ゆうかぜ》のたつところかな　岸田稚魚《ちぎょ》

鬼灯市に立つ夕暮時の風。まだ人の往来はあるものの、どことなく賑わいも落ち着いたような風情に、涼を感じている。

滝なすや四万六千日の雨　有馬朗人《あきと》

夏の山

【なつのやま】三夏 地理

関連季語 夏山《なつやま》・夏嶺《なつね》・青嶺《あおね》・雪渓《せっけい》

滴るような緑におおわれ、生命力に満ちた夏の山。「青嶺」は、古くは万葉集にも出てくる季語。一方で、真夏でも雪が残っている高山を「雪渓」と呼び、これも夏の季語。

青嶺あり青嶺をめざす道があり　大串　章

登山

【とざん】晩夏 生活

関連季語 登山口《とざんぐち》・登山宿《とざんやど》・ケルン

古来、登山は信仰や修行のために行われたが、最近はスポーツと趣味を兼ねて愛好されることが多い。気候の安定する夏が最適。富士山をはじめ、7月1日に山開きする山が多い。

登山靴穿きて歩幅の決まりけり　後藤比奈夫

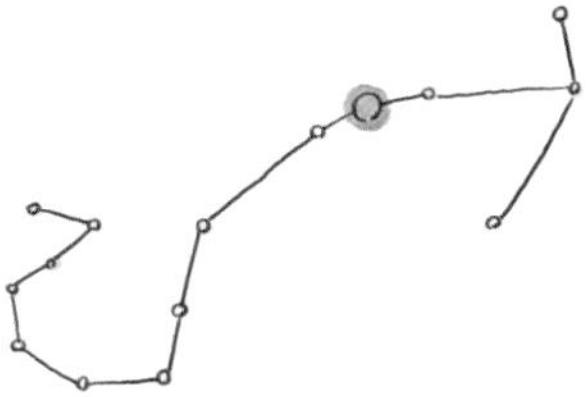

旱星

【ひでりぼし】 晩夏 天文

関連季語 夏《なつ》の星《ほし》・星涼《ほしすず》し・蠍座《さそりざ》

梅雨明け以降に何日も雨が降らない中で、暑さを際立たせるかのように赤々と輝く夏の星。多くは蠍座のアンタレスを指す。

星涼しいのち宿るをまだ告げず　日下野由季

喜雨

【きう】 晩夏 天文

土用の頃は雨が降らずひでりが続く。そんなときに、ようやく降り出す恵みの雨。草木をよみがえらせ、農作物に潤いを与える。古くは仕事を休み、酒宴を開いて喜んだという。

大粒の熊野の喜雨に打たれけり　九鬼あきゑ

夕凪

【ゆうなぎ】 晩夏 天文

夏の夕方、海岸地方に起こる気象現象で、数時間にわたって海が凪ぐ（無風状態になる）こと。

日中は陸地の気温が高いため、海から陸に向かって海風が吹く。夜は温度差が逆転して陸風に変わるが、海と陸との気温が同じになる夕方は風がやむ。夏場に起こることが多く、息づまるような暑さになる。瀬戸内沿岸の夕凪がよく知られる。

夕凪や素足にぬるき汐よせし　久保より江

夕凪の波のおだやかな浜辺。ひとり、波と戯れているのだろうか。波に浸す素足に感じる「ぬるき汐」にリアリティがある。

蝉

【せみ】晩夏　動物

関連季語　初蝉《はつぜみ》・蝉時雨《せみしぐれ》・油蝉《あぶらぜみ》・みんみん蝉《ぜみ》・にいにい蝉《ぜみ》・熊蝉《くまぜみ》

梅雨が明けると、一斉に蝉が鳴き始める。ジージーと油がはねるような音で鳴く油蝉をはじめ、蝉によって鳴き声はさまざま。「蝉時雨」は、蝉の声が時雨の降るように響くこと。

しづかさや岩にしみ入る蝉の声　芭蕉

空蝉

【うつせみ】晩夏　動物

関連季語　蝉《せみ》の殻《から》・蝉《せみ》の脱殻《ぬけがら》

脱ぎ捨てられた蝉の殻。蝉は長い年月を地中で過ごすが、地上での寿命は1～2週間。その寿命の短さと、空っぽの脱殻の様子から、哀れさや儚さと結びつけられる。

握りつぶすならその蝉殻を下さい　大木あまり

夕立

【ゆうだち】三夏　天文

関連季語　ゆだち・白雨《はくう》・驟雨《しゅうう》・スコール

夏の夕方に降る、局地的で激しい雨のこと。夏の強い日ざしによって、積乱雲（夕立雲）が、昼過ぎから夕方にかけてよく発生するためといわれる。同じく夏の季語「雷」を伴うことが多い。明るい空を背景に降る通り雨が「白雨」。

夕立のあとはからりと晴れ、涼風が吹きわたる。雨のあとに出る「虹」も、夏の季語。夕立ではない雨は「夏の雨」という。

さつきから夕立の端にゐるらしき　飯島晴子

したたかに降っては嘘のように降り止む夕立の雨。速い速度で移動してゆく雨だからこそ、その「端」が見える。

法隆寺白雨やみたる雫かな　飴山《あめやま》實《みのる》

夕焼

【ゆうやけ・ゆやけ】晩夏 天文

関連季語　大夕焼《おおゆやけ》・夕焼雲《ゆやけぐも》・梅雨夕焼《つゆゆやけ》

日没の前後、西の空に赤や黄色の光が美しく照り映える様子。夏の夕焼けは、特に壮大で印象的。「朝焼」も夏の季語。

夕焼けの色を残して海静か

稲畑汀子《いなはたていこ》

茗荷の子

【みょうがのこ】晩夏 植物

関連季語　茗荷汁《みょうがじる》

茗荷は7月頃、新しい茎を伸ばしてつぼみをつける。これが「茗荷の子」で、一般的に〝茗荷〟と呼ばれて食べられるのはこの部分。香り高く、薬味としても好まれる。

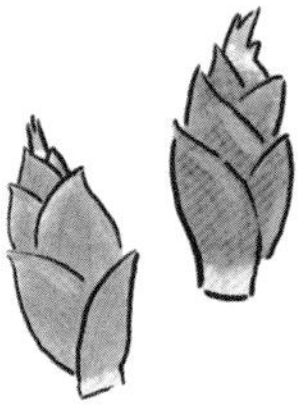

茗荷の子くきと音して摘まれけり

藤木倶子《ともこ》

茄子

【なす・なすび】晩夏 植物

夏野菜の代表格。水分たっぷりでみずみずしく、食欲の落ちやすい夏でもおいしく食べられる。煮物や汁の実、揚げ物、漬物など、調理の用途も広い。初物の茄子は「初茄子」。

初なすび水の中より跳ね上がる

長谷川　櫂《かい》

鱧

【はも】三夏 動物

関連季語　祭《まつ》り鱧《はも》

口が大きく鋭い歯を持つ。「梅雨の水を飲んでおいしくなる」といわれ、6～7月が旬。主に関西で食される。小骨が多く、皮を残して小骨を断つ骨切りを行う。

大粒の雨が来さうよ鱧の皮

草間時彦

暑し

【あつし】 三夏 時候

関連季語　暑気《しょき》・暑《あつ》き日《ひ》

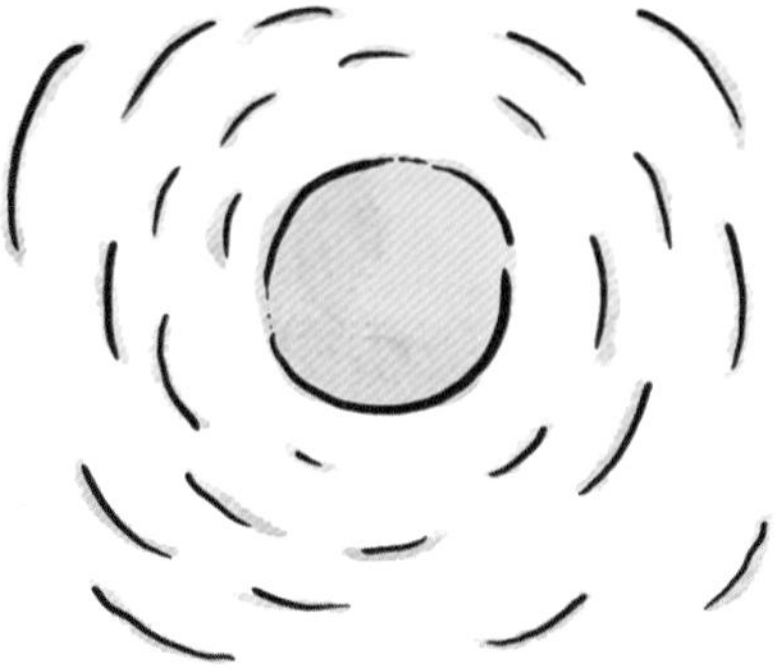

初夏の汗ばむ程度の「薄暑《はくしょ》」、梅雨明けの蒸し暑さなど、三夏を通じて暑さはそれぞれ。しかし、梅雨が明け、「盛夏《せいか》」と呼ばれる時期に入ると、晴れて高温多湿な天気が続くようになり、本格的な夏が始まる。その暑さに喘ぐ気持ちがこもる。

その厳しい暑さは、「酷暑」「極暑《ごくしょ》」「炎暑《えんしょ》」などとも表現される。

マヨネーズおろおろ出づる暑さかな　小川軽舟《けいしゅう》

暑さでゆるくなったマヨネーズ。「おろおろ」というオノマトペが面白い。擬人化されたマヨネーズが暑さにうろたえているかのように見える。

暑き日を海に入れたり最上川　芭蕉

涼し

【すずし】 三夏 時候

関連季語　朝涼《あさすず》・夕涼《ゆうすず》・晩涼《ばんりょう》・涼風《りょうふう》

夏の暑さの中にあるからこそ、ふとした折に感じる爽快な涼気のこと。朝夕の涼しさや風の涼しさなど、折々のかすかな涼しさをとらえて「朝涼」「涼風」などと表現する。

すずしさのいづこに坐りても一人　藺草《いぐさ》慶子

どこに坐ってもひとりであるという作者。そこに不思議と寂しさはない。涼しさとは、「一人」という潔さなのかもしれない。

まとひたるものに晩涼いたりけり　細川加賀《かが》

滝

【たき】 三夏 地理

関連季語 瀑布《ばくふ》・飛瀑《ひばく》・滝壺《たきつぼ》・滝道《たきみち》・滝見《たきみ》・滝《たき》しぶき

高い崖などから流れ落ちる水。華厳《けごん》の滝（栃木県）や、那智《なち》の滝（和歌山県）など、日本を代表する名瀑から、山道で出会うひと筋の滝まで、規模はさまざま。夏には涼しさを求めて「滝見」をする人も増える。滝へと続く遊歩道が「滝道」。

滝落ちて群青世界とどろけり　水原秋桜子《しゅうおうし》

那智《なち》の滝を詠んだ句。「群青世界」とは滝を取り囲む緑を指し、その緑に滝音が轟いている。別名「神の滝」を、壮大に描いた。

一滴の我一瀑を落ちにけり　相子《あいこ》智恵

噴水

【ふんすい】 三夏 生活

宙に噴き上げられては落ちてくる水の様子に、涼感が感じられる。水しぶきに虹がかかることもある。

噴水の内側の水怠けをり　大牧　広

金魚

【きんぎょ】 三夏 動物

関連季語 出目金《でめきん》・和金《わきん》・金魚屋《きんぎょや》・金魚鉢《きんぎょばち》・金魚玉《きんぎょだま》

鮒《ふな》を観賞用に品種改良し、さまざまな種類が生まれた。古くから日本にいて、金魚すくいなどで売られる金魚は「和金」。球体の「金魚鉢」「金魚玉」に泳がせて楽しむ。

金魚玉むかしのことは生き生きと　黒澤麻生子《まきこ》

土用

【どよう】晩夏 時候

関連季語 土用入《どよういり》・土用太郎《どようたろう》・土用明《どようあけ》

雑節のひとつで、各季節の最後の18日間のこと。現在は主に夏土用を指す。7月20日から8月6日（立秋前日）の18日間。「土用太郎」は土用の1日目のこと。2日目を次郎、3日目を三郎と呼ぶ。夏の終わりとはいえ、一年で最も暑い時期。

働いて飯食ふ土用太郎かな

ながさく清江

土用鰻

【どよううなぎ】晩夏 生活

土用の丑の日に鰻の蒲焼きを食べると、体力回復に効き目があるとされる。滋養があるという「土用蜆《しじみ》」、灸をすえる「土用灸」などの風習もある。

土用鰻うの字大きく紺暖簾

蕪木《かぶき》啓子

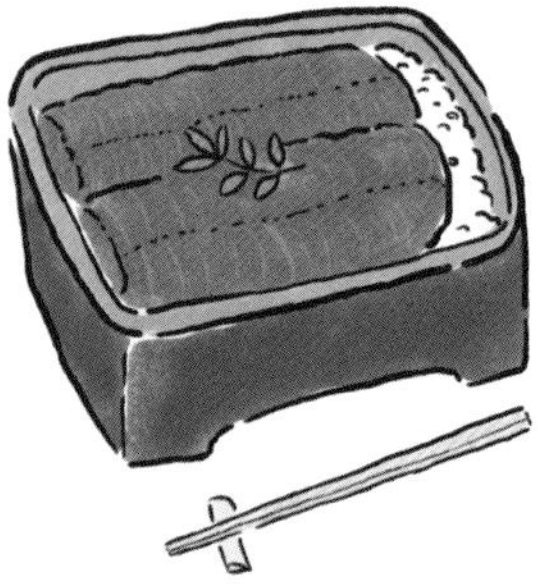

土用波

【どようなみ】晩夏 地理

土用の頃に、太平洋沿岸に押し寄せる高波のこと。時に海鳴りが聞こえることもある。2、3日経つと収まり、海水浴もできるようになる。南方の海上にある台風の影響によるうねりといわれ、秋が近いことを感じさせる。

海の紺白く剥ぎつつ土用波

滝　春一《しゅんいち》

土用波の高波。海原に覆いかぶさるように立つ波頭を、独自の眼で切り取った。「白く剥ぎつつ」に力強さがある。

虫干

【むしぼし】晩夏　生活

関連季語　土用干《どようぼし》・曝書《ばくしょ》

梅雨明け後の晴天に、衣類や書物などに風を通して陰干しすること。黴《かび》や虫害を防ぐ効果がある。土用を選んで行うので「土用干」とも。「曝書」は特に書画や書物を干すこと。

曝書してチボー家の人々に会ふ　広瀬　剛

暑中見舞

【しょちゅうみまい】晩夏　生活

関連季語　夏見舞《なつみまい》・土用見舞《どようみまい》

7月7日頃の「小暑《しょうしょ》」から、8月7日頃の「立秋」までは〝暑中〟と呼ばれ、一年で最も暑い盛り。その時期に訪問したり手紙を出したりして、相手の安否を気遣う習慣。

添書《そえがき》に招き文あり夏見舞　富田潮児《ちょうじ》

七月

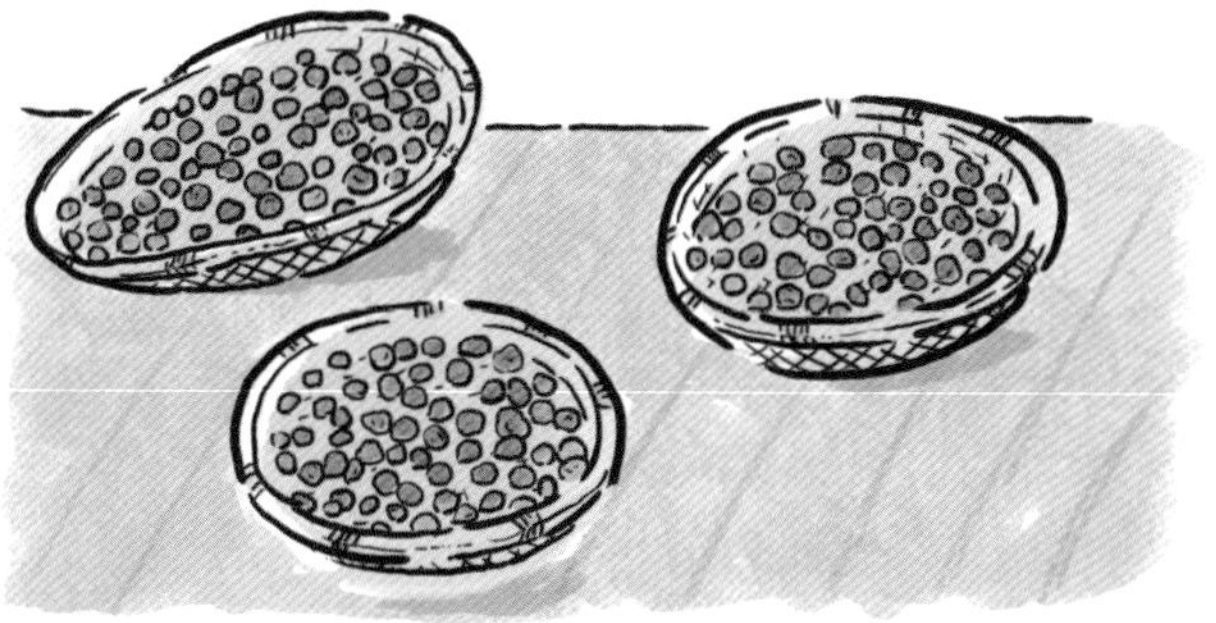

梅干す

【うめほす】晩夏　生活

関連季語　梅干《うめぼし》・干梅《ほしうめ》・梅筵《うめむしろ》

6月に収穫した青梅を塩漬けにして重しをしておくと、数日で梅酢があがる。夏の土用の頃、梅酢の中から梅をとり出し、簀《す》の子《こ》や筵《むしろ》、ざるなどに並べて3日間天日で干す。夜になると、梅酢に漬けなおすこともある。「三日三晩の土用干し」といい、これを数回くり返すことによって、梅干ができる。赤紫蘇を入れると赤梅干になる。

梅干してきらきらきらと千曲《ちくま》川　森　澄雄

千曲川は長野県を流れる川。島崎藤村《しまざきとうそん》の「千曲川旅情の歌」でよく知られている。川沿いの民家の梅を干す風景。

青田

【あおた】晩夏 地理

関連季語 青田風《あおたかぜ》・青田波《あおたなみ》

稲の苗が根づいて丈を伸ばし、田んぼの水が隠れるほど、一面に青々と生い茂っている様子。吹き渡る風は「青田風」、波立つように風に揺れる稲穂は「青田波」と呼ぶ。

田植えをしたばかりで、稲が田の水に浸っているときは、「植田《うえた》」「早苗田《さなえだ》」などという。

十枚に十枚の色青田風

神坂玉子《かみさかたまこ》

青田を吹き渡っていく風。棚田の風景だろうか。植えられた十枚の田がそれぞれの色に吹かれている。

草いきれ

【くさいきれ】晩夏 植物

夏の暑い日、草が生い茂った草むらや山のなかで、むせかえるような熱気と青臭さを感じること。

草いきれ貨車《かしゃ》の落書き走り出す

原子公平

金亀虫

【こがねむし】三夏 動物

関連季語 金亀子《こがねむし》・黄金虫《こがねむし》・かなぶん・ぶんぶん

甲虫の一種で、体の色は金緑・黒褐色などさまざま。羽をぶんぶんとうならせて飛ぶため、「かなぶん」「ぶんぶん」とも呼ばれる。夏の夜、灯火を慕って飛んでくる。物にぶつかって落ちると、転がって死んだふりをしたりする。

金亀子擲《なげう》つ闇の深さかな

高浜虚子《きょし》

鵜飼

【うかい】 三夏 生活

関連季語 鵜舟《うぶね》・鵜篝《うかがり》・鵜匠《うしょう》・鵜遣《うづかい》・鵜籠《うかご》

奈良時代から行われる、飼い慣らした鵜に鮎を捕らせる伝統的な漁法。岐阜県・長良川《ながら》の鵜飼が有名で、毎年5月から10月まで行われる。鵜舟の舳先《へさき》で篝火《かがりび》が焚かれ、その光が川面に照り映える様子は、幻想的で美しい。

鵜篝の炎狂ひて擦れ違ふ　殿村菟絲子《としこ》

鵜飼舟の篝火が勢いよく火の粉を散らしている。その火に照らされて動く鵜と鵜匠。「炎狂ひて」に凄まじい光景が見える。

夏休み

【なつやすみ】 晩夏 生活

関連季語 暑中休暇《しょちゅうきゅうか》

小学校～高校では、7月20日頃から8月中を夏休みとするところが多い。期間は地域や学校によって異なる。

夏休最後の日なるひかりかな　小澤　實《みのる》

帰省

【きせい】 晩夏 生活

関連季語 帰省子《きせいし》

学生や社会人が、夏休みを利用して故郷へ帰ること。親元へと帰って来た子どもを「帰省子」という。久しぶりに家族で食卓を囲み、墓参りなどをして過ごす。実際の帰省のピークは、新暦のお盆前後で8月半ば。俳句では秋にあたる。

うみどりのみなましろなる帰省かな　髙柳克弘

大暑

【たいしょ】 晩夏 時候

二十四節気のひとつで、7月23日頃。ここから「立秋」までの18日間をいう。文字通り、夏の最も暑い時期。土用丑の日に鰻を食べるなどして、夏バテを防ぐ。

念力のゆるめば死ぬる大暑かな

村上鬼城《きじょう》

羅

【うすもの】 晩夏 生活

関連季語 絽《ろ》・紗《しゃ》・薄衣《うすごろも》・軽羅《けいら》

薄絹（絽、紗）や麻などで仕立てた、薄く軽やかな単衣《ひとえ》（裏地のない一重の着物）のこと。女性の外出着として用いられることが多い。涼しい着心地で、見た目にも涼感が伝わる。

羅や人悲しきます恋をして

鈴木真砂女《まさじょ》

端居

【はしい】 三夏 生活

関連季語 夕端居《ゆうはしい》

夏の夕方、室内にこもった熱気を避け、縁側など風通しのよい部屋の端に腰かけて涼をとること。「納涼《すずみ》」とほぼ同義だが、涼味を求めて庭の木々を眺めたり、物思いにふけったりする感じがある。「夕端居」ともいう。

いふまじき言葉を胸に端居かな

星野立子

本当は言いたいのだけれど、言ってしまえば角が立つ、などと思いながら、胸の内にその言葉を抱えたまま、端居している。

川床

【ゆか・かわどこ】 晩夏 生活

関連季語　床《ゆか》・川床《ゆか》涼《すず》み

涼をとるために川に張り出して設けられた桟敷。京都・鴨川沿いの茶屋や料亭では「ゆか」と呼ばれ、江戸時代から賑わった。貴船《きふね》や高尾などに行くと、「かわどこ」と呼ばれる。

南座《みなみざ》におくれて川床《ゆか》に灯の入りぬ　榎本好宏

南座に遅れて灯る川床の灯。京都の夏の風景を美しく切りとった。南座の演目がはねたあとの人の流れが見えるかのよう。

納涼

【すずみ・のうりょう】 晩夏 生活

関連季語　涼《すず》み台《だい》

暑さを避けて、木陰や水辺、風通しのよい廊下など、涼しい場所を求めること。軒先などに置いた縁台は「涼み台」。

別々にゐるくらがりの涼みかな　赤尾恵以《えい》

打水

【うちみず】 三夏 生活

関連季語　水《みず》打《う》つ・水《みず》撒《ま》く

舞い上がった砂塵を沈め、涼を呼ぶため、昼や夕に、門前や庭先などに水を撒くこと。

水打つて広重《ひろしげ》の空はじまりぬ　加藤楸邨《しゅうそん》

青簾

【あおすだれ】三夏 生活

関連季語 簾《すだれ》

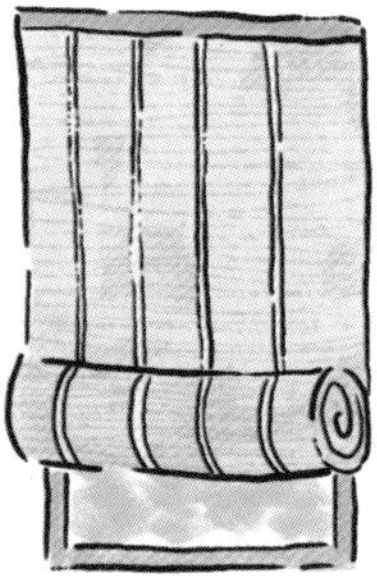

青竹を割いて編んだ新しい簾のこと。夏の間、開け放した窓や戸口にかけて、直射日光を遮る。外からの目線も遮ってくれる。絵模様を編み込んだ「絵簾」などもあるが、特に青竹の青色が目にも涼やか。

清流につき出し二階青簾　星野立子

そのほか「日よけ」の季語

▼**葭簀**《よしず》 三夏

蘆《あし》の茎を編んで作った簾。軒に立てかけて日除けや目隠しに用いる。

▼**夏暖簾**《なつのれん》 三夏

夏の間に使う暖簾のこと。麻や木綿など、薄手の素材で作られていて涼しげ。

片蔭

【かたかげ】晩夏 天文

関連季語 片《かた》かげり・日陰《ひかげ》

炎天下、建物や塀、樹木に沿って道の片側にできる、くっきりとした日陰。真夏の午後になると日が傾き、わずかな日陰ができる。道行く人は強い日ざしを避けて、片陰を選んで歩く。

夏の日陰が、ほんの少ししか得られない様子をとらえている。心理的な陰影が詠みこまれる句も多い。

片蔭を奪ひ合ふごとすれ違ふ　波多野爽波《そうは》

炎天下に少しでも涼を取ろうと、誰もかれもが片蔭の道を行こうとする。「奪ひ合ふごと」に所狭しとすれ違う様子が見える。

日傘

【ひがさ】 三夏 生活

関連季語 絵日傘《えひがさ》・パラソル

夏の強い日ざしを遮《さえぎ》るために用いる傘。江戸時代は、竹製の骨に絵や模様を描いた紙や絹を貼った「絵日傘」を使った。明治時代以降は、西洋傘（パラソル）が普及した。

立ち直りはやし絵日傘ぱつと差す　　津川絵理子

扇

【おうぎ】 三夏 生活

関連季語 扇子《せんす》・白扇《はくせん》・絵扇《えおうぎ》・古扇《ふるおうぎ》

扇子は、平安時代に日本で考案された。折りたたんで携帯できるため、外出先で使うことが多い。くつろいだ雰囲気の「団扇」にくらべ、ややかしこまった感じがする。

応《こた》へねばならぬ扇をつかひけり　　山尾玉藻《たまも》

夏祓

【なつはらえ】 晩夏 行事

関連季語 名越《なごし》の祓《はらえ》・夏越《なごし》・形代《かたしろ》・茅《ち》の輪《わ》

旧暦6月の晦日《みそか》に、心身の穢《けが》れを払うために神社で執り行われる神事。「名越の祓」ともいう。現在は新暦6月末日、または7月末日に行う神社が多い。

茅萱《ちがや》を束ねて大きな輪にし、神社の境内に建てるのが「茅の輪」。参拝者はこれをくぐって穢れを払う。また、人の形に切り抜いた紙の「形代」に穢れを移し、川に流す。

形代にかけたる息のあまりけり　　綾部仁喜《じんき》

身代わりとして流す形代にかける息。その形代の小ささに、かけた息が余ったということ。「あまりけり」の余韻に愛おしさを感じる。

夏料理

【なつりょうり】 三夏 生活

関連季語 洗膾《あらい》・沖膾《おきなます》・水貝《みずがい》・冷奴《ひややっこ》・冷素麺《ひやそうめん》・鮨《すし》

さっぱりとした味わいで、暑い中でも食欲をそそるように工夫された夏の料理。「洗膾」は、鯉や鱸《すずき》、鯛など白身の魚を薄く削ぎ、冷水で洗って身を締めたもの。氷の上などにのせて出す。獲れたての魚をなますにした「沖膾」、鮑《あわび》を塩水に浮かべた「水貝」など、盛りつけにも涼しさを感じさせる。

美しき緑走れり夏料理　星野立子

「美しき緑」とは料理の一品か、あしらいに敷かれた緑の葉か。いずれにしても「走れり」の涼感が夏料理を引き立てている。

運ばるる氷の音の夏料理　長谷川　櫂《かい》

昼寝

【ひるね】 三夏 生活

関連季語 午睡《ごすい》・三尺寝《さんじゃくね》・昼寝覚《ひるねざめ》

夏は食欲不振に加えて、寝苦しい夜の睡眠不足なども重なり、疲労がたまる。かつて日中の暑い盛りは仕事もはかどらないため、昼寝をすることも多かった。「三尺寝」は、日陰が三尺（約1メートル）ほど移る間の短い眠りのこと。または、三尺ほどの空間で仮眠をとることともいわれる。

をさなくて昼寝の国の人となる　田中裕明

西日

【にしび】 晩夏 天文

夏の午後、西に傾いた太陽、またはその日ざし。家の奥まで直接差しこむ西日は強烈で、特に真夏は耐えがたい。

ダンススクール西日の窓に一字づつ　榮《さかえ》　猿丸《さるまる》

心太

【ところてん】三夏　生活

関連季語　心天《ところてん》

天草《てんぐさ》（海藻）を洗ってさらし、煮溶かして型に入れ、冷やし固めたもの。心太突きで細長く突き出し、酢醤油、または黒蜜で食べる。さっぱりした食感の、手軽な夏の嗜好品。

くみおきて水に木の香《か》や心太　髙田正子

甘酒

【あまざけ】三夏　生活

やわらかく炊いたご飯に米麹を加えてつくる、伝統的な飲料。「飲む点滴」とも呼ばれて栄養価は高い。江戸時代には、夏場に甘酒売りが売り歩き、暑気払いにと温めて飲んだ。

札下げて人影見えぬ甘酒屋　五十島《いそしま》典子

夜の秋

【よるのあき】晩夏　時候

日中はまだまだ暑い盛りでも、夜にふと涼しい風が立つことがある。晩夏の頃、夜だけ秋めいた感じのすること。

灯の下の波がひらりと夜の秋　飯田龍太

灯の下であるから、川の波だろうか。照らされたあたりの波が、ひらりと軽やかに波頭を立てる。そこに秋の気配を感じている。

旅馴れてトランク一つ夜の秋　星野立子

夏の終わりを表す季語

▼夏《なつ》の果《はて》　晩夏

日中はまだ暑いが、朝晩は涼しくなる夏の終わりの頃。活動的なシーズンが去り、一抹の寂しさがよぎる。

▼秋近《あきちか》し　晩夏

夏が終わり、秋がすぐそばまで来ていること。酷暑のあとだけに、涼しい秋を待ちわびる気持ちはひとしお。

俳人紹介 ② 近代編

明治時代に、現代の俳句の形をつくった正岡子規。病気で早世したが、その弟子を中心に近代俳句が発展した。

正岡子規《まさおかしき》

1867〜1902

江戸末期の俳諧を月並として批判、改革。俳諧の一句目（発句）を「俳句」と名づけ、個人の文芸として一句単独で創作、鑑賞するスタイルを作り上げた。また、形式だけではなく、見たものをありのままに描写する「写生」という技法を提唱。俳句を新しい文学へと脱皮させた。

赤蜻蛉《あかとんぼ》筑波に雲もなかりけり
鶏頭の十四五本もありぬべし
糸瓜《へちま》咲いて痰のつまりし仏かな

高浜虚子《たかはまきょし》

1874〜1959

子規の弟子。伝統的な俳句派のリーダーとして、子規の「写生」の理念を広く普及させた。創作においては「花鳥諷詠《かちょうふうえい》」を掲げ、季節を重視し、自然を詠むことの重要性を説いた。

遠山《とおやま》に日の当りたる枯野かな
春風《はるかぜ》や闘志いだきて丘に立つ
白《はく》牡丹といふといへども紅《こう》ほのか

文人俳句

近代の文人も個性的な俳句を残している。夏目漱石は子規の影響で俳句を始め、芥川龍之介は高浜虚子に師事した。室生犀星《むろうさいせい》は、新聞社に勤務しながら俳句を始めた。

菫《すみれ》程な小さき人に生れたし　夏目漱石
鯛の骨たたみにひらふ夜寒かな　室生犀星
木がらしや目刺にのこる海の色　芥川龍之介

八月

8月の暦

▼立秋《りっしゅう》（7日頃）

▼処暑《しょしょ》（23日頃）

七夕

【たなばた】初秋　行事

関連季語　七夕祭《たなばたまつり》・星祭《ほしまつり》・星迎《ほしむかえ》・星合《ほしあい》・星今宵《ほしこよい》

旧暦7月7日（新暦の8月初め）。またその日の行事。現在では、新暦7月7日に行うことも多いが、梅雨明け前のため星空はあまり望めない。中国発祥の牽牛星《けんぎゅうせい》と織女星《しょくじょせい》の伝説と、日本古来の神事「棚機《たなばた》」が合わさったものといわれる。笹竹に短冊や飾りを吊るし、文字や裁縫の上達を祈る。

七夕や髪ぬれしまま人に逢ふ　橋本多佳子

洗い髪の乾かぬままに逢う人。それはやはり心を寄せる人との逢瀬を思わせて、艶がある。七夕の夜であるのでなおのこと。

負はれたる子供が高し星祭　中村草田男《くさたお》

花火

【はなび】晩夏　生活

関連季語　揚花火《あげはなび》・手花火《てはなび》・線香花火《せんこうはなび》・遠花火《とおはなび》

夜空で華やかに開く花火は、盂蘭盆《うらぼん》の送り火と同義で、元は秋の季語。近年は夏祭の定番となり夏の季語としても詠まれている。

ねむりても旅の花火の胸にひらく　大野林火《りんか》

七夕竹

【たなばただけ】初秋　行事

関連季語　七夕飾《たなばたかざ》り・笹飾《ささかざ》り・七夕流《たなばたなが》し

七夕、願いを書いた短冊や飾りを笹竹に吊るす。七夕が終わった8日の朝、竹を川に流すことを、「七夕流し」という。

七夕竹惜命《しゃくみょう》の文字隠れなし　石田波郷《はきょう》

原爆忌

【げんばくき】 初秋 行事

関連季語 広島忌《ひろしまき》・長崎忌《ながさきき》

第二次世界大戦末期、昭和20（１９４５）年8月6日の広島、さらに9日の長崎に、原子爆弾が投下された。毎年両日、二都市を中心に慰霊祭と、平和を訴える行事が行われている。

手がありて鉄棒つかむ原爆忌

奥坂まや

立秋

【りっしゅう】 初秋 時候

関連季語 秋立《あきた》つ・秋来《あきく》る・秋《あき》に入《い》る・今朝《けさ》の秋《あき》

二十四節気のひとつで、8月7日頃。暦の上ではこの日から秋。暑さの盛りだが、その峠を越そうとする時期でもある。立秋を迎えた朝を、「今朝の秋」という。

秋立つや川瀬にまじる風の音

飯田蛇笏《だこつ》

草市

【くさいち】 初秋 行事

関連季語 草《くさ》の市《いち》・盆市《ぼんいち》・盆《ぼん》の市《いち》

盆に使う品々を売る市。精霊《しょうりょう》棚《だな》に敷く真菰筵《まこもむしろ》や、門火《かどび》に使う苧殻《おがら》、お供えの蓮の葉、鬼灯《ほおずき》、茄子や胡瓜の牛馬などが売られる。かつては旧暦の7月12日の夕方から夜通し市が立った。

胡瓜の馬と茄子の牛は、先祖の霊の乗り物。迎えは馬で早く到着し、帰りは牛でゆっくりと、という願いがこめられる。

草市に買ひたるもののどれも軽し

安住《あずみ》 敦

あれこれと買ったものの、なんと軽いことよ、という心の声が聞こえてきそうである。「草市」というその名が、そもそも軽やか。

盂蘭盆

【うらぼん】 初秋 行事

関連季語 盂蘭盆会《うらぼんえ》・盆《ぼん》・魂祭《たままつり》

一般的に旧暦7月13日から16日まで行う、先祖の霊を供養する祭り。新暦や、月遅れの8月13日から行う地方もある。

各家庭では、位牌を並べた精《しょう》霊棚《りょうだな》を設けて真菰筵《まこもむしろ》を敷き、野菜や果物、花を供え、経をあげる。門前では祖先の霊のために「門火《かどび》」が焚かれる。「墓参《はかまいり》」も盆の行事のため、秋の季語。盆とその前後には、人々が広場や社寺の境内、町筋などに集まって踊る「盆踊」が行われる。

盆の花魚と並ぶ浜の店　菊島 登

魚を売る小さな店。盆の頃になると、盆用の供花も売られている。魚を買うついでに買っていく人がいるからだろう。

門火

【かどび】 初秋 行事

関連季語 迎《むか》え火《び》・送《おく》り火《び》・苧殻焚《おがらた》く

盂蘭盆の最初の日には、祖先の霊を迎えるために門の前で「迎え火」を、最後の日には送るために「送り火」を焚く風習がある。一般的には、麻の茎の皮をはいだ苧殻を焚く。魂が迷わないようにと、海や川岸などでも焚かれる。

真つ先に弟の来る門火なり　児玉輝代

踊

【おどり】 初秋 生活

関連季語 盆踊《ぼんおどり》・踊子《おどりこ》・踊《おど》りの輪《わ》・踊唄《おどりうた》

盆踊りは、もとは先祖の霊を慰めるために始まった。踊りやぐらを中心に、周囲を回りながら歌い踊る輪踊《わおどり》が多い。

一《ひと》ところくらきをくゞる踊の輪　橋本多佳子

大文字

【だいもんじ】 初秋 行事

関連季語 妙法《みょうほう》の火《ひ》・船形《ふながた》の火《ひ》・左大文字《ひだりだいもんじ》・鳥居形《とりいがた》の火《ひ》・五山送《ござんおく》り火《び》・施火《せび》

京都で行われる盆行事のひとつ。8月16日に行われる、五山送り火のこと。

東山の如意ヶ嶽《にょいがたけ》の山腹に焚かれる「大」の字をはじめ、京都盆地を囲む山々に、妙法、船形、左大文字、鳥居形の火がともる。送り火が山肌に次々と浮かび上がる様子は壮観。

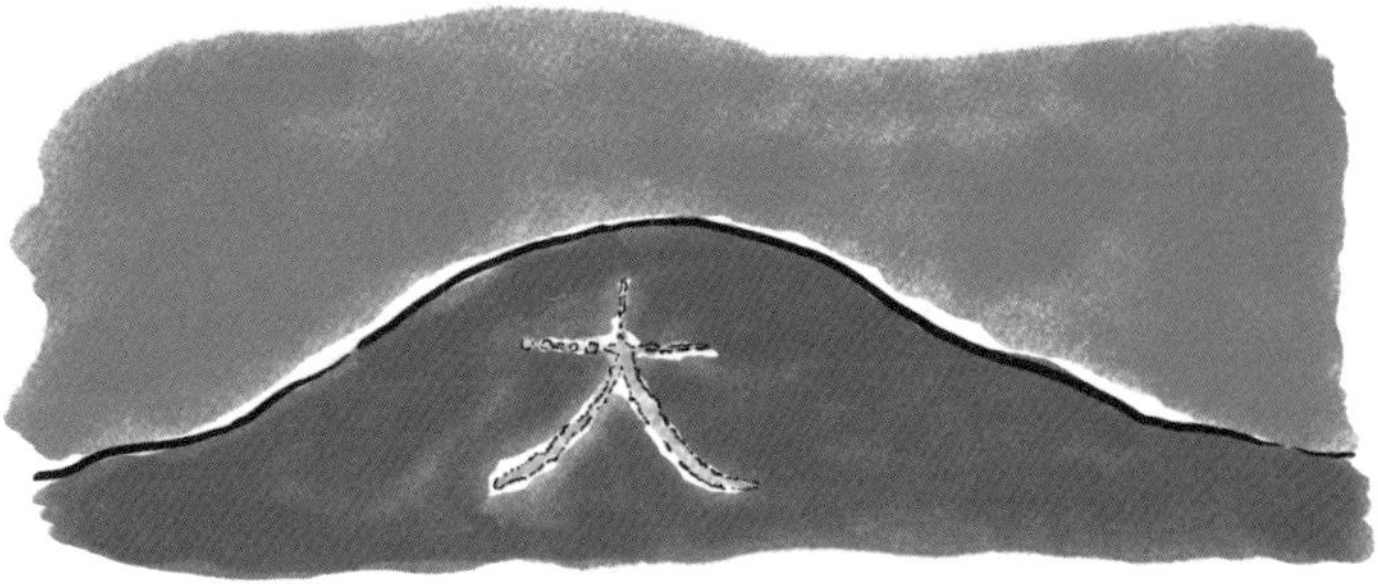

その一角が大文字消えし闇　田中裕明

今はくらがりとなった闇夜の中に、大文字の名残を見ている。「大文字消えし」と言いながらも、ありありとその炎が目に浮かんでくる。

施餓鬼

【せがき】 初秋 行事

関連季語 施餓鬼会《せがきえ》・施餓鬼寺《せがきでら》

盆、またはその前後に、縁者のいない無縁仏を弔うこと。寺では祭壇を設け、檀家を呼んで精進料理をふるまうこともある。水死者のため、川岸や浜で行われるのが「川施餓鬼」。

水門を風に開けたり川施餓鬼　斎藤夏風《かふう》

灯籠流し

【とうろうながし】 初秋 行事

関連季語 流灯《りゅうとう》・精霊流《しょうりょうなが》し・精霊舟《しょうりょうぶね》

盆の最後の日の夕方、川や海に灯籠を流し、先祖の霊を送る行事。真菰《まこも》や麦わらで作った「精霊舟」を流すところもある。水面を多数の光が漂う様子は幻想的。

流燈《りゅうとう》の帯のくづれて海に乗る　阿波野青畝《せいほ》

終戦日【しゅうせんび】

初秋　行事

関連季語　終戦記念日《しゅうせんきねんび》・敗戦忌《はいせんき》・敗戦日《はいせんび》・八月十五日《はちがつじゅうごにち》

8月15日。第二次世界大戦が事実上終結した日とされ、昭和20（1945）年のこの日、昭和天皇によるラジオ放送で、ポツダム宣言の受諾と日本の降伏が国民に伝えられた。以後は、終戦を記念する日となった。各地で記念行事が開かれ、犠牲となった多くの戦没者を追悼し、戦争の根絶や世界平和を誓う。

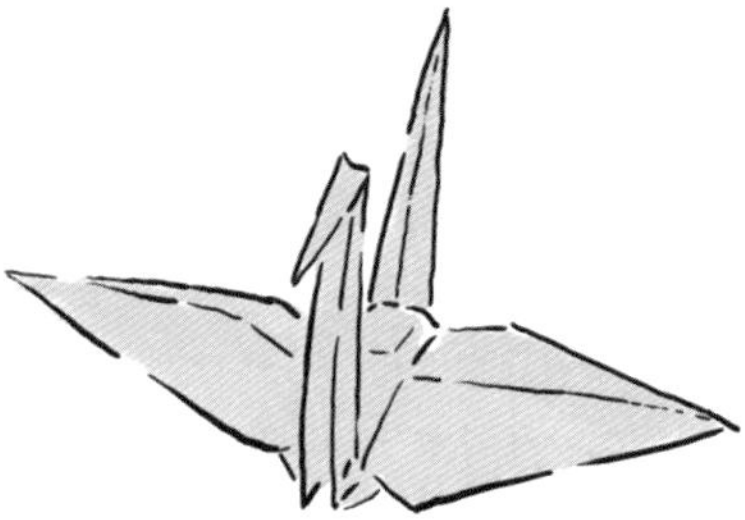

カンバスの余白八月十五日　神野《こうの》紗希

キャンバスに残された余白。それはこれから描かれるものなのか、それとも空白のままなのか。終戦の日の感慨。

ポップコーン爆《は》ぜて八月十五日　渡辺貞子

解夏【げげ】

初秋　行事

関連季語　夏明《げあき》・夏書納《げがきおさめ》・送行《そうあん》

旧暦7月15日に、仏教の修行のひとつである「夏安居《げあんご》」を解くこと。「夏明」ともいう。僧侶たちは、旧暦4月16日の「結夏《けつげ》」の日から3ケ月間にわたり、部屋に籠って座禅や写経に精進し、経典を学ぶ。夏行を終えると、書き写した経文を堂塔に納める（夏書納）。翌16日に、僧たちが各地に別れて行くのを「送行」という。

送行の雨又雲や西東　飯田蛇笏《だこつ》

夏安居が解かれ、僧たちが西へ東へと去って行く。「雨又雲」には、去って行った僧たちの道中の厳しさを思わせるものがある。

西瓜

【すいか】 初秋 植物

関連季語 西瓜《すいか》畑《ばたけ》

現在は初夏から出回るが、もとは初秋に旬を迎える果物のため、秋の季語。水分が多くてみずみずしく、甘い。夏のおやつとして、子ども時代の思い出と結びつくことも多い果物。

溺れゐるごとくに西瓜食べてゐる

阪西敦子

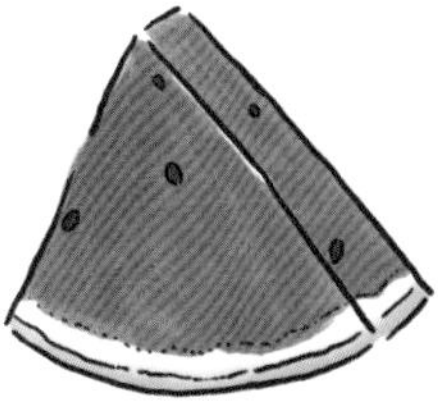

桃

【もも】 初秋 植物

関連季語 白桃《はくとう》・水蜜桃《すいみつとう》

6～8月頃が旬。みずみずしくて、甘くやわらかい夏の果物。品種改良を重ねて普及した「水蜜桃」は、桃の代名詞。

もぎたての白桃全面にて息す

細見綾子

枝豆

【えだまめ】 三秋 植物

関連季語 月見豆《つきみまめ》

熟す前の青い大豆。枝ごと採るため枝豆という。さやごと茹でて食べる。十三夜の月に供えるため「月見豆」とも呼ぶ。

枝豆や三寸《さんずん》飛んで口に入《い》る

正岡子規

豆にまつわる秋の季語

▼新大豆《しんだいず》 初秋

秋の収穫後、味噌や醤油、豆腐など幅広く利用される。

▼新小豆《しんあずき》 晩秋

秋に収穫したばかりの小豆。煮豆や餡にして食べる。

▼隠元豆《いんげんまめ》 初秋

中国から隠元大師がもたらしたという豆。莢《さや》隠元は、未熟な実をさやごと食べる。

▼豇豆《ささげ》 初秋

煮豆や餡にするほか、皮が裂けにくいため、小豆の代わりに赤飯にも炊きこむ。

天の川

【あまのがわ】 三秋 天文

関連季語 銀河《ぎんが》・銀漢《ぎんかん》

夜空に帯のように集まって輝く、無数の星の集まり。特に美しく眺められるのは、空気が澄んでよく晴れた秋の夜空。古来、旧暦7月の七夕伝説と結びついて、詩歌に多く詠まれてきた。俳句では天の川自体の美しさを詠むことが多い。

荒海《あらうみ》や佐渡《さど》に横たふ天の川 芭蕉

荒波の上に大きくかかる天の川。柏崎《かしわざき》で日本海越しに佐渡を眺めての、『おくのほそ道』の中の一句。

銀漢を荒野のごとく見はるかす 堀本裕樹

星月夜

【ほしづきよ・ほしづくよ】 三秋 天文

関連季語 秋《あき》の星《ほし》

よく晴れて澄んだ秋の空は、天の川をはじめとして、星が美しく眺められる。特に新月の頃は、満天の星が輝き、星明かりだけでまるで月夜のように明るい。その夜の趣を称えて「星月夜」、それらの星々を「秋の星」という。

胎動のはじまりは星月夜かな 明隅《あけずみ》礼子

星月夜からはじまる胎動。夜空の星々の輝きにこたえるかのように、胎内の命が動いている。

われの星燃えてをるなり星月夜 高浜虚子《きょし》

流れ星

【ながれぼし】 三秋 天文

関連季語 流星《りゅうせい》・星《ほし》飛《と》ぶ

夜空に突然現れ、一瞬で流れて消えていく光体。宇宙を漂う塵が、地球の大気圏に飛びこんで、空気との摩擦によって発光するもの。多くは燃え尽きて消える。

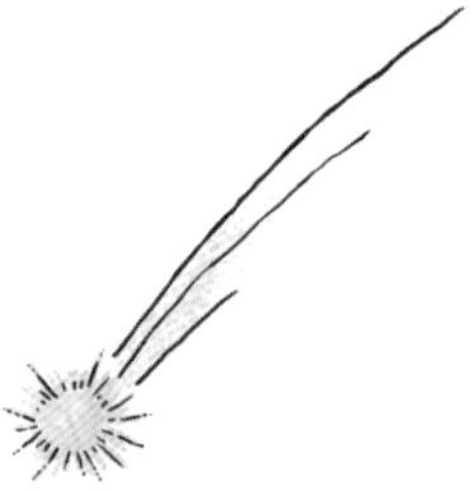

流星の使ひきれざる空の丈　鷹《たか》羽《は》狩行《しゅぎょう》

稲妻

【いなずま】 初秋 天文

関連季語 稲光《いなびかり》

雷から放たれた閃光。遠方にあって雷鳴が聞こえず、光だけ見えるものを指すことが多い。稲妻が走るとよい稲が実る、という俗説からこの名に。音が中心の「雷」は夏の季語。

いなびかり北よりすれば北を見る　橋本多佳子

秋の風

【あきのかぜ】 三秋 天文

関連季語 秋風《あきかぜ》・秋《あき》の初風《はつかぜ》・色《いろ》なき風《かぜ》

しみじみとした情趣のある秋の風。秋の訪れを告げる初秋のそよ風は「秋の初風」。歌人・藤原敏行《ふじわらのとしゆき》は、「秋来ぬと目にはさやかに見えねども風の音にぞおどろかれぬる」と詠んだ。古代中国では秋風を白色と例えたため、「色なき風」とも。

ひとり膝を抱けば秋風また秋風　山口誓子《せいし》

初嵐

【はつあらし】 初秋 天文

秋は台風をはじめ、強風の多い季節。その前兆のように、秋の初めに吹き荒れる強い風のこと。秋の訪れを知らせる風。

塵もなき朝の机や初嵐　原 石鼎《せきてい》

蜻蛉

【とんぼ】三秋　動物

関連季語　とんぼう・あきつ・やんま・赤蜻蛉《あかとんぼ》

秋を代表する昆虫。晩春から秋まで見られるが、秋の季語とされる。秋の虫を意味する「あきつ」ともいう。透明な二対の羽で、秋の風を切って軽やかに飛び交う。

大型の「やんま」や小型の「赤蜻蛉」など、種類は多い。赤蜻蛉は「秋茜《あきあかね》」とも呼ばれ、主に初秋から見られるとんぼ。真っ赤に色づいた腹部が印象的。

とどまればあたりにふゆる蜻蛉かな　中村汀女《ていじょ》

作者は足を止めて休んでいたのだろう。ふと気がつくと、まわりにはたくさんの蜻蛉が。やわらかく蜻蛉の風景を描いた。

赤とんぼ夕暮はまだ先のこと　星野高士

秋の蛍

【あきのほたる】初秋　動物

関連季語　秋蛍《あきぼたる》・残《のこ》る蛍《ほたる》

立秋を過ぎても飛んでいる蛍のこと。闇夜にまばらに明滅する様子は、盛りを過ぎた寂しさが漂う。さらに季節が進むと、飛ぶこともなく草にとまって淡く光る。

たましひのたとへば秋の蛍かな　飯田蛇笏《だこつ》

狗尾草

【えのころぐさ】三秋　植物

関連季語　猫《ねこ》じゃらし

野原や道端でよく見られるイネ科の一年草。青緑色の花穂が子犬のしっぽに似ていることから、この名がついた。猫をじゃらして遊ぶことから「猫じゃらし」とも。

君が居《きょ》にねこじやらしまた似つかはし　田中裕明

朝顔

【あさがお】 初秋 植物

関連季語 牽牛花《けんぎゅうか》・蕣《あさがお》

晩夏から秋の夜明け、漏斗形《ろうとがた》の大輪を開き、夕方にはしぼむ。奈良時代に、遣唐使が薬用として種子を持ち帰ったことが最初。江戸時代以降、鑑賞用として広く栽培された。藍、白、紫、紅など色もさまざま。現代では夏のイメージが強いが、かつては朝顔に秋の訪れを感じていた。

中国では古来、種子を薬として用いた。当時はとても高価な朝顔の種子の謝礼として、大事な牛を牽《ひ》いていったことから「牽牛花」の名もある。

朝顔の紺のかなたの月日かな　石田波郷《はきょう》

朝顔の紺から想起されたかなたの月日への追憶。眼前の朝顔から、だんだんと時間がさかのぼっていくのである。

秋扇

【あきおうぎ・しゅうせん】 初秋 生活

関連季語 秋団扇《あきうちわ》・名残扇《なごりおうぎ》・忘《わす》れ扇《おうぎ》・捨扇《すておうぎ》

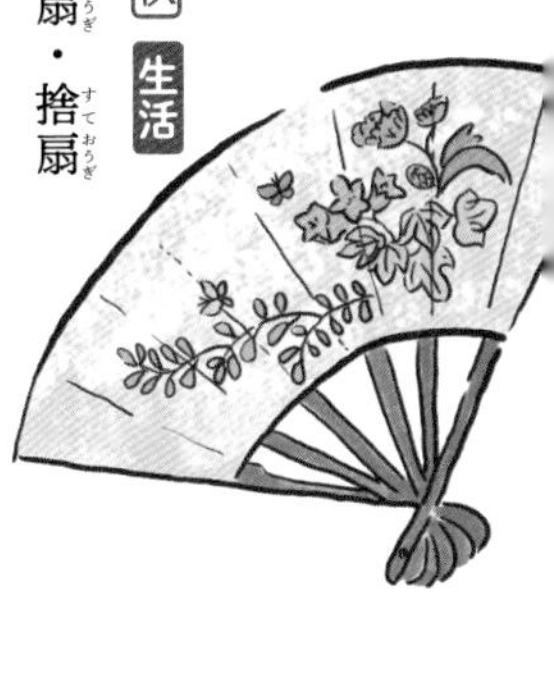

立秋を過ぎても、残暑の厳しいしばらくの間は、扇や団扇が手放せない。使われないまま、しまい忘れられているのは「忘れ扇」「捨扇」。なんとなく侘しさも漂う。

秋扇開けば草の絵がにほふ　山上樹実雄《きみお》

残暑

【ざんしょ】 初秋 時候

関連季語 残《のこ》る暑《あつ》さ・秋暑《あきあつ》し・秋暑《しゅうしょ》

立秋後に残る暑さのこと。また、少し涼しくなったあとにぶり返す猛烈な暑さ。真夏以上に暑さを感じることもあり、やりきれない。この時期に残暑見舞をする習慣もある。

改札の残る暑さに別れけり　日下野由季

芙蓉

【ふよう】 初秋 植物

秋の早朝に、淡い紅や白の花が次々と開き、夕方にはしぼんで落ちる。「酔《すい》芙蓉」は、朝は白いが午後になると紅を帯びる。木槿《むくげ》によく似ているが、葉がひと回り大きい。

白《しろ》芙蓉ふたたび交す厚き文　野澤節子

木槿

【むくげ】 初秋 植物

関連季語　底紅《そこべに》

芙蓉と同じアオイ科フヨウ属。赤紫のほか、白や絞りなどがある。花は一日でしぼむが、夏から秋の長い期間、次々と花開く。白い花で底の部分が紅色のものを「底紅」という。

底紅や黙つてあがる母の家　千葉皓史《こうし》

芭蕉

【ばしょう】 初秋 植物

関連季語　破《やれ》芭蕉《ばしょう》

中国原産の観葉植物。初夏に新しい葉を出し、やがて2メートルほどに成長した葉が、秋風にはためく。晩秋には風雨に傷んで「破芭蕉」となり、冬に気温が下がると地上部が枯れて「枯《かれ》芭蕉」となる。俳人・松尾芭蕉は、草庵の庭に植えた芭蕉を愛し、庵の名とするだけでなく、自らの俳号とした。

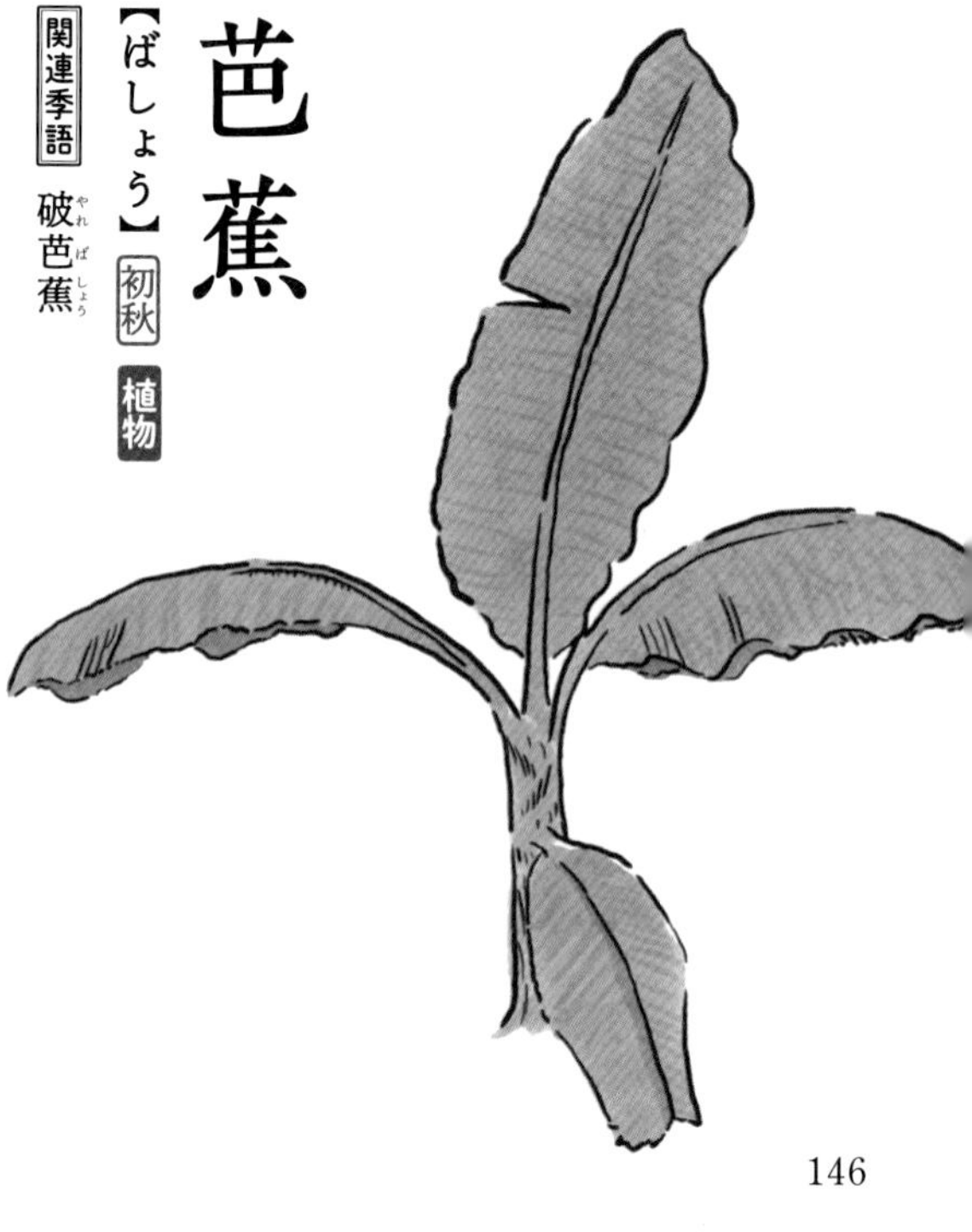

さらさらと白雲渡る芭蕉かな　正岡子規

芭蕉の大きな葉の上を、白雲が流れるように渡っていく。「さらさら」は芭蕉の葉が触れ合う音ともとれる。

秋の蝉

【あきのせみ】 初秋 動物

関連季語 秋蝉《しゅうせん》・残《のこ》る蝉《せみ》

夏の間に鳴き続けた蝉が、その数を減らしながらも、秋になっても鳴き続ける様子。また、初秋になって存在感を増す「蜩《ひぐらし》」「法師蝉《ほうしぜみ》」なども含めた総称。チッチ、チッチと鳴く小さな蝉・ちっち蝉は、11月頃まで声を聞くこともある。

秋蝉のこゑ澄み透《とお》り幾山河《いくさんが》　加藤楸邨《しゅうそん》

若山牧水の「幾山河《いくさんが》越え去り行《ゆ》かば寂しさの終《は》てなむ国ぞ今日も旅ゆく」を彷彿とさせる一句。降り注ぐような秋蝉の声が心に沁みてくる。

喪の幕の端に風ある秋の蝉　岡本　眸《ひとみ》

蜩

【ひぐらし】 初秋 動物

関連季語 かなかな

7月末頃から鳴き始める秋の蝉。夜明けや雨後のほか、日暮れによく鳴くのでこの名がついた。哀調を帯びた調子でカナカナカナ…と鳴くので、「かなかな」ともいう。

かなかなや塗ればすうつとする薬　堀切克洋

法師蝉

【ほうしぜみ】 初秋 動物

関連季語 つくつくぼうし・つくつくし

立秋の頃に鳴き始め、夏の終わりを感じさせる。ツクツクホウシという鳴き声には、「旅先で死んだ筑紫《つくし》の人が蝉となり、〝筑紫恋し〟と鳴く」という伝説がある。

人の辺にゐてひと遠し法師蝉　古賀まり子

鶺鴒

【せきれい】三秋　動物

関連季語　石叩《いしたたき》・黄鶺鴒《きせきれい》・背黒鶺鴒《せぐろせきれい》

セキレイ科の鳥の総称。長い尾を上下に振る様子が、石や地面を叩くように見えることから「石叩」とも。水辺を好み、都心にも生息する。一年中いるが、俳句では秋の渡り鳥を指す「色鳥」として詠まれる。

すべすべの石をよろこび石叩　大石悦子

秋思

【しゅうし】三秋　生活

関連季語　秋《あき》あわれ・秋《あき》さびし

秋のあわれさ、寂しさに誘われるように、もの思いにふけること。春の「春愁」とはちがい、思索にふける趣が強い。

喪帰りの秋思の真珠外しけり　竹内光江

鳳仙花

【ほうせんか】初秋　植物

関連季語　爪紅《つまくれない》・爪紅《つまべに》

花壇や道端によく見かける。色は赤、白、ピンク、紫など。花びらを絞って爪を染める遊びから、「爪紅」とも呼ぶ。

一葉《いちよう》に子規《しき》に妹鳳仙花　片山由美子

鬼灯

【ほおずき】初秋　植物

関連季語　酸漿《ほおずき》

初夏に乳白色の花を咲かせたあと、提灯のような袋状のガクに包まれた、球形の実をつける。薄緑から、初秋に熟すと赤く色づく。主に観賞用で、盆の精霊棚《しょうりょうだな》の飾りにも用いる。

少年に鬼灯くるる少女かな　高野素十《すじゅう》

処暑

【しょしょ】 初秋 時候

二十四節気のひとつで、8月23日頃。立秋から15日後。〝処〟は収まるという意味で、ようやく暑さがひと段落するという時期。

日中はまだまだ暑さが続くものの、朝夕の風は心地よくなり、蝉や虫の声にも秋らしさが混じって、初秋の実感がわいてくる。一年のうちで最も台風が襲来しやすい日とされ、天気予報も気になる時期。

鳰《にお》の子のこゑする処暑の淡海《おうみ》かな　森　澄雄

梅雨の頃に孵《ふ》化《か》した鳰（かいつぶり）の子たち。暑さがやわらいできた淡海（琵琶湖）に、その声が聞こえてくる。

処暑の風入れて家族の帰り待つ　阪尻勢津子

地蔵盆

【じぞうぼん】 初秋 行事

関連季語　地蔵会《じぞうえ》・地蔵参《じぞうまいり》

8月23、24日（旧暦では7月24日）を中心に行われる地蔵菩薩の縁日。祭壇を作って菓子や花を供え、お地蔵様には新しい頭巾やよだれかけが着せられる。地蔵菩薩は子どもたちを守るといういわれから、祭りは子どもを中心に行われ、余興が行われたり、お菓子が配られたりする。

行き過ぎて胸の地蔵会明りかな　鷲谷《わしたに》七菜子

地蔵盆に掲げる提灯の明り。「行き過ぎて」とはその前を通り過ぎて、ということだろう。連なる明りが胸元を照らしている。

新涼

【しんりょう】 初秋 時候

関連季語 秋涼《しゅうりょう》・秋涼《あきすず》し

立秋を過ぎたあとに感じる涼しさ。残暑は厳しいものの、ふとしたときに感じる涼気に新鮮さを覚え、夏が過ぎ去ったことへの安堵感がただよう。

似たイメージだが、「涼し」は夏の季語で、暑さの中にあってこそ感じる一時的な涼しさ。

新涼や尾にも塩ふる焼肴《やきざかな》

鈴木真砂女《まさじょ》

銀座の小料理屋「卯波《うなみ》」の女将をしていた真砂女。「尾にも塩ふる」が細やか。新涼のさらりとした心地が内容を引き立てている。

新涼やはらりと取れし本の帯

長谷川 櫂《かい》

秋の色

【あきのいろ】 三秋 天文

関連季語 秋色《しゅうしょく》

秋の景色や、もの寂しい気配。秋らしい色を表すこともあり、その場合には紅葉や黄葉《こうよう》、黄金色の稲穂などを指す。

秋色や一弦琴《いちげんきん》の音の中

岡井省二《しょうじ》

桐一葉

【きりひとは】 初秋 植物

関連季語 一葉《ひとは》・一葉《ひとは》落《お》つ

初秋、ほかの樹木に先がけて、桐の葉がふわりと舞い散ること。中国の古典「一葉《いちよう》落ちて天下の秋を知る」に由来する。小さな出来事から大きな流れを悟るという意味。

桐一葉日当たりながら落ちにけり

高浜虚子《きょし》

相撲

【すもう】 初秋 生活

関連季語　角力《すもう》・辻相撲《つじずもう》・宮相撲《みやずもう》・草相撲《くさずもう》

相撲は本来、神事と縁が深い。宮中で旧暦7月に、相撲節会《すまいのせちえ》（天皇が相撲を観覧した行事）が行われたため、初秋の季語となった。また、各地の奉納相撲も、秋祭の頃が多い。神社などの祭礼として行われるのが「宮相撲」。

少年の腰のくびれや草相撲　小坂順子

いかにも体格のいい子ではなく、細身の子が土俵に入るところが、草相撲らしい。「腰のくびれ」に健やかな美しさがある。

蟷螂

【かまきり・とうろう】 三秋 動物

関連季語　鎌切《かまきり》・いぼむしり

カマキリ科の昆虫。鎌のように鋭い前脚で獲物を捕らえたり、威嚇したりする。「蟷螂」は漢名。鎌でいぼをなでるとなくなるという俗説から、「いぼむしり」という名も。

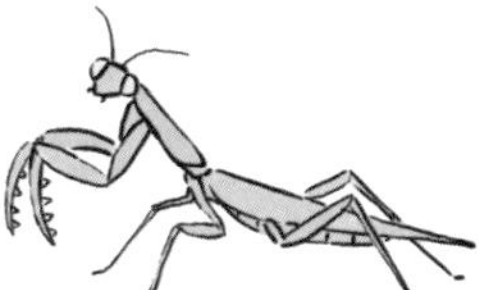

斑鳩《いかるが》の蟷螂勾玉色の瞳《め》よ　大橋敦子

衣被

【きぬかつぎ】 初秋 生活

小ぶりの里芋を皮ごと茹でたもの。衣を脱がせるようにむき、塩や醤油をつけて食べる。〝衣を被《かず》く（かぶる）〟ことからこの名前に。収穫を喜び、十五夜のお供えにする。

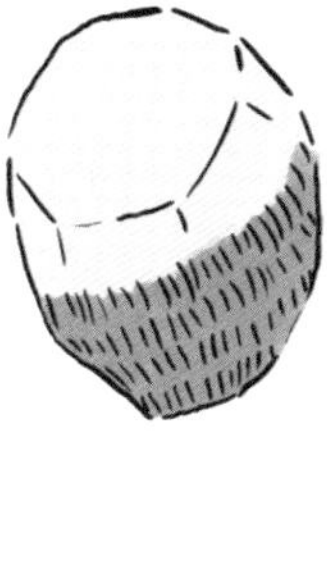

悉《ことごと》く全集にあり衣被　田中裕明

季語コラム 5

四季を感じる「雨」の季語

「梅雨」だけで30以上 雨の降り方で変わる季語

季節や降り方によって、いろいろな表現ができるのが雨。春はしっとりと降り続く「春雨」に、「菜種梅雨《なたねづゆ》」「花の雨」。秋は「秋雨」、冬は「時雨」が代表的です。

中でも、夏の雨の表現は多彩。「夕立」「喜雨《きう》」「白雨《はくう》」をはじめ、冬と思いがちな「氷雨《ひさめ》」も夏の季語。雷に伴って降る、氷の塊（雹《ひょう》）のことです。

雨の多い梅雨ともなると、30以上の季語が登場します。梅の実が黄色く熟す頃なので「梅雨」。「五月雨」ともいいます。黴《かび》が生えやすいので「黴雨《ばいう》」、青葉の季節なので「青《あお》梅雨《つゆ》」。長く降るのは「長梅雨」、反対に降らないのは「空梅雨」。梅雨の前ぶれを「走り梅雨」、明けたら「梅雨明」、そのあとまた雨が降ることを「戻り梅雨」。細やかな表現で、雨の風情と美しさをとらえています。

春

▼**菜種梅雨《なたねづゆ》**
菜の花が盛りの頃に降る、春のやわらかな雨。

▼**花の雨《はなのあめ》**
桜の咲く頃、または満開の頃に降る雨。

夏

▼**卯の花腐し《うのはなくたし》**
卯の花を腐らせるように降り続く長雨。

▼**白雨《はくう》**
明るい空を背景に降る、夏のにわか雨。

▼**緑雨《りょくう》**
青葉の色彩を際立たせる夏の雨。

▼**氷雨《ひさめ》**
雷を伴って降る氷の雨。

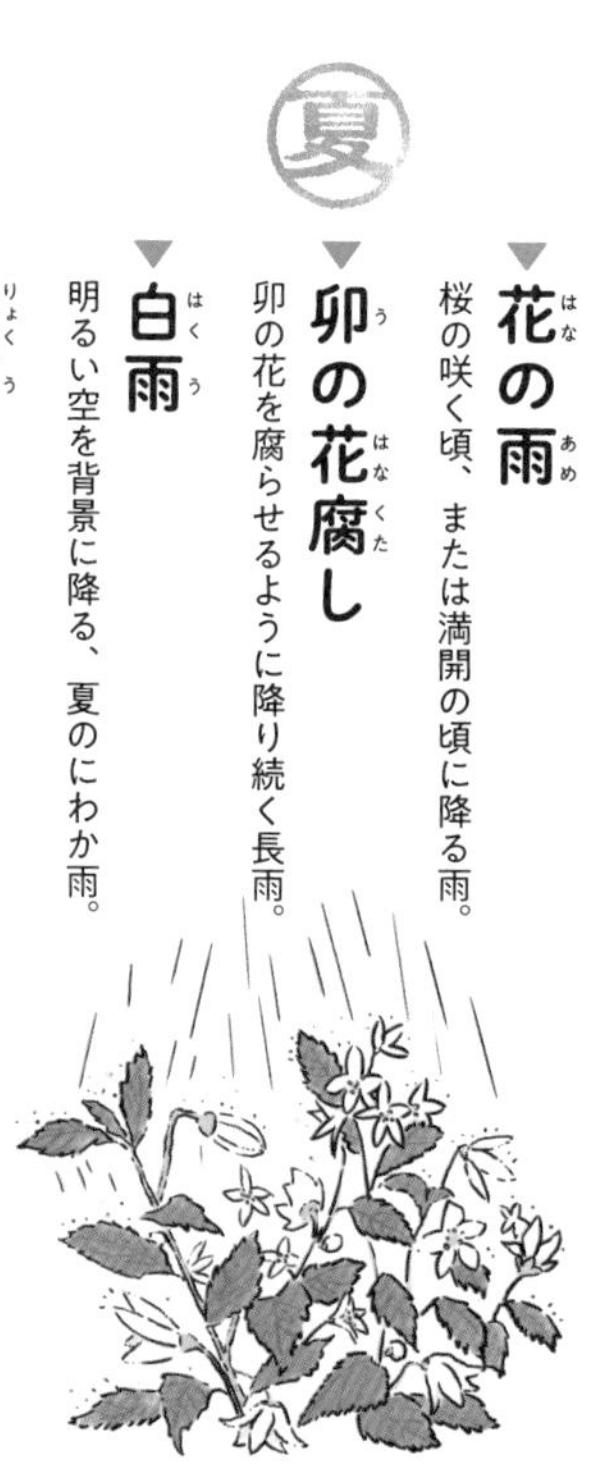

秋

▼**秋雨《あきさめ》**
秋雨前線による秋の長雨。

▼**霧雨《きりさめ》**
霧のように細かく降りかかる雨。

冬

▼**時雨《しぐれ》**
冬の初め、一時的に降ったり止んだりする雨。

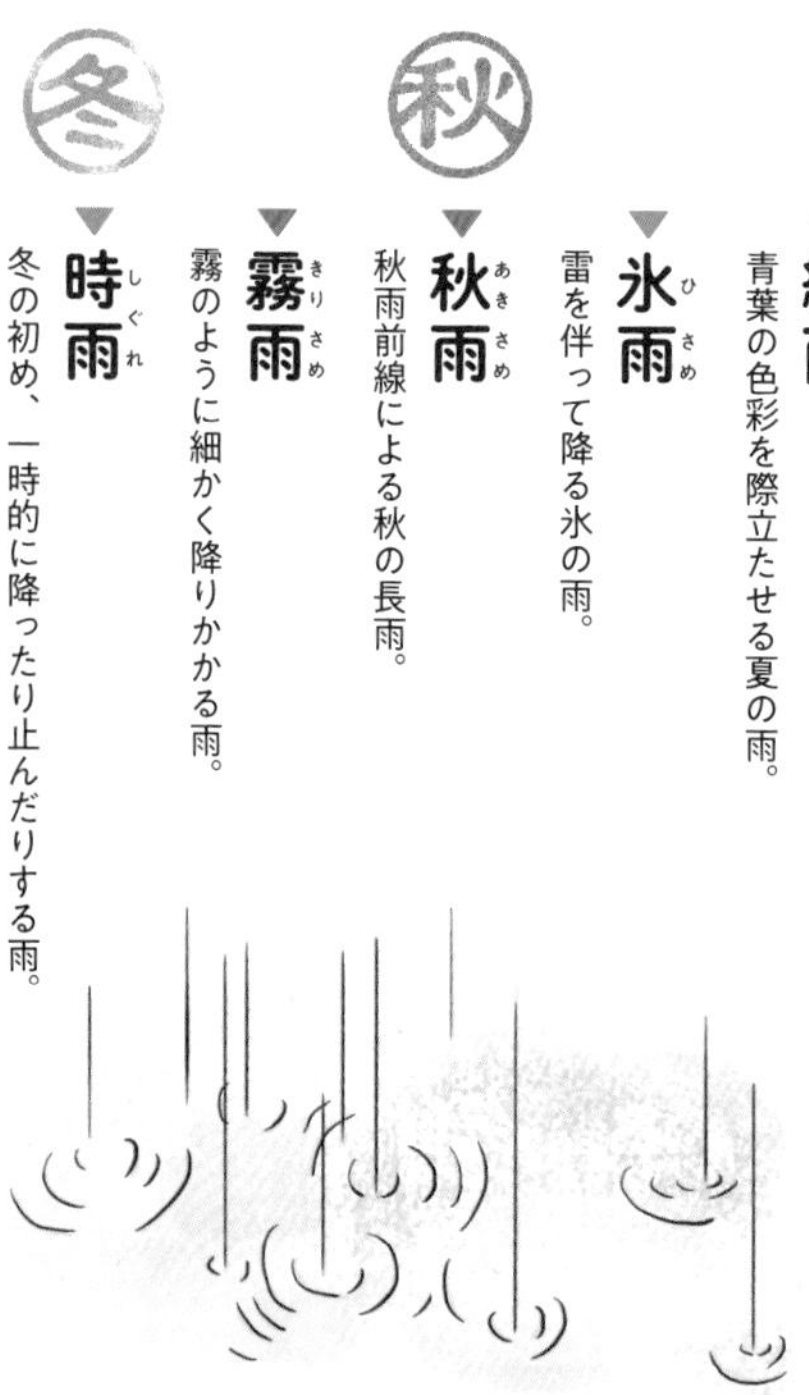

九月

9月の暦

▼二百十日《にひゃくとおか》（1日頃）

▼白露《はくろ》（8日頃）

▼重陽《ちょうよう》※／菊の節句（9日）

▼二百二十日《にひゃくはつか》（11日頃）

▼秋分《しゅうぶん》（23日頃）

▼秋彼岸《あきひがん》（秋分を中日とする7日間）

※「重陽」は、旧暦にならい10月の季語として掲載しています。

野分

【のわき】 仲秋 天文

野の草を吹き分ける嵐のような秋の強風。台風を指すこともある。古来、野分が過ぎ去った翌朝、草がなぎ倒された荒々しい風景にも風情を感じてきた。

関連季語 野《の》わけ・野分立《のわきだ》つ・野分晴《のわきばれ》

大いなるものが過ぎ行《ゆ》く野分かな

高浜虚子《きょし》

台風

【たいふう】 仲秋 天文

赤道近くの南洋で発生し、夏から秋にかけて、日本列島やアジア東部を襲う熱帯低気圧。暴風雨を伴う。中心付近の最大風速が、秒速17・2メートル以上のものをいう。

関連季語 台風圏《たいふうけん》・台風《たいふう》の眼《め》

放課後の暗さ台風来つつあり

森田 峠

芋嵐

【いもあらし】 仲秋 天文

単に「芋」といえば、里芋のこと。「芋嵐」は、里芋畑一面の芋の葉に吹きつける強い風。やわらかい芋の葉が、白い葉裏を見せて波立つ様子は、嵐の激しさを際立たせる。

さもあるべえうんだうんだと芋嵐

檜《ひのき》 紀代

二百十日

【にひゃくとおか】 仲秋 時候

立春から数えて二百十日目、9月1日頃。「二百二十日（9月11日頃）」とともに、台風が襲来することの多い時期。かつては稲の開花期と重なったことから、「厄日」とされた。

関連季語 厄日《やくび》・二百二十日《にひゃくはつか》

遠嶺《とおね》みな雲にかしづく厄日かな

上田五千石《ごせんごく》

仲秋

【ちゅうしゅう】 仲秋 時候

秋を三区分して、初秋・仲秋・晩秋とする。仲秋は9月（旧暦8月）にあたり、秋たけなわの時期。空は高く空気が澄む。朝夕は冷えて草には露が降り、虫の音も冴える。

仲秋や畳にものの影のびて

片山由美子

梨

【なし】 三秋 植物

関連季語　有《あり》の実《み》・洋梨《ようなし》

水気が多く甘い。青梨の二十世紀や、甘みの強い幸水などが主流。「なし」が「無し」に通じることを避け、「有の実」ともいう。「洋梨」は外来種。

梨食うてすつぱき芯にいたりけり

辻　桃子

不知火

【しらぬい】 仲秋 地理

関連季語　竜灯《りゅうとう》

旧暦8月1日頃の深夜、九州の八代海《やつしろかい》の沖合で、大小無数の明るい火が、明滅してゆらめく現象。その原因がわからないため、「不知火」と呼ばれる。古くは『日本書紀』に、景行《けいこう》天皇が筑紫《つくし》（九州）を訪れた際に怪しい炎が現れ、正体がわからないことから、その地を「しらぬひ」と呼ぶようになった、との由来がある。

現在では、沖の漁火が元で起こる蜃気楼のような現象といわれる。

不知火を見てなほ暗き方へゆく

伊藤通明

沖に明滅する不知火の光。何ともしれぬその光のゆらめきに誘われつつ、さらに昏《くら》い方へと歩きゆく。憑かれた人のように。

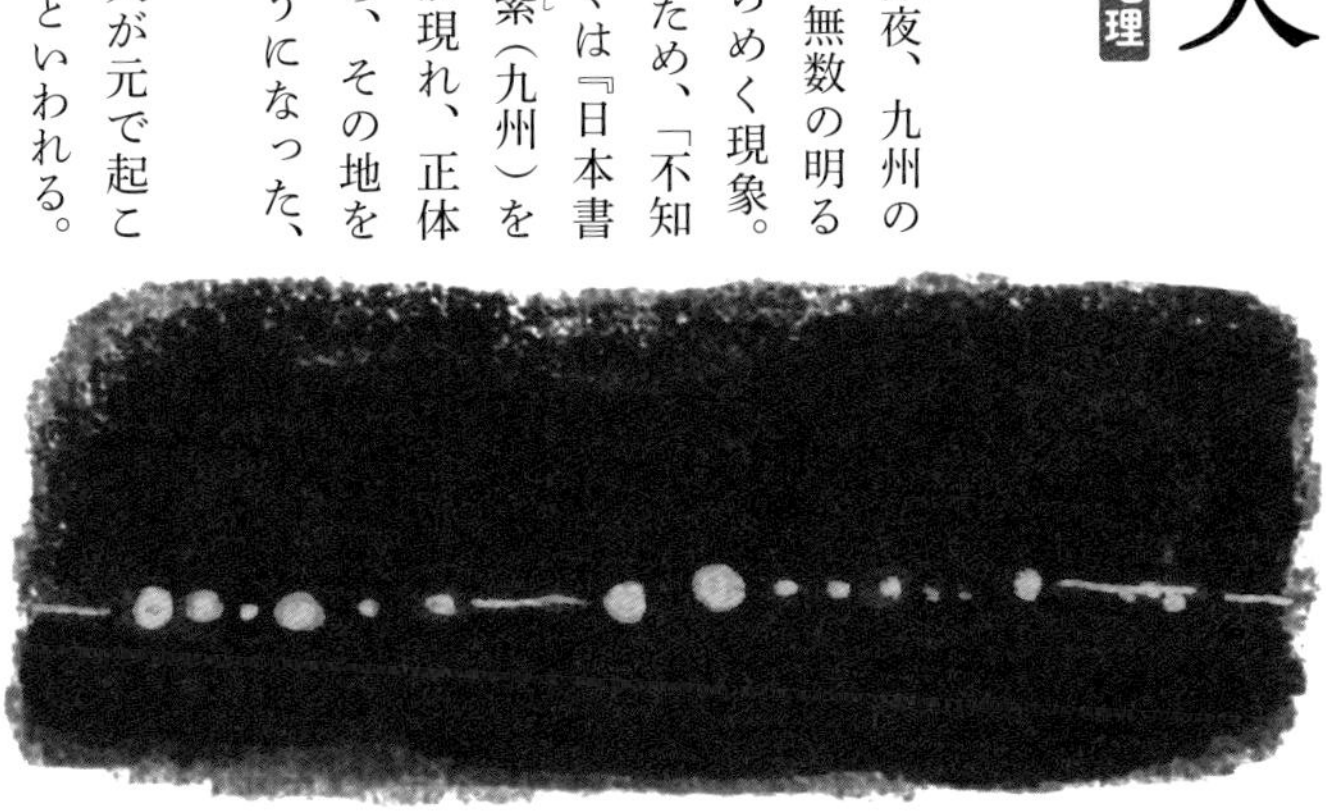

花野

【はなの】 三秋 地理

関連季語 花野原《はなのはら》・花野道《はなのみち》・夕花野《ゆうはなの》

秋の草花が一面に咲き乱れる野原。春の「花」といえば華やかな桜を指すが、秋の「花野」の花は、風にそよぐ草の花。冬枯れ前の一時の華やぎで、どこか寂しさも感じられる。夕暮れの迫る「夕花野」は、いっそう寂しさを増す。

野を彩る花のうち、萩《はぎ》・芒《すすき》・葛《くず》・撫子《なでしこ》・女郎花《おみなえし》・藤袴《ふじばかま》・桔《き》梗《きょう》は、「秋の七草」としても愛される。

断崖をもつて果てたる花野かな　片山由美子

岬の花野。やわらかな花野の果てが断崖であるというところにはっとさせられる。風景を描きつつ、そこに心理的なものもにじむ。

秋の野に咲く花の季語

▼萩《はぎ》／白萩《しらはぎ》 初秋

代表的な秋草のひとつで、秋の七草に数えられる。密集した枝に、紅紫や白の小ぶりな花をたくさんつける。風にしなる様にも風情がある。和歌にもよく詠まれ、『万葉集』には140首以上もの萩の歌が残る。

［潦《にわたずみ》あらたまりけり萩の雨　髙柳克弘］

▼桔《き》梗《きょう》／きちか《こ》う 初秋

秋の七草のひとつ。鐘の形をした青紫色の端正な花を咲かせる。「きちこう」は俳句独特の呼び方。古い和歌では「朝顔」と呼ばれていた。

［紫のふつとふくらむ桔梗かな　正岡子規］

▼野《の》菊《ぎく》 仲秋

野山を彩る野生の菊を、種類を特定せずに「野菊」と呼ぶ。紫色の嫁菜《よめな》をはじめ、白や紫、黄色など、小ぶりの菊のような花を咲かせる。

［頂上や殊《こと》に野菊の吹かれをり　原　石鼎《せきてい》］

竹の春

【たけのはる】 仲秋 植物

竹には独特の四季がある。ほかの木々の葉が芽吹きを迎える春には、地下茎から生えてくる筍に養分を回すので、親竹は衰えて茶色い葉をはらはらと散らし、「竹の秋」を迎える。

春に生えた筍は、夏の間に皮をぬいで黄緑色の「若竹」となり、多くの植物が落葉する秋には立派な竹となる。この時期には、親竹も葉を青々と茂らせる。これを「竹の春」と呼ぶ。

竹の春水きらめきて流れけり

成瀬桜桃子《おうとうし》

かろやかな風が吹いてくるような一句。竹は青々と枝葉を茂らせ、足元の小さな流れがきらきらと水面を輝かせている。

竹伐る

【たけきる】 仲秋 生活

秋は竹を伐採する好時期。「竹の春」を迎え青々と美しい竹は、伐っても虫がつきにくく、良質な素材とされる。

一本の竹さわがせて伐りにけり

加藤三七子《みなこ》

富士の初雪

【ふじのはつゆき】 初秋 天文

富士山に初雪が降るのは、例年9月下旬頃。まだまだ残暑厳しい折に、雪を冠した富士の姿がすがすがしい。この雪はすぐに消え、本格的な冠雪は10月頃となる。

浮み出て初雪の不二《ふじ》歪みなし

菅《すが》　裸馬《らば》

鯊

【はぜ】 三秋 動物

関連季語 鯊《はぜ》の秋《あき》・鯊日和《はぜびより》・鯊《はぜ》の潮《しお》

鯊釣りは秋の風物詩。鯊は春に孵化して河口などで生長し、秋には大きく育つ。簡単に数が釣れるので「鯊の秋」、秋晴れを「鯊日和」とも。

同舟《どうしゅう》の向きそれぞれに鯊の秋　木内怜子

落鮎

【おちあゆ】 仲秋 動物

関連季語 錆鮎《さびあゆ》・下《くだ》り鮎《あゆ》・秋《あき》の鮎《あゆ》

夏の間に川の上流で成長した鮎は、秋、下流で産卵するため、群れで川を下る。これを「落鮎」「下り鮎」という。産卵期になると体に赤錆色を帯びるので「錆鮎」とも。

錆鮎の朱《しゅ》のありありと焼かれけり　高橋悦男

初鮭

【はつざけ】 仲秋 動物

関連季語 鮭《さけ》・しゃけ・秋味《あきあじ》

鮭は9月頃から、産卵のため群れをなして川を上る。この時期、婚姻色といい、体には赤紫色の斑点が現れる。秋から冬に孵化した鮭の稚魚は、春になるとまた海へ下って成長する。

特に北海道西海岸に多く、「秋味」とも呼ばれるのは、アイヌ語に由来するという。塩鮭や燻製にすることが多い。

水裂いて今生《こんじょう》の鮭のぼりけり　大串 章

産卵のために故郷の川に上ってくる鮭。本能とはいえ、命をかけて上りくるその姿は凄まじい。まさに「水裂いて」である。

蓑虫鳴く

【みのむしなく】三秋 動物

関連季語 蓑虫《みのむし》・鬼《おに》の子《こ》

蓑虫はミノガ科の蛾の幼虫。木の葉や小枝を糸で綴《つづ》って蓑のような巣をつくり、そのなかに潜む。蓑虫は鳴かないが、『枕草子』には、鬼の捨て子である蓑虫が「ちちよ、ちちよ」とはかなげに鳴くと書かれている。「鬼の子」とも呼ぶ。

蓑虫の父よと鳴きて母もなし　高浜虚子《きょし》

秋茄子

【あきなす】仲秋 植物

関連季語 名残茄子《なごりなす》

単に「茄子」といえば夏の季語で、秋になると「秋茄子」と呼ぶ。夏場より小ぶりで、種が少なく実もしまって美味。

秋茄子ややさしくなりし母かなし　星野立子

白露

【はくろ】仲秋 時候

二十四節気のひとつで、9月8日頃。昼夜の寒暖の差が大きくなり、草木に白い露が降り始める時期とされる。

ゆく水としばらく行ける白露かな　鈴木鷹夫

露

【つゆ】三秋 天文

関連季語 白露《しらつゆ》・朝露《あさつゆ》・夜露《よつゆ》・露《つゆ》の玉《たま》

空気中の水蒸気が凝結して水滴となったもの。風のない晴れた夜に発生し、秋に多い。月光に白く光るのが「白露」。日が差すと消えてしまう「朝露」は、はかなさの象徴。

金剛の露ひとつぶや石の上　川端茅舎《ぼうしゃ》

白粉花

【おしろいばな】仲秋　植物

関連季語　おしろい・夕化粧

熱帯原産でオシロイバナ科の多年草、または一年草。固くて黒い、小豆粒大の種子のなかの胚乳をつぶすと、白粉状になるのでこの名がついた。晩夏から初秋にかけて、紅や白、黄などの小型の花を咲かせる。夕方から咲き出すので「夕化粧」の名もある。花は翌朝しぼむ。

おしろいが咲いて子供が育つ路地　菖蒲《しょうぶ》あや

下町育ちの作者。この句の風景も、下町の路地を思い浮かべる。白粉花は身近な花で、子どもたちは色水を作ったりして遊んだ。

秋麗

【あきうらら・しゅうれい】三秋　時候

よく晴れた秋の日。澄んだ空からまぶしいほどの日ざしが降りそそぎ、何もかもが麗しく見える。穏やかな秋の日に、春のうららかさを思い描き、感じているという季語。

秋麗の柩《ひつぎ》に凭《もた》れ眠りけり　藤田直子

亡き人と過ごす最後の時間。どれだけ愛おしい存在であったかが「柩に凭れ」から伝わってくる。秋麗の明るさが何とも切ない。

秋うらら外人ツアー蕎麦すする　阿部寿《とし》雄《お》

雁渡し

【かりわたし】仲秋 天文

関連季語 青北風《あおぎた》

初秋から仲秋にかけ、数日にわたって吹く強い北風のこと。この頃、雁が列をなして渡ってくる。晴天の日に吹くので「青北風」とも。風が去ると、海も空も澄み、急に秋らしくなる。

めつむれば怒濤の暗さ雁渡し　福永耕二

雁渡しの北風に吹かれて眼を閉じる。眼裏《まなうら》に映る荒波の暗さが、作者の胸中と重なるかのよう。秋特有の寂しさがある。

鶏頭

【けいとう】三秋 植物

関連季語 鶏頭花《けいとうか》

8月から10月にかけて、赤や紅紫、黄、白などのビロードのような花を咲かせる。小花が密集して咲く様子を、雄鶏の鶏冠に見立ててこの名がついた。種類や形はさまざま。

鶏頭を三尺離れもの思ふ　細見綾子

爽やか

【さわやか】三秋 時候

関連季語 さやけし・さやか

秋の清々しさのこと。秋は大気が澄み、万物がよどみなくはっきりと見える感じがする。また、空気はさらりと乾いて快適で、高温多湿の夏を乗り越えた身体に心地よい。

爽やかやからだにかすかなる浮力　日下野由季

月

【つき】三秋　天文

関連季語　初月《はつづき》・新月《しんげつ》・二日月《ふつかづき》・三日月《みかづき》・弓張月《ゆみはりづき》・弦月《げんげつ》・夕月《ゆうげつ》・宵月《よいづき》・月夜《つきよ》・月光《げっこう》

単に「月」といえば、秋の月。どの季節よりも光が冴えて、明るく輝く。月にまつわる表現は、どれも秋の季語。

旧暦8月初めの、きわめて細い初月（新月、二日月、三日月）を経て、弦月（弓張月）となる。この頃の月は、夕方に出て夜には沈んでしまうので、夕月・宵月ともいう。

月天心《てんしん》貧しき町を通りけり　蕪村

夜空の真ん中にのぼった月と軒の低い家並。暮らしの灯の消えた静けさの中、月明りに照らされた夜道をひとり歩いていく。

月光にいのち死にゆくひとと寝る　橋本多佳子

月代

【つきしろ】三秋　天文

関連季語　月白《つきしろ》

満月が出る直前、東の空がうっすらと白く明るくなること。月を待ちわびる気持ちが、空の微妙な変化をとらえる。

月代や少し前行く妻の肩　草間時彦

良夜

【りょうや】仲秋　天文

関連季語　十五夜《じゅうごや》・良宵《りょうしょう》・佳宵《かしょう》・無月《むげつ》・雨月《うげつ》

月が明るく澄みわたって、美しい夜のこと。俳句では特に、旧暦8月15日の中秋の名月の夜（十五夜）を指す。旧暦9月13日の「後《のち》の月」を含める場合もある。曇り空で名月が見えないことを「無月」、雨天の場合は「雨月」という。

止め椀のころほひとなる良夜かな　佐藤博美

待宵

【まつよい】 仲秋 天文

十五夜の満月を翌日に控えた、旧暦8月14日の夜。またはその日の月。「小望月」は少し満ち足りない月という意味。翌日の名月への期待感がふくらむ。

関連季語 小望月《こもちづき》

約婚のふたりも椅子に小望月
及川 貞《てい》

十六夜

【いざよい・じゅうろくや】 仲秋 天文

十五夜の次の日、旧暦8月16日の夜。月の出が満月よりもやや遅いため、〝いさよふ（ためらう）月〟と名づけて、その情趣を味わった。

十六夜やちひさくなりし琴の爪
鷲谷《わしたに》七菜子

宵闇

【よいやみ】 仲秋 天文

十五夜以降の、月が出る前の闇。単なる夕闇ではなく、月の出を待つ心持ちをふくんだ季語。旧暦8月16日の「十六夜」から始まり、「立待月《たちまちづき》」、「居待月《いまちづき》」、「臥待月《ふしまちづき》」、20日を過ぎて、夜更けまで出てこない「更待月《ふけまちづき》」へと続く。

宵闇の一舟《ひとふね》つなぐ磧石《かわらいし》
藤本美和子

月の出を待つ季語

▼立待月《たちまちづき》 仲秋

旧暦8月17日の月、またはその夜。月の出を立って待つという心を示す。

▼居待月《いまちづき》 仲秋

18日の月。座って待つ。

▼臥待月《ふしまちづき》 仲秋

19日の月。寝ながら待つほど遅い。「寝待月《ねまちづき》」とも。

▼更待月《ふけまちづき》 仲秋

20日の月。22時を過ぎた夜更けにようやく出る。

芒

【すすき】 三秋 植物

関連季語 薄《すすき》・尾花《おばな》・花芒《はなすすき》

日当たりのよい山野に自生する、イネ科の多年草。秋の七草のひとつに数えられる。秋に花穂を出し、それが開くと真っ白な動物の尾を思わせる形になるため、「尾花」とも呼ばれる。

をりとりてはらりとおもきすすきかな 飯田蛇笏《だこつ》

芒を手折《たお》ったら、軽そうに見えた穂に手ごたえを感じた。「はらり」と「おもき」という相反する言葉が、芒の実態を捉えている。

花薄《はなすすき》風のもつれは風が解く 福田蓼汀《りょうてい》

玉蜀黍

【とうもろこし】 仲秋 植物

関連季語 もろこし・唐黍《とうきび》

旬は7月から9月にかけて。滋養分に富み、ゆでても焼いてもおいしい。別名「唐黍」。とうもろこしを略して「もろこし」ともいう。

よく焼けした《と》うもろこしや海の紺 きくちつねこ

葡萄

【ぶどう】 仲秋 植物

関連季語 マスカット・巨峰《きょほう》・黒葡萄《くろぶどう》

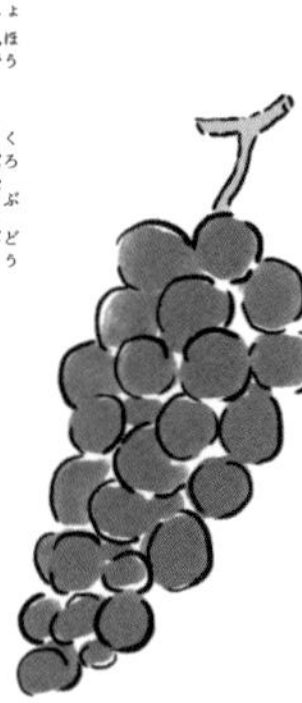

薄緑色のマスカット、紫色で大粒の巨峰など、粒の色や大きさもさまざま。多くは葡萄棚を作り、房が垂れ下がるようにして作る。夏の「袋掛」を経て、秋に旬を迎える。

黒葡萄祈ることばを口にせず 井上弘美

曼珠沙華

【まんじゅしゃげ】 仲秋 植物

関連季語 彼岸花《ひがんばな》・死人花《しびとばな》

ヒガンバナ科の多年草。「曼珠沙華」は、梵語で赤い花という意味。秋の彼岸の頃、赤い炎のような花を咲かせるので「彼岸花」、墓地に多いためか「死人花」の名も。

曼珠沙華母は涙すたびに老ゆ　日下野仁美

秋分

【しゅうぶん】 仲秋 時候

関連季語 秋分《しゅうぶん》の日《ひ》

二十四節気のひとつで、9月23日頃。この日、太陽は真東から昇って真西に沈み、昼夜の長さがほぼ等しくなる。この日を境に冬至まで、夜の時間が徐々に長くなる。

嶺聳《みねそばだ》ちて秋分の闇に入《い》る　飯田龍太

秋彼岸

【あきひがん】 仲秋 時候

関連季語 後《のち》の彼岸《ひがん》

日本独自の暦である、雑節《ざっせつ》のひとつ。秋分の日（9月23日頃）を中日《ちゅうにち》とした、前後各3日間ずつの合計7日間のこと。

単に「彼岸」というと、春の彼岸を指す。仏事や墓参りの風習は、春と同じ。お供えの餅も同じだが、季節の花になぞらえて春はぼたもち（牡丹の餅）、秋はおはぎ（お萩）と呼ぶ。

ひとごゑのさざなみめける秋彼岸　森　澄雄

秋のお彼岸。墓参りに来ている人たちの声だろうか。「さざなみめける」が、ひたひたと押し寄せるように近づく声を想像させる。

まつすぐに来て鯉の浮く秋彼岸　山西雅子

灯火親し

【とうかしたし】三秋 生活

関連季語 灯下《とうか》親《した》し

涼しい日が続き、夜も長くなると、夜遅くまで読書や団らんを楽しむようになる。漢詩の「灯火ようやく親しむべく」を起源とする季語。静かな秋の夜は、ものを考えたり読んだりするのに最適。読書の秋にも通じることば。

燈《とう》下《か》親し声かけて子の部屋に入《い》る　細川加賀《かが》

秋の夜長。遅くまで勉強している子の様子を見に行ったのだろうか。「声かけて」の声の温かさが伝わってくるようである。

夜長

【よなが】仲秋 時候

関連季語 長《なが》き夜《よ》

秋分を過ぎると、夜の時間が長くなり始め、「夜なべ」や読書もはかどる。実際に最も夜が長いのは冬至だが、夏の「短《みじか》夜《よ》」のあとの秋の夜は、しみじみと長く感じられる。

一つ置く湯呑の影の夜長かな　深見けん二

蚯蚓鳴く

【みみずなく】三秋 動物

秋の夜、土中から「ジー」と鳴く声が聞こえてくる。螻蛄《けら》という虫の声だが、それをみみずととり違えたことから生まれた表現。みみずが鳴くと感じることに、秋らしい趣がある。

蚯蚓鳴く六《ろく》波《は》羅《ら》蜜《みつ》寺《じ》しんのやみ　川端茅舎《ぼうしゃ》

虫時雨

【むししぐれ】 三秋 動物

関連季語 虫《むし》・虫《むし》すだく・虫《むし》の闇《やみ》

俳句で単に「虫」といえば、秋に草むらなどで鳴く虫のこと。「虫時雨」は、多くの虫の音が降るように聞こえることを時雨に例えた表現。虫それぞれが独特の音色を持ち、鳴いている場所や時間、数によっても趣が異なる。夜更けの静かな時間帯は、いっそう音が響いて聞こえる。

万の翅《はね》見えてくるなり虫の闇　高野ムツオ

虫の声がすだく闇。そこに「万の翅」が見えてきたという。聴覚から視覚へ、それも見えざるものをそこに見ているのである。

薪能《たきぎのう》待つ間の闇の虫時雨　村上辰良

秋の夜長を彩る虫たちの季語

▼蟋《きり》斯《ぎりす》／ぎす／機《はた》織《おり》 初秋

夏から初秋頃まで、主に昼間に鳴く。体は褐色または草色で、羽同士をこすり合わせて音を出す。「チョン・ギィーッス」という音色からこの名に。機織りの音にも似ているので、「機織」の名も。

［むざんやな甲《かぶと》の下のきりぎりす　芭蕉］

▼蟋《こお》蟀《ろぎ》／ちちろ 三秋

初秋から晩秋の頃まで鳴く。別名「ちちろ」。草むらや石の下、縁の下など暗いところを好み、「コロコロ」「リ、リ、リ」と澄んだ鳴き声を出す。かつては秋に鳴く虫を総称して「蟋蟀」と呼んだ。

［ひとり臥《ね》てちちろと闇をおなじうす　桂 信子］

▼鈴《すず》虫《むし》／月《げつ》鈴《れい》子《し》 初秋

「リーン、リーン」と鈴を振るような、澄んだ美しい声で鳴く。鈴を振る、経る、古る、降るなどの掛詞として、和歌の世界でも愛されてきた。江戸時代に飼育が盛んになり、虫売りが売り歩いた。

［鈴虫のひげをふりつつ買はれける　日野草城《そうじょう》］

コスモス

仲秋　植物

関連季語　秋桜《あきざくら》

秋空の下、紅やピンク、白など、色とりどりに咲き乱れるキク科の一年草。秋、日照時間が短くなるにつれて開花する。風雨に倒れてもまた起き上がって花をつけ、こぼれ種で増えていく強さを持つ。

海外原産だが、秋に咲く美しい花（桜）という意味から、「秋桜」という和名がある。

コスモスのまだ触れ合はぬ花の数　石田勝彦

コスモスは群れてたくさんの花を風に揺らしては互いに触れ合っている。「まだ触れ合はぬ」は、咲き始めたばかりの風景。

秋ざくら牛も家族の大藁屋《おおわらや》　柴田白葉女《はくようじょ》

水澄む

【みずすむ】　三秋　地理

秋になって、ひえびえと澄んだ感じのする水。魚影や水底の石がくっきり見えるような、湖沼や河川の美しさをいう。汲み置きの水など身近なものにも使うが、海には使わない。

水澄みて金閣の金さしにけり　阿波野青畝《せいほ》

蛇穴に入る

【へびあなにいる】　仲秋　動物

関連季語　秋《あき》の蛇《へび》・蜥蜴《とかげ》穴《あな》に入《い》る

春に穴を出た蛇は、晩秋になって寒さが増すと、また穴に入って冬眠する。穴に入るのは秋の彼岸の頃といわれるが、実際にはもっと遅い。

蛇穴に入る半身を崖に垂れ　吉野義子

冷やか

【ひややか】 仲秋 時候

関連季語 秋冷《しゅうれい》・冷《ひ》ゆる

爽やかな涼気を楽しんでいた秋の日々も、いつしか朝夕にはやや冷たさを覚えるようになる。「冷《つめ》たし」は冬の季語だが、「冷やか」は冬に向かってひえびえとしてくる様子を表す。畳に座ったり、壁や器にふれたりするときに、ひんやりとした感じを覚える。

紫陽花《あじさい》に秋冷いたる信濃かな　杉田久女《ひさじょ》

紫陽花は夏の花で本来なら秋冷の頃には咲いていないが、久女が父の墓参りに信濃を訪れたときに、実際に見た景色を詠んだ。

ひややかに人住める地の起伏あり　飯田蛇笏《だこつ》

龍淵に潜む

【りゅうふちにひそむ】 仲秋 時候

関連季語 龍淵《りゅうふち》に

中国の古典に「龍は春分にして天に昇り、秋分にして淵に潜む」とあることによる。春の「龍天に昇る」と同じく、想像上の季語。古代中国では、龍は降雨やひでりなどの天候を司る神として畏れられてきた。

竜淵に潜む男《お》の子の蒙古斑　須佐薫子《すさかおるこ》

季語コラム 6

名句が「つくった」季語

代表句が生まれることで定着していった季語も

名句が生まれることによって読み継がれ、俳句の世界に定着していく季語もあります。例えば、夏の緑を表すときには、以前は「青葉」「若葉」「茂り」「新緑」などが主な季語でした。それが、中村草田男《なかむらくさたお》（1901～83）の句「万緑《ばんりょく》の中や吾子《あこ》の歯生え初《そ》むる」の登場によって、「万緑」も夏の季語として認知されました。

ほかに、富安風生《とみやすふうせい》の「竈猫《かまどねこ》」、山口誓子《やまぐちせいし》の「炎昼《えんちゅう》」、阿波野青畝《あわのせいほ》の「芋嵐《いもあらし》」、加藤楸邨《かとうしゅうそん》の「寒雷《かんらい》」などがあります。多くの人に受け入れられることで例句も増え、季語としての裾野が広がります。やがて歳時記にも納められ、新たな季語として残っていくことになります。現代だけの話ではなく、それが昔から綿々と続いてきた、季語の歴史なのです。

▼**万緑《ばんりょく》**（夏）

夏の山野が、見わたす限りの緑に覆われている様子。

「万緑の中や吾子《あこ》の歯生え初《そ》むる　中村草田男」

▼**芋嵐《いもあらし》**（秋）

里芋の葉をひるがえして吹く、強い秋風。

「案山子翁《かかしおう》あちみこちみや芋嵐　阿波野青畝」

▼**寒雷《かんらい》**（冬）

寒中に鳴る雷のこと。

「寒雷やびりりびりりと真夜《まよ》の玻璃《はり》　加藤楸邨」

▼**去年今年《こぞことし》**（冬）

年初に、行く年来る年への感慨をこめて使う。

「去年今年貫く棒の如《ごと》きもの　高浜虚子《きょし》」

▼**竈猫《かまどねこ》**（冬）

火の落ちた竈の中に入って灰だらけになった猫。

「何もかも知つてをるなり竈猫　富安風生」

十月

10月の暦

▼寒露《かんろ》（8日頃）

▼霜降《そうこう》（23日頃）

木犀

【もくせい】 仲秋 植物

関連季語 金木犀《きんもくせい》・銀木犀《ぎんもくせい》

仲秋の頃、束状の小花を咲かせる。庭木にも多い常緑樹で、街角で甘い香りを漂わせている。春の沈丁花とともに、香り高い花の代表。

白い花を銀木犀、橙色の花を金木犀、淡い黄色は薄黄木犀と呼ぶ。「木犀」はその総称。幹の肌が、動物の犀《さい》の皮に似ていることからきた名前。

見えさうな金木犀の香《か》なりけり　津川絵理子

秋の香りの花といえば金木犀。その強い芳香を、まるで香りが目に見えるかのようだ、と表現している。

手に掬《すく》ふほどにこぼれて金木犀　初村迪子《みちこ》

穴惑

【あなまどい】 仲秋 動物

秋、蛇が穴に入って冬眠することを「蛇穴に入《い》る」という。惑うは迷うの意味で、秋の彼岸を過ぎても、まだ穴に入らずさまよっている蛇のこと。どことなく哀れさも漂う。

穴まどひかくれし草の透きとほる　斎藤淳子

猪

【いのしし・しし】 晩秋 動物

関連季語 野猪《やちょ》・瓜坊《うりぼう》

晩秋になると、夜、山から里に下りてきて、田畑を荒らす。稲や芋、豆を食い荒らすため、猪垣《ししがき》を組んで侵入を防ぐ。子の背中には瓜のような縦縞があるため、「瓜坊」とも呼ぶ。

どろんこの猪逃げてゆきにけり　茨木和生《いばらきかずお》

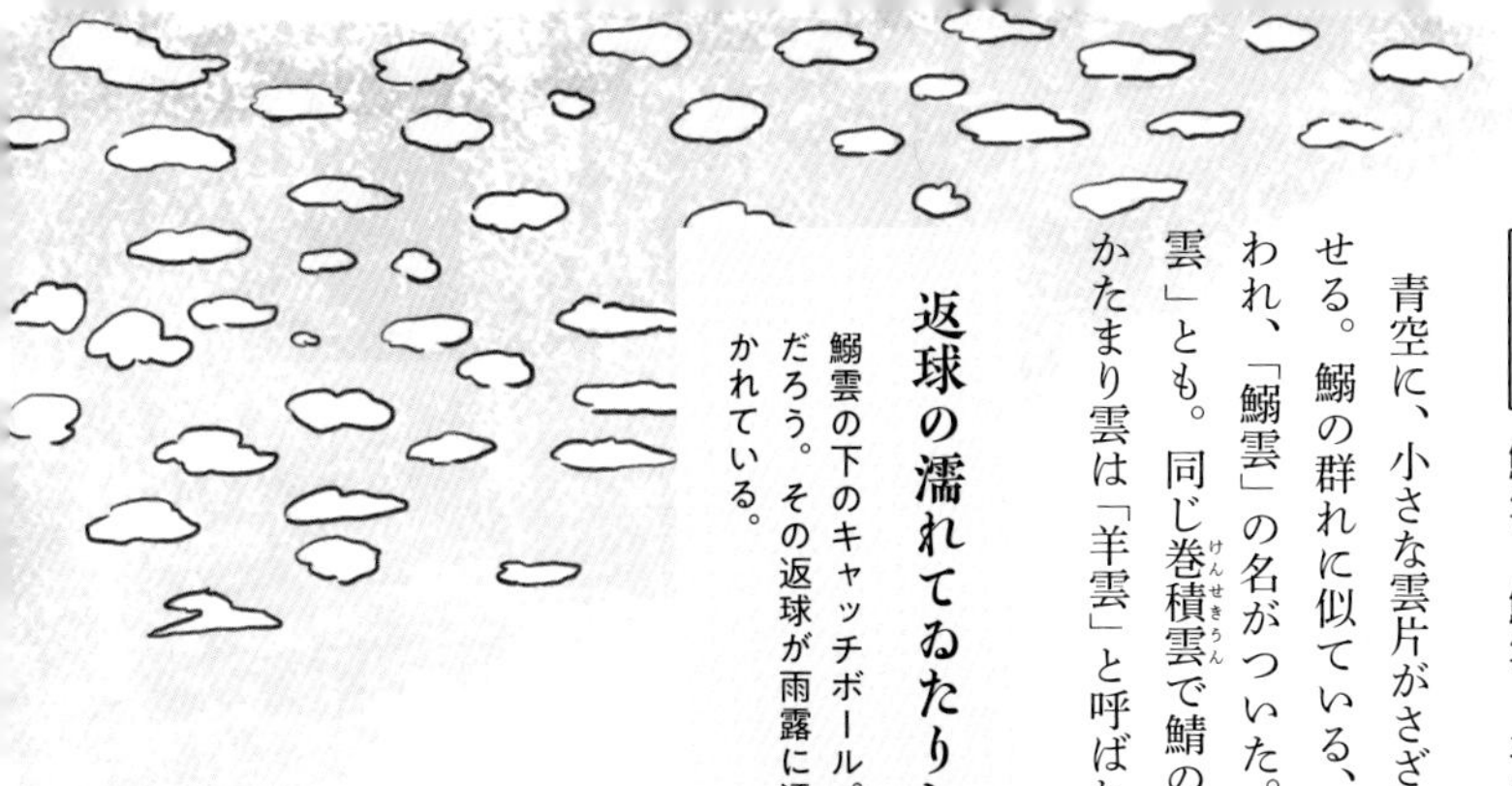

鰯雲

【いわしぐも】三秋　天文

関連季語　鱗雲《うろこぐも》・鯖雲《さばぐも》・羊雲《ひつじぐも》

青空に、小さな雲片がさざ波のように群れをなし、秋を知らせる。鰯の群れに似ている、または鰯の大漁の前ぶれともいわれ、「鰯雲」の名がついた。魚の鱗のように見えるので「鱗雲」とも。同じ巻積雲《けんせきうん》で鯖の斑紋に似るのは「鯖雲」。大きなかたまり雲は「羊雲」と呼ばれる。

返球の濡れてゐたりし鰯雲　今井 聖《せい》

鰯雲の下のキャッチボール。取り損ねて草むらへと転がったのだろう。その返球が雨露に濡れていた。過去の時間がそこに描かれている。

秋の声

【あきのこえ】三秋　天文

関連季語　秋声《しゅうせい》・秋《あき》の音《おと》

空気が澄んで、物音のよく聞こえる秋。風雨の音や、木々の葉ずれ、動物や虫の声など、秋の爽やかさ、寂しさを感じさせる響きのこと。五感で感じる、秋の気配全体のことも含む。

亀の首伸びきつて聴く秋の声　大西一冬《いっとう》

鹿

【しか】三秋　動物

関連季語　鹿《しか》の声《こえ》・妻恋《つまこ》う鹿《しか》

晩秋、交尾期を迎えた雄の鹿は、雌を慕って盛んに鳴く。もの哀しい声に情趣を覚えるため、秋の季語とされる。

びいと啼く尻声《しりごえ》悲し夜の鹿　芭蕉

菊日和

【きくびより】 三秋 天文

関連季語 秋晴《あきばれ》・秋日和《あきびより》

菊は、晩秋を彩る代表的な花。古代に中国から渡来し、花と共に、旧暦9月9日の「重陽《ちょうよう》」の風習も伝わった。天武天皇の時代に初めて、菊花の宴が催されたという。

「菊日和」とは、菊の花が盛りの頃の、穏やかに晴れわたった秋の日和のこと。この頃に、各地で開催される菊花展は、秋の風物詩。多彩な品種が目を喜ばせてくれる。

菊日和身にまく帯の長きかな　　鈴木真砂女《まさじょ》

留袖か、訪問着か。お祝いの席に締めていく帯。普段とは違う帯の長さにてこずりながらも、菊日和の晴れやかな気分が一句に通う。

秋高し

【あきたかし】 三秋 天文

関連季語 天高《てんたか》し

秋は大気が澄み、晴れた空が高く感じられる。「天高し」とともに、気候のよさを表す言葉。漢詩「秋高くして塞馬《さいば》肥ゆ」が転じて、「天高く馬肥ゆる秋」となった。

秋高し空より青き南部富士　　山口青邨《せいそん》

馬肥ゆる

【うまこゆる】 三秋 動物

関連季語 秋《あき》の駒《こま》

秋になると皮下脂肪が増え、餌も豊富になるため、馬がよく肥えてたくましくなる。「秋高し」と同じく、気候のよい秋の季節の形容としても使われる。

馬肥えてかがやき流る最上川　　村山古郷《こきょう》

赤い羽根

【あかいはね】仲秋 生活

関連季語 愛《あい》の羽根《はね》

社会福祉運動の一環として、毎年10月1日から一ヶ月間行われる共同募金。寄付した人には、赤い羽根が渡される。

赤い羽根つけらるる待つ息とめて　阿波野青畝《せいほ》

栗飯

【くりめし】晩秋 生活

栗の実の鬼皮を剥き、渋皮をとって、ご飯に炊きこんだもの。栗のほっくりとした甘みが味わえる、秋の味覚。秋祭や運動会のご馳走にもぴったり。

栗飯のまつたき栗にめぐりあふ　日野草城《そうじょう》

運動会

【うんどうかい】三秋 生活

気持ちよく晴れて空気の澄む秋は、スポーツにぴったりの季節。特に10月は運動会シーズンで、学校をはじめ、会社や地域などでも行われる。徒競走や綱引き、玉入れなどのさまざまな競技に、ダンスや組体操が彩りを添える。

千人にまぎれぬ吾子《あこ》よ運動会　鶴岡加苗

どれほどたくさんの子どもたちがいても、すぐにわが子を見つけ出せるのだ。「千人にまぎれぬ」に、母の愛があふれている。

稲雀

【いなすずめ】 三秋 動物

稲が実ると、田んぼや掛稲《かけいね》（干してある稲）に、群れをなした雀がやって来て、稲をついばむ。案山子《かかし》や鳥威《おど》しなども効果がなく、追われてもすぐに舞い戻ってきてしまう。

松島や海へ吹かるる稲雀　角川照子

稲刈

【いねかり】 仲秋 生活

関連季語　稲《いね》刈《かり》鎌《がま》・稲《いね》刈《かり》機《き》

実った稲を刈り取る作業。地域にもよるが、9月中旬から10月上旬が稲刈の最盛期。黄金色に熟れた稲穂を刈り取る作業は、重労働ではあるが、収穫の喜びが感じられる。

天辺より稲刈り始む千枚田　原　萬里子

刈田

【かりた】 晩秋 地理

稲を刈り取ったあとの田。一面、刈株だけが残って、にわかに広々とした感じになる。目前の冬を感じさせて、もの寂しい。一方で、刈田で子どもが遊ぶ様子などに開放感もある。

山影の伸びて刈田の闇に消ゆ　廣野《ひろの》ふえり

落穂

【おちぼ】 晩秋 植物

関連季語　落《お》穂《ちぼ》拾《ひろ》ひ

稲を刈り終わったあとの田や畦などに落ちている稲穂のこと。かつては落穂を拾い集める「落穂拾い」が、大事な農作業のひとつだった。ヨーロッパでの落穂は、麦のことを指す。

逆光の嶺のちかづく落穂拾ひ　上田五千石《ごせんごく》

新米

【しんまい】 三秋 生活

関連季語 今年米《ことしまい》

今年収穫した米のこと。「今年米」ともいう。出荷は9〜10月にピークを迎える。新米を炊いたご飯は、つやつやと輝き、味がよくてやわらかい。新米が出回り始めると、去年の米は「古米」となり、一昨年のものは「古々米」となる。

「新」がつく秋の季語としては、「新酒」「新蕎麦」などもある。

新米の粒総立ちに炊き上がる　名高栄美子

新米は目も舌も喜ばせてくれる大地の恵み。「粒総立ち」がいかにも美味しそう。つややかに炊き上がった様子が目に浮かぶ。

収穫の秋の季語

新酒《しんしゅ》／新走《あらばしり》 晩秋

新米で醸造された酒のこと。かつては収穫後の新米をすぐに醸造していたので、秋の季語とされた。ただし現在では冬場に造る「寒造《かんづくり》」が主流で、一般的な新酒は年末頃から出回る。

［杉玉《すぎだま》にみどりの残る新酒蔵　佐藤信子］

新蕎麦《しんそば》 晩秋

10月、夏蒔きの蕎麦の実は、まだ十分熟さず、少し青みを帯びている。その実を刈り取り、粉にして打った蕎麦。「走り蕎麦」ともいって、香りがよい。

［新蕎麦や熊野へつゞく吉野山　許六《きょりく》］

新豆腐《しんとうふ》 晩秋

秋に収穫された新大豆で作った豆腐。香りがよく滋味深いとされる。現在は取れたての豆が市場に出回りにくく、あまり見られない。

［新豆腐乗つたる板の雫かな　石田勝彦］

重陽

【ちょうよう】 晩秋 行事

関連季語 重九《ちょうきゅう》・菊《きく》の節句《せっく》・菊《きく》の酒《さけ》・菊《きく》の日《ひ》

五節句のひとつで、旧暦9月9日。陽数（奇数）の「九」の字が重なるので、「重陽」「重九」と呼ぶ。菊の花を浮かべた酒を飲んで邪気を払う。

重陽の雨が叩けり真葛原《まくずはら》

有働 亨

寒露

【かんろ】 晩秋 時候

二十四節気のひとつで、10月8日頃。朝夕はめっきり冷えこむ。かつては露が寒さで凍って霜になると考えられていた。

咲き継げる花の小さき寒露かな

藺草《いぐさ》慶子

霧

【きり】 三秋 天文

関連季語 朝霧《あさぎり》・夕霧《ゆうぎり》・夜霧《よぎり》・狭霧《さぎり》・霧襖《きりぶすま》

水蒸気が地表や水面の近くで凝結し、細かな水滴となって白い煙のように立ちこめる現象。秋に発生しやすい。「狭霧」は、霧そのものを美化した表現。「霧襖」は襖のように濃くたちこめる霧。

気象上のメカニズムは「霞《かすみ》」と変わらないが、霞は春の季語とされる。

街燈は夜霧にぬれるためにある

渡辺白泉《はくせん》

辺りはすっかり霧に隠されて、街燈だけがぼんやりと浮かんでいる。その光景は幻想的であり美しい。

後の月

【のちのつき】 晩秋 天文

関連季語 十三夜《じゅうさんや》・名残《なごり》の月《つき》・豆名月《まめめいげつ》・栗名月《くりめいげつ》

旧暦9月13日の夜の月。前月の十五夜の一ヶ月後にあたることから「後の月」という。十五夜と合わせて「二夜《ふたよ》の月」といい、二度の月見を楽しんだ。季節の枝豆や栗を供えて祀る。

泣きべその子をつれだしぬ十三夜

中村冨美子

無花果

【いちじく】 晩秋 植物

花を咲かせず実をつけるように見えるので、「無花果」の名に。食用の実の中に小さな花をつけるため、外からは見えない。

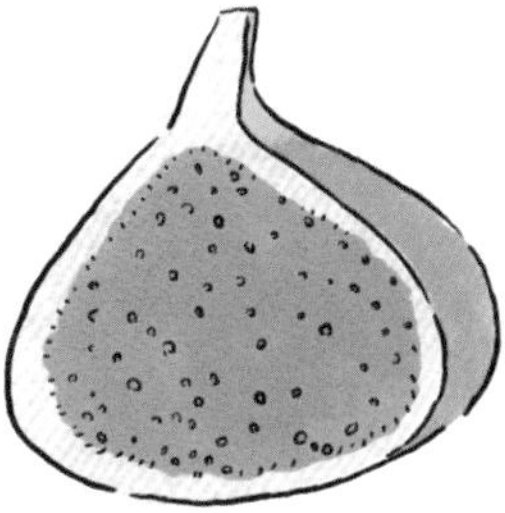

無花果や妻の幼き頃の本

西村麒《き》麟《りん》

秋祭

【あきまつり】 三秋 行事

関連季語 在祭《ざいまつり》

秋に行われる祭の総称。豊作を祈願する「春祭」に対し、穀物の実りに感謝する祭。収穫物を神に供えてともに喜ぶ。仲秋から晩秋にかけて行われるが、実際には稲刈等の収穫が終わった、11月頃に行うことも多い。収穫の喜びに満ちた、にぎやかで楽しいものとなっている。単に「祭」は夏の季語。

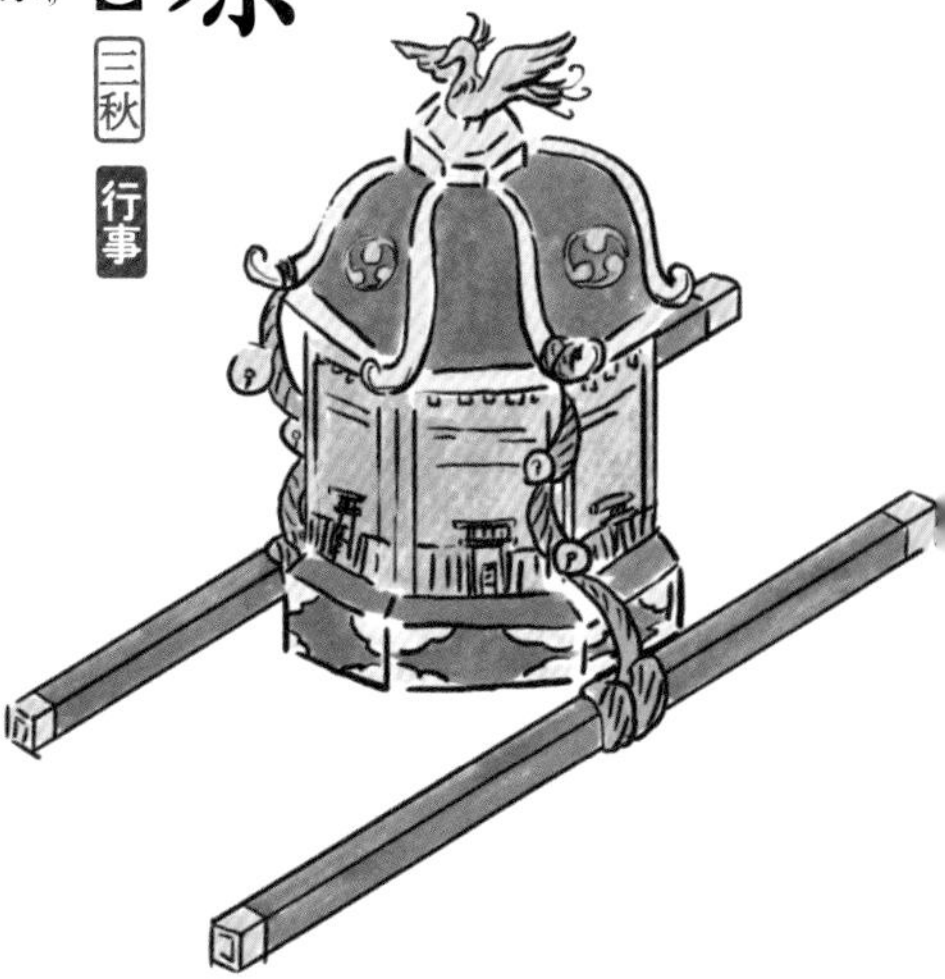

石段のはじめは地べた秋祭

三橋敏雄

「地べた」という響きがどこか懐かしい。地べた、つまり大地を想起させるところが、実りに感謝する秋祭と響き合う。

綿菓子に紅の濃淡在祭

小松和子

冷まじ

【すさまじ】晩秋　時候

冬を間近にひかえた、晩秋の寒さのこと。もともと「すさまじ」は、殺風景で興ざめな様子、寒々しいことなどをいう表現。冬枯れに近い頃の、荒涼とした心細い感じに使うことが多い。

冷まじや胸先走る濁り川

角川源義《げんよし》

霜降

【そうこう】晩秋　時候

二十四節気のひとつで、10月23日頃。霜が初めて降り、木々は紅葉の時期を迎える。朝夕の寒さが増し、この時期にストーブの火入れを行う地域もある。

霜降や鳥の塒《ねぐら》を身に近く

手塚美佐

林檎

【りんご】晩秋　植物

市場に出回る期間は長いが、最も旬な時期は晩秋から初冬にかけて。青森・長野を主産地に、ふじ、王林、紅玉、ジョナゴールドなど品種も多様で、色や大きさ、味もさまざま。

刃を入るる隙なく林檎紅潮す

野澤節子

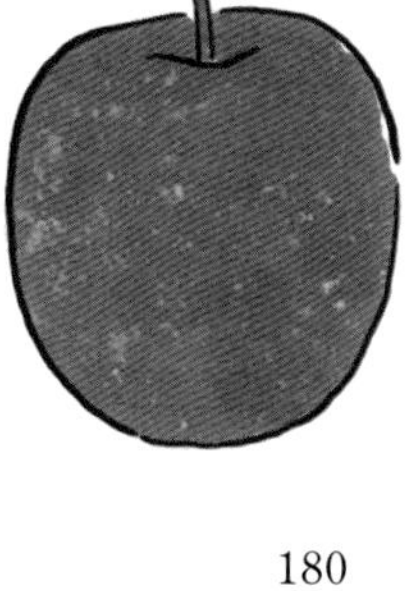

柿

【かき】晩秋　植物

関連季語　渋柿《しぶがき》・甘柿《あまがき》・柿《かき》の秋《あき》

朱色の実が澄んだ青空に映える、秋を代表する果物。甘柿と渋柿があり、甘柿は富有《ふゆう》・次郎などの品種が知られる。渋柿は、焼酎などで渋を抜くか、干柿にして食べる。

竿先に空をはさみて柿を捥《も》ぐ

古川日出子

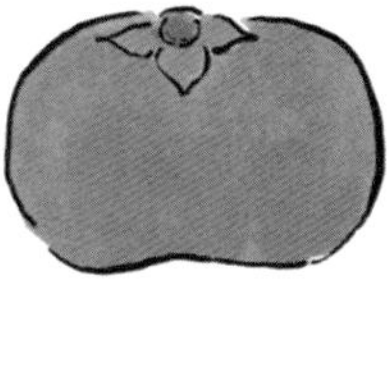

鳥渡る

【とりわたる】 三秋 動物

関連季語 渡《わた》り鳥《どり》・小鳥《ことりく》来る

秋になって北方から渡来する渡り鳥のこと。雁《かり》、鴨、鶴、白鳥などが、群れをなして渡ってくる。多くは春まで山林や水辺で過ごし、暖かくなるとまた北へと帰る。日本を通過する「千鳥」などの旅鳥も、渡り鳥の一種。

反対に、夏の間に日本で巣を作り子を育てた燕は南へ帰っていく。これを「燕帰る」という。

渡り鳥みるみるわれの小《ち》さくなり　上田五千石《ごせんごく》

渡り鳥を見上げて詠んだ句なのだが、いつの間にか、鳥の視点から自分を見ているかのように転換された表現に面白さがある。

小鳥来るここに静かな場所がある　田中裕明

色鳥

【いろどり】 三秋 動物

関連季語 色鳥来《いろどりく》

秋には、いろいろな小鳥も渡ってくる。なかには、羽色が美しいものも目につくので、それを「色鳥」と呼ぶ。花鶏《あとり》、真鶸《まひわ》、尉鶲《じょうびたき》などは特に、色鮮やかで美しい。

春の鳥は「囀《さえず》り」ということばで、声の美しさを称賛するのに対し、秋はその色彩の鮮やかさを愛でる。

色鳥や長寿の葬は婚に似て　高橋悦男

まるで婚儀のような、長寿を全うした人の葬儀。人々が集い、長寿を祝うかのように明るく送り出している。色鳥もそこに加わっているかのよう。

紅葉

【もみじ】 晩秋 植物

関連季語 黄葉《もみじ》・黄葉《こうよう》・夕紅葉《ゆうもみじ》・紅葉山《もみじやま》

晩秋から初冬にかけ、落葉樹の葉が赤や黄に色づくこと。代表的な楓をはじめ、柿、桜、漆なども美しい。銀杏、欅《けやき》などが黄色く変わる「黄葉」も、〝もみじ〟と読む。野山の雑木が色とりどりに紅葉したものを「雑木紅葉《ぞうきもみじ》」という。

最低気温が8度以下になると、紅葉が始まる。昼と夜の温度差が激しい山間部や北国で、特に美しい紅葉が見られる。

山彦《やまびこ》のわれを呼ぶなり夕紅葉 臼田亜浪《あろう》

夕暮の紅葉山。われを呼ぶ声が聞こえてくる。その声は自分の発した声のこだまか、はたまた山の神の呼ぶ声か。

恋ともちがふ紅葉の岸をともにして 飯島晴子

草紅葉

【くさもみじ】 晩秋 植物

木々の紅葉に対し、さまざまな野の草が美しく色づき、紅葉のように見えること。古くは、色づいた秋草を錦《にしき》に見立てて「草の錦」と呼んだ。

好きな絵の売れずにあれば草紅葉 田中裕明

紅葉に関する秋の季語

▼蔦紅葉《つたもみじ》 三秋

建物の外壁や石垣などに這う。夏の青蔦も美しいが、深紅に染まる秋は特に美しい。

▼照葉《てりは》 晩秋

紅葉した木や草の葉が、日の光に鮮やかに照り輝くこと。

▼初紅葉《はつもみじ》 仲秋

その秋初めて目にした紅葉。一段と印象深い。十分に色づいていない紅葉は「薄紅葉」。

▼紅葉《もみじ》且《か》つ散《ち》る 晩秋

紅葉の最盛期を迎えるものがある一方、同時に早くも散っていくものもある状態。

木の実

【このみ】 晩秋 植物

関連季語 木《こ》の実《み》降《ふ》る・木《こ》の実《み》雨《あめ》・木《こ》の実《み》拾《ひろ》ふ・木《こ》の実《み》独楽《ごま》

団栗《どんぐり》や椎《しい》、橡《とち》など、果樹以外の木の実を指す。秋に熟してさかんに落ちる様子を、「木の実降る」「木の実雨」という。

よろこべばしきりに落つる木の実かな

富安風生《とみやすふうせい》

様々な木の実の季語

▼**団栗《どんぐり》** 晩秋

ブナ科の樫、楢《なら》、櫟《くぬぎ》などの実の総称。狭義には櫟の実。

▼**椎《しい》の実《み》** 晩秋

ブナ科のスダジイ、ツブラジイの実。細い団栗のような硬い実がつく。

▼**橡《とち》の実《み》** 晩秋

トチノキ科の落葉高木。栗によく似た黒褐色の大きな種子から、餅や団子を作る。

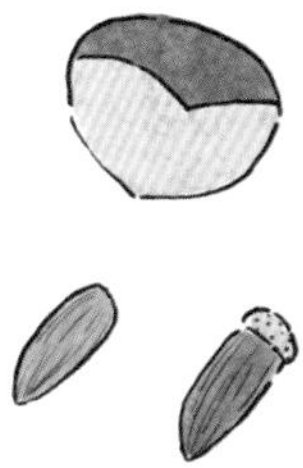

山粧ふ

【やまよそおう】 三秋 地理

関連季語 野山《のやま》の錦《にしき》・秋《あき》の山《やま》・秋嶺《しゅうれい》・秋《あき》の峰《みね》・山澄《やます》む

美しい紅葉で彩られた秋の山のこと。出典は、春の季語「山笑う」、冬の「山眠る」と同様に、中国の画家・郭熙《かくき》の画論『臥遊録《がゆうろく》』。「秋山明浄《しゅうざんめいじょう》にして粧うが如く」という、山を擬人化した一節が季語になった。

晩秋の山が紅葉に彩られた美しさを、美しい衣を身にまとっているようだと例えたもの。

山粧ふけものの道もくれなゐに

檜《ひのき》 紀代

紅葉に色づいた山。その中のけもの道も紅葉に染まる。「けもの」と「くれなゐ」の連なりに、単なる美しさだけでないものが滲む。

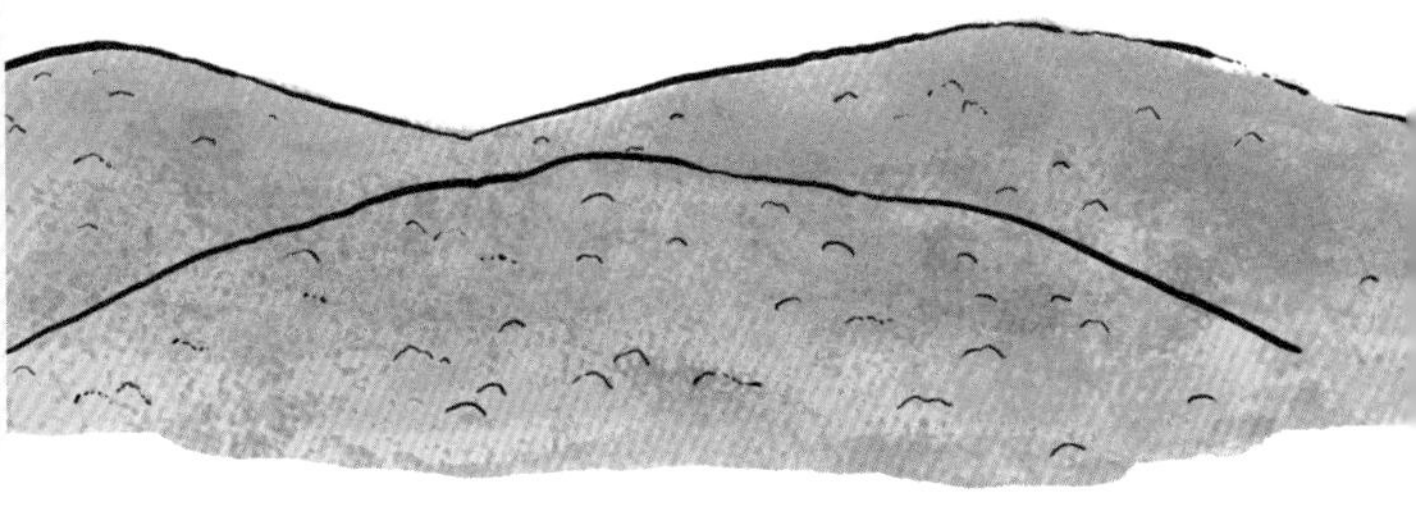

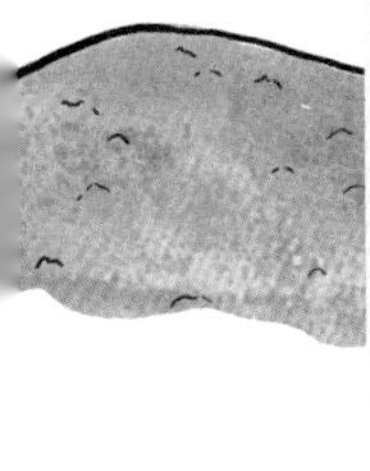

黄落

【こうらく】 晩秋 植物

黄葉《こうよう》した木の葉が、とめどなく落ちること。また、その時期。黄葉が美しいのは、銀杏や欅《けやき》、櫟《くぬぎ》、プラタナス、ポプラなど。金色の葉が日を浴びながら落ちる様や、地面に散り敷いた様子も美しい。

黄落の中のわが家に灯をともす　高橋睦郎《むつお》

黄落の明るさと我が家の灯の明るさ。質感の異なる二つの灯りが、一句の中で重層的に灯っている。

夜寒

【よさむ】 晩秋 時候

関連季語 宵寒《よいさむ》・朝寒《あささむ》

晩秋に、夜だけ肌寒さを覚えること。日中の暖かさとは打って変わり、日暮れとともに冷えてくる。昼夜の温度差が激しいだけに、いっそう寒さが際立つ。

同じ時期、昼は暖かいのに朝だけ寒さを覚えることを「朝寒」、時折なんとなく感じる寒さを「そぞろ寒」、「やや寒」という。

あはれ子の夜寒の床《とこ》の引けば寄る　中村汀女《ていじょ》

「あはれ子」は愛おしいわが子の、という意味。夜の寒さに、眠る子どもを蒲団ごと引き寄せたときの感慨。

鯛の骨たたみにひらふ夜寒かな　室生犀星《むろうさいせい》

身に入む

【みにしむ】三秋 時候

秋の気配や冷やかさを、身にしみて感じること。もともと「身に入む」は、身にしみ入るように深く感じる、という意味。季語においても、秋の〝もののあわれ〟をしみじみと感じるような、心情的な響きが強い。
　秋の空気が日増しに冷えていくとともに、もの寂しさが心にしみる。

野ざらしを心に風のしむ身かな　芭蕉

『野ざらし紀行』の中の、旅立ちの際の一句。旅の途中で行き倒れて、そこで野ざらしになってもかまわない、という覚悟で風狂の旅に出た。

さり気なく聞いて身にしむ話かな　富安風生《とみやすふうせい》

秋刀魚

【さんま】晩秋 動物

関連季語　さいら・初秋刀魚《はつさんま》

晩秋、産卵のため銚子沖付近に南下する。名前の通り刀に似て細身。秋は脂がのって味もよいので、秋の字がついた。「さいら」は関西の呼び名。

秋刀魚焼くいつしか君の妻となり　大高　翔

秋深し

【あきふかし】晩秋 時候

関連季語　深秋《しんしゅう》・晩秋《ばんしゅう》・暮秋《ぼしゅう》・冬隣《ふゆどなり》

秋も闌《たけなわ》となり、いよいよ深まった感じを表す。同時に目前には冬が迫り、過ぎ行く秋を惜しむ気持ちが強くなる。

ひとつぶの涙見てより秋深し　古賀まり子

秋の暮

【あきのくれ】三秋 時候

関連季語 秋《あき》の夕《ゆうべ》

秋の夕暮れのこと。清少納言も『枕草子』で、「秋は夕暮れ」と称賛しているように、もののあわれの象徴とされて、多くの詩歌に詠まれてきた。〝秋の日は釣瓶《つるべ》落とし〟といわれるように、つかの間の夕暮れにもあわれさを感じる。

似ている季語でも「暮秋《ぼしゅう》」は、意味が異なり、秋の季節が終わる晩秋の頃の感じを指す。

日のくれと子供が言ひて秋の暮　高浜虚子《きょし》

「日のくれ」と子どもが言って、日の暮に気づき、そこに秋の暮を感じている。秋の暮れ方と秋の終わり（晩秋）、どちらの情緒も伴う。

走り根に遠く幹あり秋の暮　村上鞆彦《ともひこ》

鵯

【ひよどり・ひよ】晩秋 動物

尾が長く、全体的に灰色で、ピーヨ、ピルルと甲高い声で鳴く。秋になると、北海道から本州に南下し、山に棲息するものも人里近くに下りてくる。花の蜜や果実が大好物。

鵯《ひよ》の声松籟《しょうらい》松を離れ澄む　川端茅舎《ぼうしゃ》

末枯

【うらがれ】晩秋 植物

関連季語 末枯《うらが》れる

秋が深まり、草は末《うれ》（葉先）のほうから枯れ始める。まだ多くに緑を残すものの、徐々に寂しい枯れ色を見せ始める野原のこと。冬の訪れが近いことを感じさせる。

ひかり飛ぶものあまたゐて末枯るゝ　水原秋桜子《しゅうおうし》

茸

【きのこ・たけ】 晩秋 植物

関連季語 菌《きのこ》・椎茸《しいたけ》・滑子《なめこ》・湿地《しめじ》・舞茸《まいたけ》

木の根や朽ち木に生ずることから、茸（木の子）の名がついた。色や形もさまざま。「椎茸」「滑子」「湿地」「舞茸」など、食用茸のほとんどは、天然の場合は秋が旬。

爛々《らんらん》と昼の星見え菌生え

高浜虚子《きょし》

松茸

【まつたけ】 晩秋 植物

関連季語 松茸飯《まつたけめし》

キシメジ科の茸。主に赤松の根元に生える。香り高く風味に優れるため、珍重される。焼き物や土瓶蒸しで楽しむ。

松茸の椀のつつつと動きけり

鈴木鷹夫

熟柿

【じゅくし】 晩秋 植物

よく熟した柿。熟して果肉がとろとろになり、薄い皮一枚だけで柿の形を保っているものもある。

いちまいの皮の包める熟柿かな

野見山朱鳥《のみやまあすか》

干柿

【ほしがき】 晩秋 生活

関連季語 吊《つる》し柿《がき》

渋柿の皮を剥き、天日に干したもの。白い粉を噴き、渋が抜けて甘くなる。簾《すだれ》のように連なった吊し柿を、「柿簾《かきすだれ》」とも呼ぶ。

山国や星のなかなる吊し柿

木内彰志

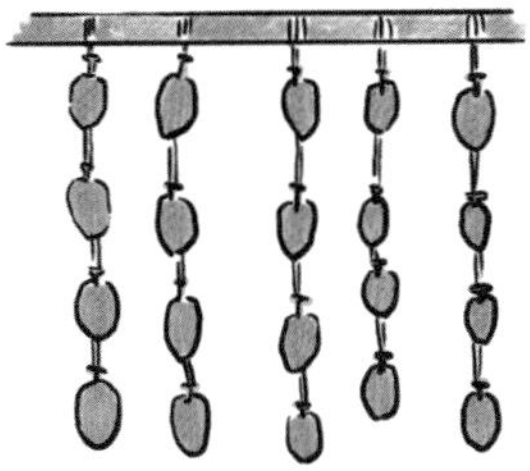

俳人紹介③ 女性編

大正期からは、女性俳人の活躍も目立つ。なかでも頭角を現した4人は、俳号の頭文字から「4T」といわれた。

中村《なかむら》汀女《ていじょ》

1900～1988

熊本県生まれ。高浜虚子に師事して「ホトトギス」同人となり、のちに俳誌「風花《かざはな》」主宰。日常生活を情感豊かに詠む。

外《と》にも出よ触るるばかりに春の月
たんぽぽや日はいつまでも大空に

星野《ほしの》立子《たつこ》

1903～1984

東京都生まれ。高浜虚子の次女。父に師事して頭角を現す。女流俳誌「玉藻《たまも》」主宰。明るく自由な作風が特徴。

まゝ事《ごと》の飯《めし》もおさいも土筆《つくし》かな
美しき緑走れり夏料理

橋本《はしもと》多佳子《たかこ》

1899～1963

東京都生まれ。杉田久女《すぎたひさじょ》、山口誓子《やまぐちせいし》に師事。誓子主宰の俳誌「天狼《てんろう》」で活躍。豊かな感性で、力強い俳句を詠んだ。

いなびかり北よりすれば北を見る
月一輪凍湖《とうこ》一輪光りあふ

三橋《みつはし》鷹女《たかじょ》

1899～1972

千葉県生まれ。原石鼎《はらせきてい》（虚子の弟子）に師事。口語を駆使した大胆な作風で、明治女性の矜持に満ちた句を多く残す。

白露《しらつゆ》や死んでゆく日も帯締めて
鞦韆《しゅうせん》は漕ぐべし愛は奪ふべし

十一月

11月の暦

▼立冬《りっとう》（7日頃）

▼小雪《しょうせつ》（22日頃）

行く秋

【ゆくあき】 晩秋 時候

関連季語 秋《あき》行《ゆ》く・秋《あき》過《す》ぐ

秋が過ぎ去ろうとする頃のこと。去り行く季節を見送る感慨深さがある。収穫の豊かさや紅葉の美しさに彩られた秋は、過ごしやすい春とともに過ぎ行くことが惜しまれる季節。

ゆく秋や河原の石に煮炊きあと　飯島正人

柚味噌

【ゆみそ・ゆずみそ】 晩秋 生活

練味噌に柚子の皮のすり下ろしや果汁を加え、味噌やみりんなどを加えて調味したもの。中身をくり抜いた柚子に柚味噌を詰めて焼き、香りを際立たせた「柚釜《ゆがま》」もある。

柚味噌《ゆずみそ》やひとの家族にうちまじり　岡本 眸《ひとみ》

冬支度

【ふゆじたく】 晩秋 生活

関連季語 冬用意《ふゆようい》・雪支度《ゆきじたく》

寒さや降雪に備え、生活全般にわたって冬の準備をすること。雪国では、庭木の雪折れを防ぐために、雪吊《ゆきづり》や雪囲《ゆきがこい》を施す。

ひとり居《い》の命を惜しむ冬支度　守谷順子

毛糸編む

【けいとあむ】 三冬 生活

そろそろ寒くなる頃、セーターやマフラー、手袋など、冬物の用意に毛糸を編むこと。わずかな暇を見つけては、日向や灯りの下で編み棒を動かすところに趣がある。

わが思ふそとに妻ゐて毛糸編む　宮津昭彦

立冬

【りっとう】 初冬 時候

関連季語 冬《ふゆ》立《た》つ・冬《ふゆ》に入《い》る・冬《ふゆ》来《きた》る・今朝《けさ》の冬《ふゆ》

二十四節気のひとつで、11月7日頃。気候はまだ晩秋の趣が強いが、暦の上ではこの日から冬に入る。思いがけない寒さに驚く立冬の朝を、「今朝の冬」とも表現する。

音たてて立冬の道掃かれけり　岸田稚魚《ちぎょ》

「今日から冬」と思う心が、あたりの空気をきりりと引き締めている。立冬の道を掃く音も、ことさら響いていることだろう。

跳箱の突き手一瞬冬が来る　友岡子郷《しきょう》

神の留守

【かみのるす】 初冬 行事

関連季語 神《かみ》の旅《たび》・神送《かみおくり》・神迎《かみむかえ》

「神無月」とも呼ばれる旧暦10月の一ヶ月間は、全国の神々が、島根の出雲大社に集まるという。それを「神の留守」、または「神の旅」と呼ぶ。神々は出雲大社で、翌年の男女の縁結びを決めるという。神々が旅立つ旧暦9月晦日は「神送」、戻る旧暦11月1日には「神迎」という祭事が、各地で行われる。

呼びもせぬエレベーター来《く》神の留守　阪西敦子

まだボタンを押してもいないのにドアが開いたり、上がってきたりすることが確かにある。神の不在の月に思う不思議。

木枯

【こがらし】 初冬 天文

関連季語 凩《こがらし》

晩秋から初冬に吹く、北西からの季節風。木の葉を吹き散らし枯らしてしまうほど、冷たく乾いた風であることから、「木枯」と呼ばれる。

木枯が吹けば、いよいよ冬本番。立冬の頃、最初に観測される木枯は「木枯らし一号」として発表される。

木がらしや目刺にのこる海の色 芥川龍之介

目刺にかろうじて残る鱗のひかり。それを「海の色」としたことで、いきいきと海を泳いでいたときのことを想像させ、憐れを誘う。

妻へ帰るまで木枯の四面楚歌 鷹羽狩行《たかはしゅぎょう》

木守柿

【きもりがき・きまもりがき】 三冬 植物

関連季語 木守《きもり》・木守柚《きもりゆず》

収穫を終えた柿の木の梢に、1、2個残された柿の実。収穫に感謝し、翌年もよく実るようにというおまじない。

村見尽して夕晴れの木守柿 廣瀬《ひろせ》直人

芭蕉忌

【ばしょうき】 初冬 行事

関連季語 時雨忌《しぐれき》・桃青忌《とうせいき》・翁忌《おきなき》

旧暦10月12日。俳人・松尾芭蕉の忌日。1694年、旅途中の大坂で病没した。時雨の季節にちなみ、また芭蕉自身もその情趣を愛したことから、「時雨忌」とも呼ぶ。以前の号から「桃青忌」、親しみを込めて「翁忌」とも。

時雨忌の篠《しの》つく雨となりにけり 日下野仁美

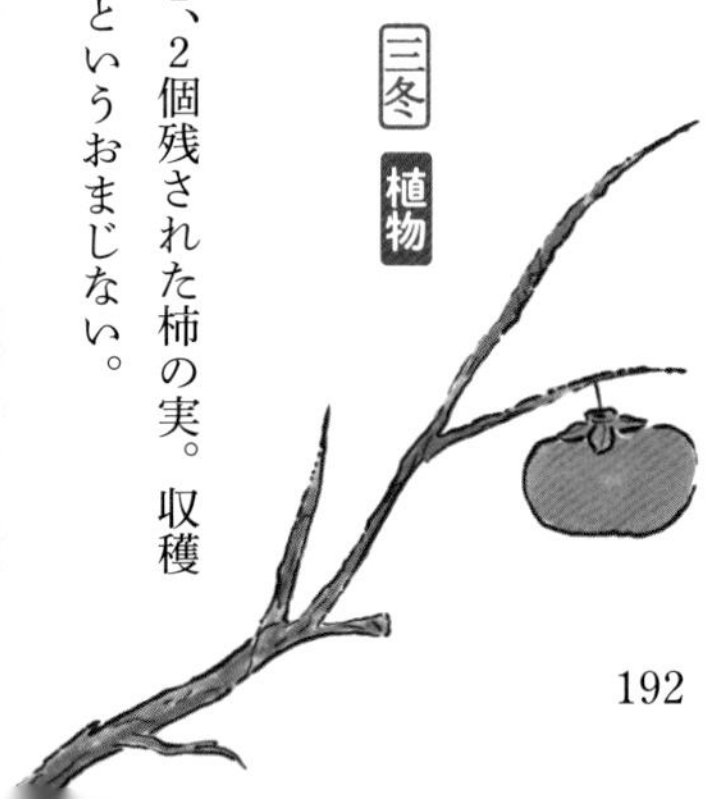

時雨

【しぐれ】 初冬 天文

関連季語 しぐるる・村時雨《むらしぐれ》・片時雨《かたしぐれ》・小夜時雨《さよしぐれ》

晴れていたかと思うと降り、しばらく降っては止み、また降り出すといった、断続して降る冬の通り雨。旧暦10月は時雨がよく降るので、「時雨月」と呼ばれる。激しく降っては止む雨を「村時雨」、空の一方は降り、一方は晴れている様子を「片時雨」と呼ぶ。「小夜時雨」は夜にしぐれること。

天地《あめつち》の間にほろと時雨かな　高浜虚子《きょし》

虚子の弟子であった鈴木花蓑《はなみの》追悼の際に詠まれた一句。天地を濡らして過ぎ去ってゆく時雨を、弟子と重ねて悼む。

しぐるるや駅に西口東口　安住《あずみ》 敦

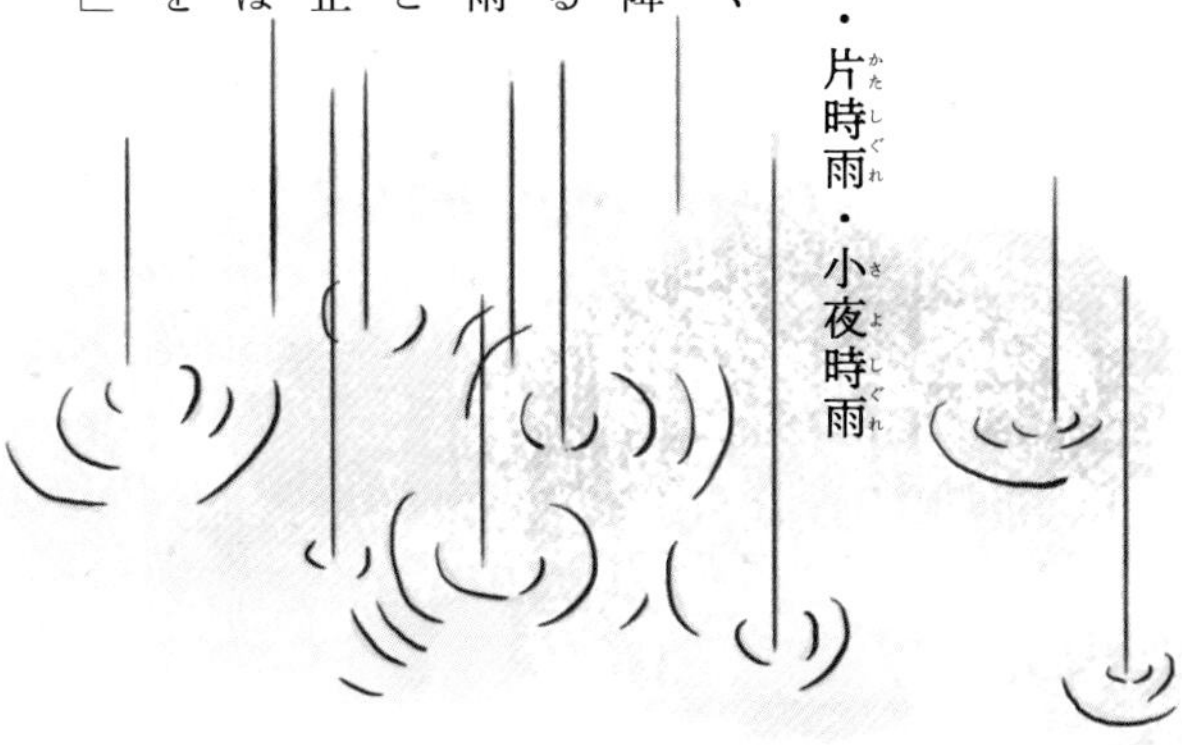

冬構

【ふゆがまえ】 初冬 生活

関連季語 冬囲《ふゆがこい》

冬を迎える前に、家の内外で、防寒・防雪・防風の備えをしたり、手入れをしたりすること。「北窓塞《ふさ》ぐ」「目貼《めばり》」「雪囲」などの防備策は、いずれも冬の季語。

高き木に梯子《はしご》かけたり冬構　高浜虚子《きょし》

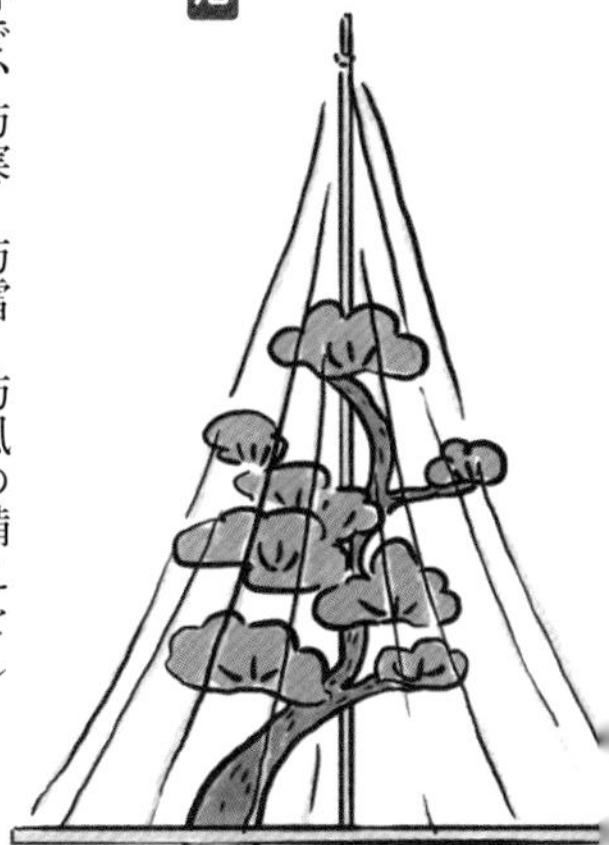

北窓塞ぐ

【きたまどふさぐ】 初冬 生活

関連季語 北塞《きたふさ》ぐ

寒風を防ぐために、冬の間、北側の窓を閉じること。「冬構《ふゆがまえ》」のひとつ。すき間を目貼したり、雨戸を立てたり、カーテンで覆ったりする。日ざしも遮られて陰鬱な雰囲気が増す。

潮しぶき来る北窓を塞ぎけり　角川源義《げんよし》

山茶花

【さざんか】 初冬 植物

関連季語 姫椿《ひめつばき》・小椿《こつばき》

日本原産の、ツバキ科の常緑樹。花の色は白をはじめ、ピンクや紅、絞りなどもある。

椿とよく似るので「姫椿」「小椿」ともいうが、春に咲く椿に対して、寒さの増す初冬に可憐な花を開く。何よりちがうのは散り方で、山茶花は一枚一枚はらはらと花びらを散らすのに対し、椿は花全体がぽとりと落ちる。

山茶花は咲く花よりも散つてゐる　細見綾子

山茶花は花びらがばらばらになって、地面に散り敷く。その落花の艶やかさが、咲いている花よりもむしろ目を引いているのである。

枇杷の花

【びわのはな】 初冬 植物

関連季語 花枇杷《はなびわ》

11〜12月にかけて、枝の先端に白い花が密集して咲き、芳香を放つ。高木につく小花なので、あまり目立たない。単に「枇杷」というときは夏の季語。初夏に実を結ぶ。

病む妻に嘘いくつ言ふ枇杷の花　能村《のむら》登四郎《としろう》

石蕗の花

【つわのはな】 初冬 植物

初冬の海岸などで、菊に似た明るい黄色の花を咲かせる。〝石蕗〟はつわぶきと読むが、略して呼ぶ。葉が蕗《ふき》に似て厚く、艶があるので〝艶蕗《つやぶき》〟と呼ばれ、この名になったという。

花びらのいづれも疎《まば》ら石蕗の花　岩田由美

冬ざれ

【ふゆざれ】 三冬 時候

関連季語 冬《ふゆ》ざるる

冬になって草木が枯れ、山も川も空も、見渡す限り荒れ果てても の寂しい様子になっていること。また、その季節の頃。建物なども含め、全ての風物が荒涼とした様子を見せる。

古語の〝冬されば〟が語源。本来〝冬がやって来たので〟という意味だが、誤用されて定着し、〝さびれる〟という意味も含むようになった。

冬ざれの機影大きく基地の町　相河美智子

自衛隊の駐屯地がある町。訓練のための軍用機が上空を飛び、民家の上に大きく影を落とす。「冬ざれ」に不安な気持ちが滲む。

冬日

【ふゆひ】 三冬 天文

関連季語 冬日差《ふゆひざし》・冬日影《ふゆひかげ》・冬日向《ふゆひなた》

冬の太陽のこと。「冬日差」「冬日影」は、鈍く弱い冬の太陽の光を指す。「冬日向」は、暖かい冬の日だまり。日暮れの早い冬場は、一瞬の日ざしも貴重に感じられる。

大仏の冬日は山に移りけり　星野立子

冬夕焼

【ふゆゆうやけ・ふゆゆやけ】 三冬 天文

関連季語 寒夕焼《かんゆやけ》・冬茜《ふゆあかね》

空気の澄んだ冬の夕焼けは、時間こそ短いが、鮮やかで美しい。枯れ木や建物とのコントラストも映える。寒中の夕焼けは「寒夕焼」。単に「夕焼《ゆうやけ》」といえば夏の季語。

寒夕焼終れりすべて終りしごと　細見綾子

落葉

【おちば】 三冬 植物

関連季語　落葉《おちば》掻《かき》・落葉《おちば》焚《たき》・落葉《おちば》籠《かご》

美しい紅葉で秋を彩った落葉樹も、晩秋から冬にかけて葉を落とす。ひらひらと舞い落ちる葉、強い風に舞い散る葉、それぞれに趣深い。地上に散り敷いた葉のことも指す。乾くと「枯葉」に変わる。

落葉は掻いて集め、焚火にしたり、籠に集めて堆肥の材料にしたりする。

落葉踏むうしろの音も一人なる　山崎ひさを

落葉をざくざくと踏んで歩いていく。自分もひとりだが、どうやら後ろの落葉の音も、ひとりの足音だ。

てっぺんにまたすくひ足す落葉焚　藺草《いぐさ》慶子

紅葉散る

【もみじちる】 初冬 植物

関連季語　散紅葉《ちりもみじ》

紅葉を終えて、ひたすら散り急ぐ木々の様子。地上に無数に散り敷き、山野や庭を彩る。池や川面に浮かんだり、底に沈んだ様子が水を透かして見えたりする様子も美しい。

はじめより掃《は》かでありたる散紅葉　後藤夜半《やはん》

木の葉髪

【このはがみ】 初冬 生活

冬の抜け毛を落葉に例えた表現。抜け毛は冬に格別多くなるわけではないが、木の葉が落ちる頃の寂しさと、人々の沈みがちな気分が一体となっている。

そのむかし恋の髪いま木の葉髪　鈴木真砂女《まさじょ》

酉の市

【とりのいち】 初冬 行事

関連季語 一《いち》の酉《とり》・二《に》の酉《とり》・三《さん》の酉《とり》・お酉《とり》さま・熊手市《くまでいち》・おかめ市《いち》

11月の酉の日に、関東各地の鷲《おおとり》(大鳥)神社で行われる祭り。順に「一の酉」「二の酉」と呼び、年によっては「三の酉」もある。参道には、福をかき集めるという「熊手」をはじめ、開運招福の縁起物を売る店が立ち並び、参詣人でにぎわう。

酉の市一筋裏を戻りけり

鈴木栄子

酉の市の人波に飲まれないように、帰りは一筋裏を通って戻る。市の賑わいが嘘のように、静かな裏の路地。

熊手

【くまで】 初冬 行事

酉の市で売られる縁起物。おかめの面や招き猫、大判・小判、宝船、七福神などを飾りつけた熊手で、幸運・財運をかき集めるという。買って帰ったら、神棚などに飾っておく。

俳諧の慾《よく》の飽くなき熊手買ふ

富安風生《とみやすふうせい》

亥の子

【いのこ】 初冬 行事

関連季語 玄猪《げんちょ》・亥《い》の子餅《こもち》

旧暦10月の最初の亥の日、亥の刻(午後9～11時)に亥の子(猪の子)を模した餅を食べ、無病息災を祈る行事。多産の猪にあやかり、子孫繁栄の願いもこめられる。

薄墨《うすずみ》のどこか朱を引く亥の子餅

有馬朗人《あきと》

小春

【こはる】 初冬 時候

関連季語 小春日《こはるび》・小春日和《こはるびより》・小六月《ころくがつ》

立冬を過ぎて寒さが増す時期に訪れる、春のようにぽかぽかと暖かな日和のこと。初夏のように汗ばむほどの陽気になることもあり、旧暦10月は「小春」「小六月」とも呼ばれる。一方で、日陰に入るとやはり寒い。

生きるの大好き冬のはじめが春に似て　池田澄子

冬の初めが春に似るとは、小春日和そのもののこと。季節に賜ったごほうびのような日和に呼応して、いのちが躍動している。

玉の如《ごと》き小春日和を授かりし　松本たかし

帰り花

【かえりばな】 初冬 植物

関連季語 返り花《かえりばな》・戻り花《もどりはな》・忘れ花《わすれはな》・狂い咲《くるいざき》

小春日和に誘われて、桜をはじめ、ツツジや山吹などの花が、一輪二輪と季節外れに開くこと。心楽しい気持ちを誘うが、あくまで狂い咲きであり、侘しさも否めない。

一寸《いっすん》の光陰《こういん》として返り花　石関武之

日向ぼこ

【ひなたぼこ】 三冬 生活

関連季語 日向《ひなた》ぼこり・日向《ひなた》ぼっこ

冬の昼間、風のない暖かな日だまりで、日光浴も兼ねて体を温めること。冬場の貴重な日ざしを喜ぶ気持ちがこもる。

妻と会ふためのまなぶた日向ぼこ　伊藤伊那男《いなお》

七五三

【しちごさん】 初冬 行事

関連季語 七五三《しめ》祝《いわい》・髪置《かみおき》・袴着《はかまぎ》・帯解《おびとき》・千歳飴《ちとせあめ》

11月15日に、数え3歳と5歳の男の子、3歳と7歳の女の子の祝いをする。神社にお参りし、今後の成長を祈る。古くは3歳で髪を伸ばし始める儀式を行い、5歳で袴をつけ、7歳で幅広の帯をしめたことから、「髪置」「袴着」「帯解」ともいう。

手を合はすことを教えて七五三　廣野《ひろの》ふえり

七五三の中でもこの句の主役は3歳の子だろう。初めてのお参り。母の手が小さな子の手を持って合わせる姿が微笑ましい。

子が無くて夕空澄めり七五三　星野麦丘人《ばくきゅうじん》

短日

【たんじつ】 三冬 時候

関連季語 日短《ひみじか》・暮早《くれはや》し・日《ひ》つまる

冬の日暮れが早いこと。秋の彼岸以降、少しずつ日が短くなり、冬至の頃に最も短くなる。日暮れが早まると、あっという間に一日が過ぎる。年の瀬が近づくと、より慌しさが増す感じがする。

過ごしやすい夜の長さを楽しむ「夜長《よなが》」は秋の季語。それと同じ意味だが、冬は「短日」として暖かな日中の短さを嘆く。

短日の梢《こずえ》微塵《みじん》にくれにけり　原 石鼎《せきてい》

あっという間に暮れてしまう冬の日。木々の梢がたちまち見えなくなってしまう。その様子が「微塵に」に描き出されている。

自転車にちりんと抜かれ日短　齋藤朝比古《あさひこ》

枯蓮

【かれはす】 三冬 植物

関連季語 蓮《はす》枯《か》る

枯れ尽くした蓮の姿。冬に入ると、蓮の葉は枯れて水に沈む。水面には、穴の開いた実の残骸や、枯れて折れ曲がった葉柄が残され、哀れみを誘う。

蓮枯るる直線太く交へつつ　吉田汀史《ていし》

枯尾花

【かれおばな】 三冬 植物

関連季語 枯芒《かれすすき》・冬芒《ふゆすすき》

枯れた芒のこと。「尾花」は、芒の花穂を雄鶏の尾に見立てた呼び方。葉も穂も枯れて立ち尽くす姿が侘しさを誘う。しかし翌春にはふたたび芽吹いて茂り、「青芒《あおすすき》」と呼ばれる。

冬芒日は断崖にとどまれり　岡田日郎《にちお》

冬枯れの植物の季語

▼枯草《かれくさ》 三冬

野山や庭の枯れた草のこと。一面に枯れて広がる様子は侘しい。一方、冬も青々としている草は「冬草《ふゆくさ》」と呼ぶ。

▼枯蘆《かれあし》 三冬

水辺に残った蘆が、立ったまま枯れている様子。葉を落としても、枯れた茎を水中や湿地に残している様子は、冬の水辺をいっそう寂しげに見せる。

▼枯芝《かれしば》 三冬

枯れた芝のこと。家の庭や庭園をはじめ、草地や牧場などに生えている。見るからに寒々しいが、明るい日ざしに照らされる様子はどこか温かみもある。

▼枯芭蕉《かればしょう》 三冬

枯れてしまった芭蕉。夏、風になびいていた大きな葉も、秋の風雨にさらされてずたずたに裂けて「破芭蕉《やればしょう》」となり、冬には枯れきった無残な姿をさらす。

初霜

【はつしも】 初冬 天文

関連季語 霜《しも》・霜畳《しもだたみ》

その冬に初めて降りた霜。風のないよく晴れた寒い夜に生じやすい。例年、関東の初霜は11月中旬頃。初霜が降りた日は、吐く息も白くなり、冬の到来を実感する。

初霜のまとめられたる無縁墓　鷲谷《わしたに》七菜子

冬帝

【とうてい】 三冬 時候

関連季語 冬将軍《ふゆしょうぐん》

冬帝とは、中国の伝説を起源とする、冬を司る神・玄武《げんぶ》のこと。「冬将軍」とともに、寒さの厳しい冬を擬人化した表現。「冬」という季節そのものも表す。

冬帝を迎へて雲はしろがねに　鍵和田秞子《ゆうこ》

山眠る

【やまねむる】 三冬 地理

関連季語 眠《ねむ》る山《やま》

落葉の終わった冬の山が、静まり返って眠っているように見える様子。中国の古典『臥《が》遊録《ゆうろく》』の一節「冬山惨淡《とうざんさんたん》として眠るが如し」が季語になった。冬眠中の熊のように、春の到来に備えて力を蓄えている様子が感じられる。

そのほか、春は「山笑ふ」、夏は「山滴《したた》る」、秋は「山粧《よそお》ふ」と形容されている。四季の山をうまく擬人化した、ユーモラスな表現。

山眠るまばゆき鳥を放ちては　山田みづえ

冬山からときおり鳥が飛び立っていく。眠る山の「静」と飛び立つ鳥の「動」。「まばゆき鳥」にきらきらとした命の輝きが見える。

浮寝鳥

【うきねどり】 三冬 動物

関連季語 水鳥《みずどり》

冬の水上にいる鳥を総称して「水鳥」という。浮寝鳥は、水に浮かんだまま、翼の間にくちばしをうずめて眠っている水鳥のこと。古来詩歌では、〝憂《う》き寝《ね》〟をかけて、恋の独り寝の侘しさを詠んだ。

雁《かり》や鴨、白鳥など、日本で越冬する渡り鳥が多いため、「水鳥」は冬の季語。通年いるあひるなども含まれる。

水鳥や別れ話は女より 鈴木真砂女《まさじょ》

湖畔に立つ男女。沈黙が続く中、女の口から切り出された別れの話。敢えて「女より」と言ったところにこの句のドラマがある。

水尾《みお》ひいて離るる一つ浮寝鳥 高野素十《すじゅう》

水鳥にまつわる季語

▼鴨《かも》 三冬

種類は多いが、一部を除いてほぼ冬鳥。秋、雁と同じ頃に、北方から飛来し、春に帰る。池や湖沼にすむ真鴨などの淡水鴨は、穀類や水草を食べ、海にすむ海鴨は、魚介類を主食とする。

▼鴛鴦《おしどり》 三冬

鴨の仲間。雄の羽は華麗で色も鮮やか。〝鴛鴦夫婦〟の言葉があるように、つがい仲がよい。夏に山の渓流や湖などで繁殖し、秋に里に下りてくる。

▼鳰《かいつぶり》 三冬

湖や沼にすむ、小型で褐色の水鳥。水に潜って魚を捕る。通年日本にいる留鳥《りゅうちょう》だが、冬によく見かける。〝にお〟とも読む。

▼鶴《つる》 三冬

鍋鶴《なべづる》・真鶴《まなづる》は、秋にシベリア方面から渡来し、沼や田で越冬する。北海道にすむ丹頂鶴《たんちょうづる》も、留鳥だが冬の季語。

▼白鳥《はくちょう》 晩冬

大型で純白の羽を持つ。夏にアジア北部で繁殖し、冬、北海道や東北地方などに飛来する。渡来する多くは大白鳥。

初雪

【はつゆき】 初冬 天文

その年、初めて降る雪のこと。〝初〟に喜びの心を映すと同時に、本格的な冬が始まるという心構えのようなものも感じられる。

冬の雪は、春の「花」、秋の「月」に並び、季節を代表する季語。古来人々は、〝雪月花〟として、その美しさを愛でた。

年にもよるが、初雪の観測は、北海道・東北で11月頃、そのほかの地域では12月以降が多い。降ってもたいていはすぐに溶けてしまう。

はじめての雪闇に降り闇にやむ　野澤節子

積もることなく降りやんでしまった初雪。闇の中にあらわれては、たちまち消えてしまったかのような初雪が美しく儚い。

初雪の天のひとひら手に掬《すく》ふ　日下野由季

綿虫

【わたむし】 初冬 動物

関連季語　大綿《おおわた》・雪蛍《ゆきぼたる》・雪婆《ゆきばんば》

あぶら虫の一種。白い綿のような分泌物に身を包んで飛ぶ、体長2ミリほどの小さな虫。冬の風のない日に、雪が舞うようにふわふわと群れ飛ぶ。綿虫が飛ぶと降雪が近いという。

さしのべし手と綿虫と宙《そら》にあり　綾部仁喜《じんき》

小雪

【しょうせつ】 初冬 時候

二十四節気のひとつで、11月22日頃。雪がちらつくこともあるが、まだ本格的な大雪にはならない。小雪とは、〝寒さまだ深からずして、雪いまだ大ならざるなり〟の意味。

小雪や津軽の藍の小巾刺《こぎんざし》　井上弘美

蕪

【かぶ】 三冬 植物

関連季語 かぶら・赤蕪《あかかぶ》

冬菜のひとつ。「かぶら」ともいう。色には、白や青みのものに加え、赤や赤紫がある。漬物や煮物、汁物にして、茎や葉も食べる。京都の聖護院《しょうごいん》蕪は、千枚漬で知られる。

蕪まろく煮て透きとほるばかりなり

水原秋桜子《しゅうおうし》

白菜

【はくさい】 三冬 植物

貯蔵性にすぐれ、大根に次ぐ冬場の野菜として、漬物や鍋物に欠かせない。意外にも、明治初期に日本にもたらされた新顔。各種のビタミンを含み、淡泊な味が好まれている。

白菜を洗ふ双手《もろて》は櫂《かい》の冷え

大木あまり

冬菜

【ふゆな】 三冬 植物

関連季語 冬菜畑《ふゆなばた》

9月頃種を蒔き、冬に収穫する菜っ葉類の総称。小松菜、野沢菜が代表で、お浸しや汁物、油炒めなどで食べる。寂しい冬景色の中、「冬菜畑」の緑はひときわ目を引く。

冬菜畑よりもどりたる神父かな

岬　雪夫

葱

【ねぎ】 三冬 植物

関連季語 根深《ねぶか》・葉葱《はねぎ》

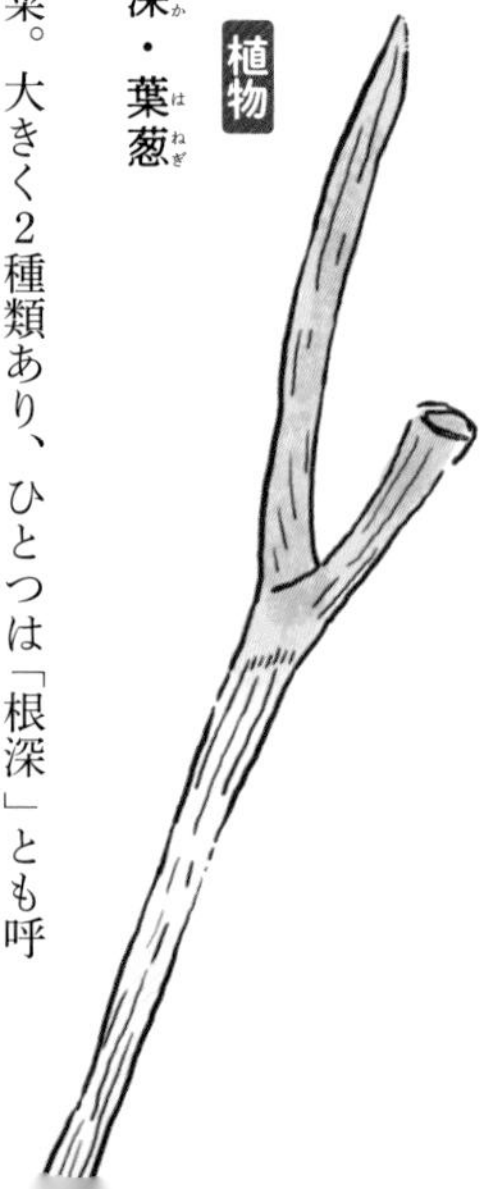

冬が旬の野菜。大きく2種類あり、ひとつは「根深」とも呼ばれる太葱で、やわらかな白い部分を食べる。もうひとつは葉を長く作った「葉葱」で、青い部分を食用にする。

白葱のひかりの棒を今刻む

黒田杏子《ももこ》

雑炊

【ぞうすい】三冬　生活

関連季語　おじや・葱雑炊《ねぎぞうすい》・牡蠣雑炊《かきぞうすい》・韮雑炊《にらぞうすい》

鍋などの残り汁とご飯を炊き合わせるか、お粥のように米から仕立て、具材を混ぜて煮こんだ料理のこと。「雑炊」の名の通り、調味にも具にも細かい決まりはない。

雑炊や猫に孤独といふものなし　西東三鬼《さいとうさんき》

炬燵

【こたつ】三冬　生活

関連季語　切炬燵《きりごたつ》・置炬燵《おきごたつ》

「切炬燵」（掘炬燵）は、床に炉の部分を切って、下に火入れを作り、布団で覆って暖をとる暖房器具。移動可能なものを「置炬燵」という。いずれも冬の夜の団らんにぴったり。

膝に来て絵本さかさに炬燵の子　土井朝子

大根引く

【だいこひく】初冬　生活

関連季語　大根引《だいこひき》

晩秋から初冬に、大根を収穫すること。葉を両手でつかんで土から引き抜くことから、「大根引く」という。「大根洗う」、漬け物用の大根を干す「大根干す」なども、冬の季語。

大根引き大根で道を教へけり　一茶

通りすがりの人が農夫に道を尋ねた。手に持った大根で道を指して教えている、という面白い一句。

季語コラム 7

これも季語!? 「横文字」季語の使い方

海外から入って来た風習が日本に根づいて季語となることも

季語は時代と共に変化し、増えていくもの。一方で廃れるものもあれば、時代とともに意味が変わるものもあります。例えば、昔は涼をとるために欠かせなかった団扇。やがて扇風機になり、現在では冷房になりました。同じく夏の風物詩・蚊を除けるための蚊帳は、使う家庭のほうが少なくなったもののひとつ。

その一方、海外から入って来たイベントが日本に根づき、季語として定着する例も増えています。バレンタイン、クリスマスはもちろん、近年ではイースター、ハロウィン、ボジョレー・ヌーヴォーなど…。新たな季語が根づくきっかけは、よい句が生まれるか否か。その季語を代表する一句が生まれることによって、季語の中での地位を築いていくのです。

春

▼イースター

復活祭。キリストが死後三日目に復活した日。

夏

▼ナイター

夜の野球の試合。山口誓子《せいし》の句で定着した。

▼クーラー

冷房。夏場に欠かせない。

秋

▼ハロウィン

10月31日。ヨーロッパ発祥の収穫を祝う祭り。

▼ボジョレー・ヌーヴォー

ボジョレーワインのヌーヴォー（新酒）のこと。解禁日は11月の第3木曜日。初冬の季語となる。歳時記によっては掲載されていない場合も。

冬

▼クリスマス

12月25日。キリストの降誕祭。

▼バレンタインデー

〝愛の日〟。恋人たちが贈り物を交換する。

▼ラグビー

秋から冬にかけてさかんに行われる球技。

十二月

12月の暦

▼大雪《たいせつ》（7日頃）

▼冬至《とうじ》（22日頃）

師走

【しわす】 晩冬 時候

関連季語　極月《ごくげつ》

旧暦12月の異称。現在では、新暦12月の呼称としても通用する。語源には諸説あるが、年末に僧（師）を呼んで経を上げてもらうため、僧が忙しく走り回るからという説が根強い。一年が極まる月であることから、「極月」とも。

一食を車中に済ます師走かな　いのうえかつこ

ゆっくり食事をとる暇もなく、あれこれと用事を済ませる。食事は移動中の車内で。師走の慌ただしさが手にとるように伝わる。

極月の水を讃へて山にをり　茨木和生《いばらきかずお》

冬麗

【ふゆうらら・とうれい】 三冬 時候

関連季語　冬晴《ふゆばれ》・冬日和《ふゆびより》

春の「麗か」を思わせる、穏やかに晴れわたった冬の好天のこと。「冬晴」「冬日和」とも。「小春日和」が初冬の季語であるのに対し、かなり寒さが厳しくなってから使われる厳冬の季語。

この時期、特に日本海側では、雲がどんよりと垂れこめる寒い日々が続く。そんなとき、思いがけなく冬の日ざしがもたらされる日は、貴重な一日として恵みのように感じられる。

冬麗の富士の位《くらい》をこころざす　石嶌《いしじま》岳《がく》

麗かに晴れ渡った冬晴れの空を背景に、美しい富士の姿を臨む。富士は日本一の山。「富士の位」とは志の高さであろう。

顔見世

【かおみせ】 仲冬 生活

関連季語 歌舞伎顔見世《かぶきかおみせ》・顔見世狂言《かおみせきょうげん》

江戸時代の歌舞伎役者と劇場は、毎年旧暦10月に年間契約を更新した。そのため十一月興行の歌舞伎を「顔見世」といい、各劇場で、新しい顔ぶれを披露した。

明治以降、この風習は廃れたが、現在も京都・南座では12月、東京・歌舞伎座では11月に、この名を冠した興行が行われている。

顔見せや京に降りれば京ことば　橋本多佳子

耳に聞こえてくる京ことば。聞いているうちに、ふと自らも京ことばが口をついて出てきたりする。顔見世の賑わいに気持ちも華やいでいる。

息白し

【いきしろし】 三冬 生活

関連季語 白息《しらいき》

気温が低い冬の朝などに、吐く息が白く立ちのぼること。息の中の水蒸気が、冷気にふれて一瞬で水滴となり、白く見える現象。空気が乾いて寒い日であるほど、白く濃く見える。

泣き止まぬ子もその母も息白し　柏原眠雨《みんう》

激しく泣いているのだろう。それをなだめる母の姿。子の息と母の息、その交わりが「息白し」によって映像として見えてくる。

白息を掌《て》にかけて今日はじまりぬ　石田波郷《はきょう》

鱈

【たら】 三冬　動物

関連季語　雪魚《たら》・鱈場《たらば》・子持鱈《こもちたら》

食卓に上るのは、真鱈《まだら》や介党鱈《すけとうだら》。漁場の「鱈場」がにぎわう漁のピークは、鱈が産卵期を迎える12月から3月。鱈ちりや鱈汁などのほか、塩漬けにした卵を鱈子として食べる。

雪の上鱈ぶちまけて売られけり　松本 旭《あさひ》

海鼠

【なまこ】 三冬　動物

ウニやヒトデの仲間で棘皮《きょくひ》動物。冬は特に美味。酢海鼠にして食べるほか、腸を塩辛にしたものを海鼠腸《このわた》といい、酒肴としても好まれる。日本海沿岸で多く獲れる。

海鼠切りもとの形に寄せてある　小原啄葉《たくよう》

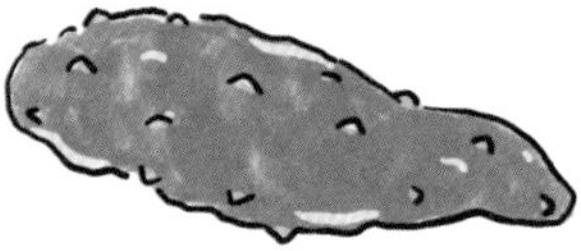

鮟鱇

【あんこう】 三冬　動物

海底深くの岩礁や泥砂の中にすむ深海魚。扁平な体に大きな頭、広がった口が特徴。冬季は浅いところまで上がってきやすく、底引き網などで獲る。身がやわらかく、まな板調理が難しいため、いわゆる〝鮟鱇の吊し切り〟にする。

鮟鱇の骨まで凍ててぶちきらる　加藤楸邨《しゅうそん》

吊るし切りが有名な鮟鱇。この句では、凍った鮟鱇を解体しているのだろう。生き物への哀れみが非情な表現で詠まれている。

河豚

【ふぐ】三冬 動物

関連季語　ふぐと・河豚汁《ふぐじる》

刺身やちり、汁物にして食べる。あぶった鰭《ひれ》を酒に浸して飲む「鰭酒」も通に喜ばれる。「ふぐと」は古名。

河豚食ふや伊万里《いまり》の皿の菊模様　水原秋桜子《しゅうおうし》

牡蠣

【かき】三冬 動物

海岸の石垣や岩礁に付着している二枚貝。現在は、牡蠣田《た》や牡蠣棚で養殖されるものが多い。滋養に富み、冬季が旬。生牡蠣や酢牡蠣、鍋、フライ、牡蠣飯などにして食べる。

橙《だいだい》の灯いろしぼれり牡蠣の上　飴山實《みのる》

鰤

【ぶり】三冬 動物

関連季語　寒鰤《かんぶり》・鰤網《ぶりあみ》・初鰤《はつぶり》

鰤は、二十四節気の大雪《たいせつ》（12月7日頃）の時期、冬の漁の最盛期を迎える。イナダ、ワラサ、ブリと、成長につれて呼び名の変わる出世魚。産卵のために南下してくる冬の「寒鰤」は、特に脂がのっておいしい。12月初旬の鰤は、「初鰤」として珍重されてきた。

雪国では、大雪が降る前に鳴る雷を「鰤起《ぶりおこ》し」と呼び、豊漁の前ぶれとして喜んだ。

手《て》秤《ばか》りの寒鰤の潮雫かな　友岡子《し》郷《きょう》

手秤りから滴る潮の雫に、まるで釣り上げられたばかりのような寒鰤の姿が見えてくる。

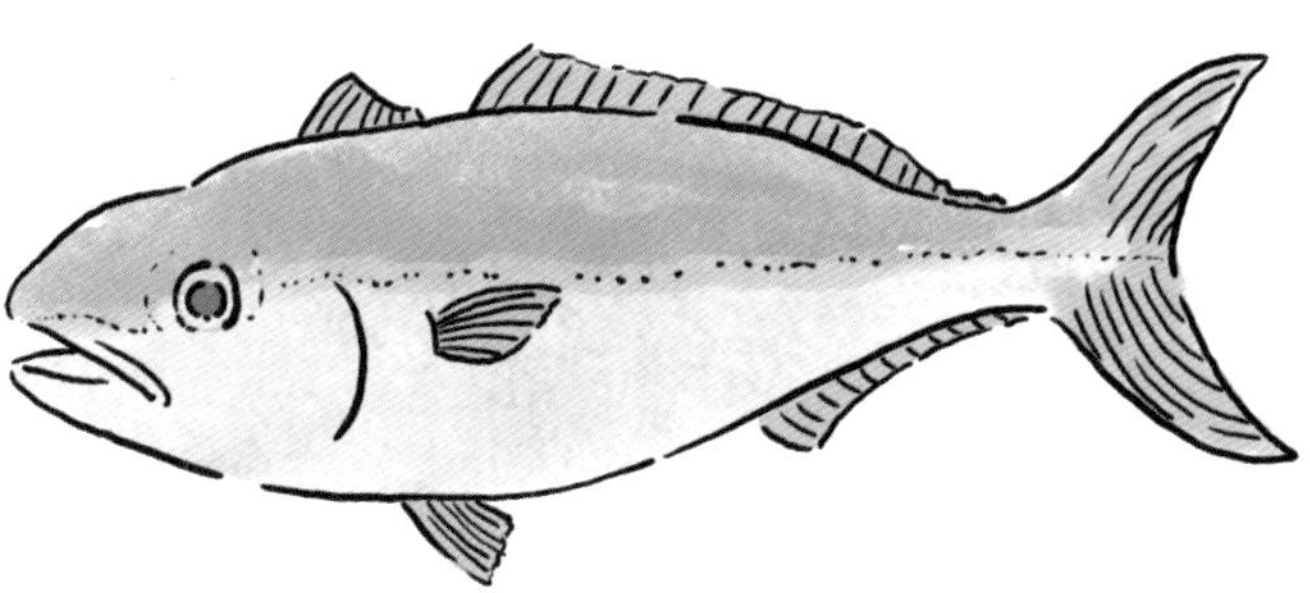

湯豆腐

【ゆどうふ】三冬 生活

昆布を敷いた水に豆腐を入れて温め、醤油をつけて食べる。刻み葱、鰹節、海苔などを薬味にする。手軽な冬料理の定番。

湯豆腐やいのちのはてのうすあかり　久保田万太郎

風呂吹

【ふろふき】三冬 生活

関連季語　風呂吹大根《ふろふきだいこん》

大根や蕪を厚めの輪切りにして茹でたものに、胡麻を加えた練りみそをつけて食べることが多い。熱いものを吹いて食べる様子が、風呂の火を吹くのに似るため名づけられたという。

箸入れて風呂吹の湯気二つにす　山田佳乃

熱燗

【あつかん】三冬 生活

関連季語　燗酒《かんざけ》

燗をつけた（加熱した）酒。冷えた体を温めてくれる。沸かしたお湯に酒の徳利をつけて温めるのが、昔ながらのやり方。

熱燗の夫《つま》にも捨てし夢あらむ　西村和子

煮凝

【にこごり】三冬 生活

関連季語　凝鮒《こごりぶな》

鮒《ふな》をはじめ、鯉や鯛、鮃《ひらめ》、鰈《かれい》などの煮魚を、煮汁とともに固めたもの。煮汁に多いゼラチン質が凝固するため、室内温度が低かった昔は自然とできた。

煮凝や死後にも母の誕生日　神蔵《かみくら》 器《うつわ》

寄鍋

【よせなべ】 三冬 生活

関連季語 ちり鍋《なべ》・鱈《たら》ちり・牛鍋《ぎゅうなべ》・鋤焼《すきやき》・牡丹鍋《ぼたんなべ》・牡蠣鍋《かきなべ》・石狩鍋《いしかりなべ》・鮟鱇鍋《あんこうなべ》

魚介や鶏肉、野菜などを適当に切って入れ、だし汁で煮こむことから、寄せ鍋の名がある。季節に応じた材料、またはありあわせのものでも手軽につくれる。体が温まり、同じ鍋をみんなでつつくにぎやかさが楽しい、冬の団らんの主役。

寄せ鍋の大きな瀬戸の蓋を開く　星野立子

瀬戸焼の大きな鍋がぐつぐつと良い音を立ててきた。その蓋を開けたところ。湯気とともにあがる歓声が聞こえてきそう。

寄鍋の夜を帰る人泊る人　稲畑汀子《いなはたていこ》

おでん

三冬 生活

関連季語 関東《かんと》だき・おでん酒《ざけ》

豆腐に味噌を塗って焼いた豆腐田楽がルーツ。蒟蒻《こんにゃく》や大根、竹輪、はんぺんなどの具を煮こんだ鍋料理。薄味に仕立てる関西では、醤油で濃く味つけしたものを「関東だき」と呼ぶ。熱燗とよく合うため、「おでん酒」という季語も。

おでん酒酌むや肝胆《かんたん》相照らし　山口誓子《せいし》

闇汁

【やみじる】 三冬 生活

各自で持ち寄った食材を鍋にして、闇の中で食べる。思いがけないものが箸にかかることを楽しむ、座興のひとつ。

闇汁の最も大きものすくふ　高橋悦男

霜夜

【しもよ】 三冬 時候

霜の降りる寒い夜のこと。気温が低く、よく晴れて風のない夜は、霜が降りやすい。身を切るように冷えこむ夜更け、庭木や地面には、早くもうっすらと霜が降りて白く光る。

霜夜読む洋書大きな花《はな》文《も》字《じ》より

田川飛《ひ》旅子《りょし》

霜柱

【しもばしら】 三冬 地理

夜、地中の水分が寒さのため凍り、細い柱状の結晶となって、地表の土を押し上げてできるもの。ザクザクと踏みしめて足跡をつけるのも、冬の朝の楽しみ。

霜柱はがねのこゑをはなちけり

石原八束《やつか》

冬の波

【ふゆのなみ】 三冬 地理

関連季語 冬《ふゆ》波《なみ》・冬《ふゆ》怒《ど》濤《とう》・寒濤《かんとう》

季節風の影響で、冬の海は波が高く、時化《しけ》ることが多い。特に日本海側の波は、怒涛となって打ちつける。

冬の波冬の波止場に来て返す

加藤郁乎《いくや》

水涸る

【みずかる】 三冬 地理

関連季語 川《かわ》涸《か》る・沼《ぬま》涸《か》る・池《いけ》涸《か》る・滝《たき》涸《か》る

降雨量が少ない冬は、川や沼、池などの水が涸れがちになり、底があらわになることがある。滝も、水が少なくなってほそぼそとする。涸れずとも、水量のごく少ない様子も含める。

放蕩《ほうとう》を尽しし滝の涸れにけり

大串　章

都鳥

【みやこどり】三冬　動物

関連季語　百合鷗《ゆりかもめ》

別名は「百合鷗」。冬に飛来する渡り鳥。白い体で、くちばしと脚は赤い。都鳥の名は、『伊勢物語』の主人公が隅田川で、「名にし負はばいざ言《こと》問はむ都鳥」と詠んだ歌にちなむ。

ゆりかもめ胸より降りて来たりけり　井上弘美

笹鳴

【ささなき】三冬　動物

関連季語　笹子《ささご》鳴《な》く

冬の鶯《うぐいす》が雌雄問わず、笹藪の中や木々の枝で、〝チャッチャッ〟と地鳴《じな》きする（単純に鳴く）こと。秋から冬、鶯は餌を求めて里に下りる。笹藪などに潜む冬の鶯を「笹子」という。

笹鳴や水のゆふぐれおのづから　日野草城《そうじょう》

冬籠

【ふゆごもり】三冬　生活

二十四節気の大雪《たいせつ》（12月7日頃）を過ぎると、熊は巣に籠って冬眠を始める。動物と同じく、寒さを避けて家に籠る人にも用いる。

雪の多い地方では、「冬構《ふゆがまえ》」「冬用意」をして、冬を過ごす用意をする。現在では除雪作業が進化して、比較的冬も過ごしやすくなった。雪国以外でも、冬場の外出が減ることに対して、軽い意味で使うこともある。

夢に舞ふ能美しや冬籠　松本たかし

能役者の家に生まれた作者であったが、体が弱く、役者になることが叶わなかった。夢の中で舞う能が切なくも愛しい。

北風【きたかぜ・きた】 三冬 天文

関連季語　寒風《かんぷう》

北または北西から吹く、冷たい冬の季節風。大陸から日本海、東シナ海へと吹きわたり、寒さを増す。「冬の風」よりさらに冷たい。「寒風」は、身を切るように冷たい風のこと。

北風にたちむかふ身をほそめけり　木下夕爾《ゆうじ》

空風【からかぜ】 三冬 天文

関連季語　空《から》つ風《かぜ》

冬、北または北西から吹く、乾いた冷たい風。日本海側に雪を降らした季節風が山脈を越え太平洋側に吹き下ろすため、関東地方に多く、特に上州（群馬県）の空っ風が知られる。

川岸の波立ちあがる空つ風　山田百合子

虎落笛【もがりぶえ】 三冬 天文

立木や家、電線、垣などを吹き鳴らしていく冬の風音。「虎落」とは、竹を組んで作った垣や柵のこと。強い風が吹きつけると笛に似た鋭い音を出すので、この名がつけられたという。

虎落笛風の又三郎やーい　上田五千石《ごせんごく》

竈猫【かまどねこ】 三冬 動物

関連季語　へっつい猫《ねこ》・炬燵猫《こたつねこ》

暖かい場所にうずくまって動かない猫のこと。昔の猫は、火の落ちた竈の中に入って灰だらけになっていた。竈猫は、俳人・富安風生《とみやすふうせい》の造語。関西では竈を〝へっつい〟と呼ぶ。

何もかも知つてをるなり竈猫　富安風生《とみやすふうせい》

冬至

【とうじ】 仲冬 時候

関連季語 一陽来復《いちようらいふく》・冬至粥《とうじがゆ》・冬至南瓜《とうじかぼちゃ》

二十四節気のひとつで、12月22日頃。一年の中で昼間が最も短く、夜が最も長くなる。古代中国では、〝陽が復する日〟として「一陽来復」と呼んだ。

この日を境に日脚は伸びるが、寒さは一段と厳しくなる。そのため、「冬至粥」(厄を払うという小豆粥)や「冬至南瓜」を食べ、「柚子湯」を沸かして、無病息災を祈る。

山国の虚空《こくう》日わたる冬至かな 飯田蛇笏《だこつ》

冬の空を、東から西へとわたる太陽。昼の時間が一年中で最も短い冬至の日ゆえの感慨が、太陽の運行を印象的に描き出した。

冬至南瓜とろりと甘し齢《よわい》延ぶ 高橋利雄

柚子湯

【ゆずゆ】 仲冬 生活

関連季語 冬至風呂《とうじぶろ》・冬至湯《とうじゆ》・柚風呂《ゆぶろ》

冬至の日に、風呂の湯に柚子の実を入れて入浴し、無病息災を祈る。柚子はちょうどその頃が旬。香りがよく、体が温まる。〝冬至に柚子湯に入ると風邪を引かない〟ともいわれる。

柚子湯出て慈母《じぼ》観音のごとく立つ 上田五千石《ごせんごく》

ボーナス

仲冬 生活

関連季語 賞与《しょうよ》

給与のほかに支給される、会社や団体からの賞与のこと。夏にも出るが、単に「ボーナス」は冬の季語。年末や正月に向けて、浮き立つ暮れの気分をさらに盛り上げる。

懐にボーナスありて談笑す 日野草城《そうじょう》

寒し

【さむし】 三冬 時候

関連季語 寒《さむ》さ・寒気《かんき》

皮膚に感じる厳しい寒さだけでなく、目や耳などを通して感覚的に感じる、冬の寒さ全般のこと。心理的な寒さのことも表す。「寒気」は冷たい空気のこと。

しんしんと寒さがたのし歩みゆく　星野立子

冷たし

【つめたし】 三冬 時候

関連季語 底冷《そこび》え

皮膚に直接感じる、冬の寒さ。手で触れた場合など、感覚的なもの。さらに体の奥から冷えこむような冷えを「底冷え」という。秋の季語「冷《ひや》やか」とは異なり、本格的な冷気のこと。

手で顔を撫《な》づれば鼻の冷たさよ　高浜虚子《きょし》

懐炉

【かいろ】 三冬 生活

関連季語 使《つか》い捨《す》てカイロ

外出の際などに、懐などに入れて暖を取る携帯器具。古くは熱した石を布でくるんで持ったりしたが、現在は空気に触れると熱くなる、使い捨ての紙懐炉が主流。

懐炉冷えて上野の闇を戻りけり　正岡子規

懐手

【ふところで】 三冬 生活

冬、寒さを嫌って、和服の袂《たもと》や胸元に手を入れること。だらしない格好だが、粋な姿ともとらえられた。

解けば子のものなり父の懐手　鷹羽《たかは》狩行《しゅぎょう》

蒲団

【ふとん】三冬　生活

関連季語　布団《ふとん》・蒲団干《ふとんほ》す・干蒲団《ほしぶとん》

綿や羽毛などを詰めた、掛布団や敷布団の総称。四季を問わずに使うが、特に防寒用として重宝される冬の季語。冬晴れの日に干された布団は、暖かく眠りにつきやすい。

鳥籠の日向を残し蒲団干す　後閑《ごかん》達雄

湯婆

【たんぽ】三冬　生活

関連季語　湯《ゆ》たんぽ

陶製や金属、ゴム製の容器に熱湯を入れて布で包み、寝床を温める保温器具。かつては翌朝、その湯を洗顔に用いたりした。

ゆたんぽのぶりきのなみのあはれかな　小澤實《みのる》

着ぶくれ

【きぶくれ】三冬　生活

関連季語　重《かさ》ね着《ぎ》・厚着《あつぎ》

防寒のため、何枚も服を重ねて着たり、分厚いものを着たりすること。もこもこと体がふくれて見え、動作が緩慢になる。

着ぶくれてなんだかめんどりの気分　正木ゆう子

年用意

【としようい】仲冬　生活

関連季語　年設《としもうけ》・春支度《はるじたく》

新年を迎えるために行う、歳末のさまざまな準備のこと。日用品は古くなったものを新しく取り替え、煤《すす》払いや畳替えをし、正月用の飾りや新年の晴れ着を準備する。

山国にがらんと住みて年用意　廣瀬《ひろせ》直人

年の暮

【としのくれ】仲冬 時候

関連季語 歳暮《せいぼ》・歳末《さいまつ》・年末《ねんまつ》・歳晩《さいばん》・年《とし》の瀬《せ》・年《とし》の果《はて》・年暮《としく》るる

12月も押しつまった一年の終わり。職場では年末の整理、家庭でも大掃除や新年の準備と慌ただしい。「年の市」や歳末大売り出しがにぎわい、忙しい中にも活気があふれる。

思はざる道に出《い》でけり年の暮

田中裕明

勘を頼りに歩いていたら思いもしない道に出た、ということはままあることだが、ここでの道は人生の道だろう。年の暮に一年を振り返っている。

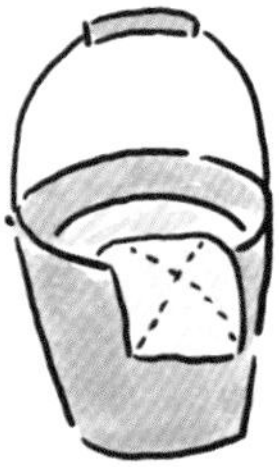

日記買ふ

【にっきかう】仲冬 生活

関連季語 新日記《しんにっき》・古日記《ふるにっき》・日記果《にっきは》つ

年末に来年の日記を買うのは、新年を迎える喜びのひとつ。「古日記」「日記果つ」には、日記に一年間の愛着を感じる。

青に触れ紫に触れ日記買ふ

佐藤文香

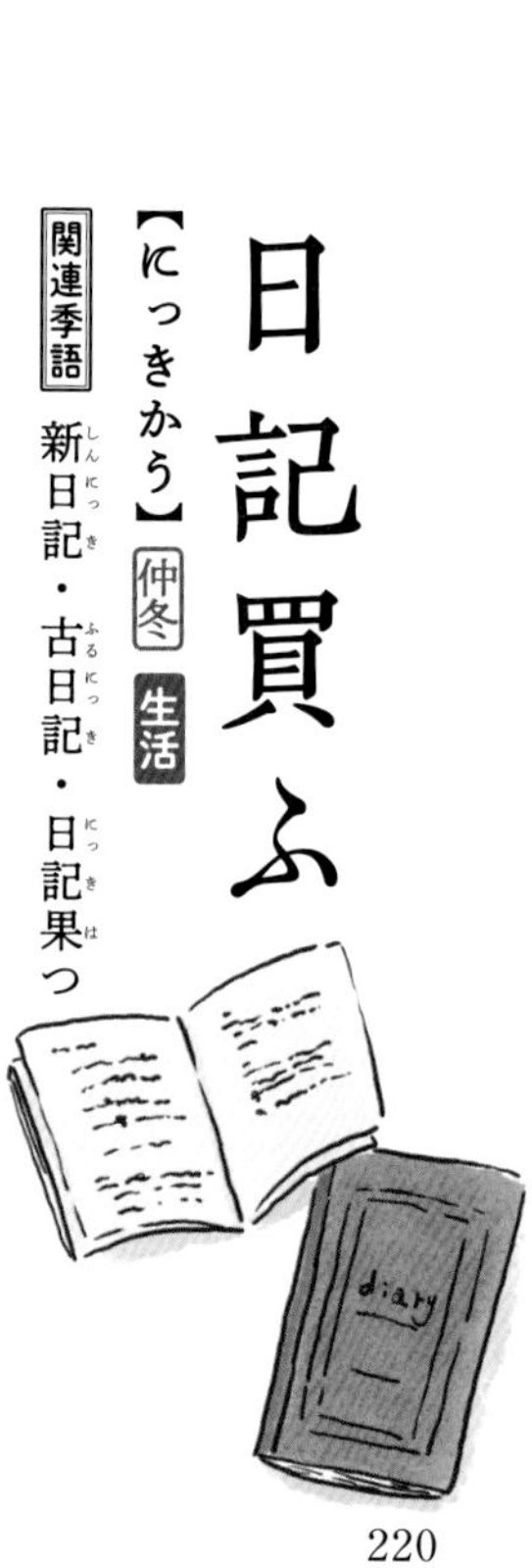

煤払

【すすはらい】仲冬 生活

関連季語 煤掃《すすはき》・煤籠《すすごもり》・煤逃《すすにげ》・煤湯《すすゆ》

新年を迎えるため、家屋や調度の埃を掃き清める風習。江戸幕府では、旧暦12月13日に行っていた。「煤籠」は、老人や子どもが邪魔にならないよう別室に籠ること。「煤逃」は、掃除をせず逃げること。「煤湯」は掃除後に入る風呂。

煤掃や格《ごう》天井の花の絵も

穂坂日出子

年の市

【としのいち】仲冬 生活

さまざまな正月用品を売る市。12月半ばから大晦日頃まで、社寺の境内や街頭に、正月用の注連《しめ》飾《かざり》や縁起物、生活用品などを売る市が立つ。

年の市まぶしきものの売られけり

藤木倶《とも》子《こ》

羽子板市

【はごいたいち】仲冬 生活

邪気を払うとされる、新年の羽子板を売る市。歌舞伎役者などの華やかな押し絵のほどこされた羽子板が、ところ狭しと並ぶ。12月17～19日、東京・浅草寺に立つ市が有名。

うつくしき羽子板市や買はで過ぐ

高浜虚《きょ》子《し》

賀状書く

【がじょうかく】仲冬 生活

年末、親しい人やお世話になった人に年賀状を書く。暮の慌ただしさのなか、少しずつ暇を見て書いていく。単に「賀状」は新年の季語になる。

美しき名の誰かれへ賀状書く

片山由美子

年忘

【としわすれ】仲冬 生活

関連季語 忘年会《ぼうねんかい》

年末、職場や友人、親戚同士で集まって、一年を無事に過ごせたことを祝い合う宴のこと。一年をふり返って語らうことが、本来の主旨。

拭きこみし柱の艶や年忘

久保田万太郎

クリスマス

仲冬　行事

関連季語　降誕祭《こうたんさい》・聖誕祭《せいたんさい》・聖夜《せいや》・聖樹《せいじゅ》・聖歌《せいか》・聖菓《せいか》・サンタクロース

12月25日、キリストの誕生を記念した祝祭日。聖樹（クリスマスツリー）に飾りつけをし、聖菓（ケーキ）を食べる。その前夜を、聖夜（クリスマスイブ）と呼ぶ。

子の髪のつややかメリークリスマス　林 誠司

聖樹の灯に照らされてつややかに光る子どもの髪。子への愛おしさの溢れる一句。「メリークリスマス」の声が聞こえてきそう。

ポインセチア

仲冬　植物

関連季語　猩々木《しょうじょうぼく》

12月頃、クリスマスの装飾花として、鉢物が出回る。燃えるように色づいた赤い葉が印象的で、「猩々木」の名も。葉には桃色や乳白色もある。

ポインセチアどの窓からも港の灯　古賀まり子

冬休み

【ふゆやすみ】仲冬　生活

学校の冬期休暇。12月25日頃から2週間ほどが一般的。休暇中に正月を迎える楽しみがある。「冬休暇」とも。

わがままをせぬ子となりぬ冬休　星野立子

御用納

【ごようおさめ】 仲冬 生活

関連季語 仕事納《しごとおさめ》

官公庁や企業が、その年の仕事を終えること。また、年内の業務の最終日。12月28日が一般的。残務を整理し、机まわりを片づけて、周囲と年末のあいさつを交わすなどして帰宅する。

煙吐く御用納の煙出し　山口青邨《せいそん》

数へ日

【かぞえび】 仲冬 時候

年内に残る日数が、指折り数えるほどになってきたこと。今年一年を顧《かえり》みる思いとともに、新年を迎える「年用意」の慌ただしさも増し、どことなく落ち着かない。

数へ日のひと日ひと日とそばだてる　井沢正江

餅搗

【もちつき】 仲冬 生活

関連季語 餅《もち》・餅切《もちき》る・餅焼《もちや》く・寒餅《かんもち》

正月用の餅のこと。もち米を蒸して、臼と杵《きね》でつき上げる。年末につくので新年でなく暮の季語。29日の餅つきは、九が「苦」に通じることから、行わないことが多い。

形によって、鏡餅、丸餅、伸《の》し餅などと呼ばれる。伸餅を切ったものが切餅。「寒餅」は寒中についた餅のこと。

餅搗のみえてゐるなり一軒家　阿波野青畝《せいほ》

親族が集まって、餅つきをしている賑わいが見えてくる。昔はどの家でも、正月用の餅を家族総出でついた。

餅搗《つ》きの響き山河を喜ばす　小島 健

松飾る

【まつかざる】仲冬 生活

関連季語　門松《かどまつ》立《た》つ・注連飾《しめかざ》る

年末、正月の神様である歳神様を迎えるため、門口に松を立てること。門松は神の依代《よりしろ》であり、新年にその年の息災を祈る。門や玄関、神棚などに、邪気を払う注連縄も飾る。

松立ててをりちんどん屋賑《にぎ》やかに

村山古郷《こきょう》

晦日蕎麦

【みそかそば】仲冬 生活

関連季語　年越蕎麦《としこしそば》・つごもり蕎麦《そば》

大晦日の夜に食べる蕎麦。由来は諸説あるが、細く長いことから、延命長寿を願う縁起物として食べるともいわれる。

大鍋を洗ひ終りて晦日蕎麦

塙《はなわ》　きく

除夜

【じょや】仲冬 時候

関連季語　年《とし》の夜《よ》・除夜《じょや》の鐘《かね》・百八《ひゃくはち》の鐘《かね》

12月31日、大晦日の夜のこと。古い日を除き去り、新年を迎える日。寺では、夜中の12時を挟んで、百八回の鐘をつく。

除夜の妻白鳥のごと湯浴みをり

森　澄雄

年惜しむ

【としおしむ】仲冬 時候

関連季語　行《ゆ》く年《とし》

一年をふり返って、過ぎ行く年を惜しむ気持ちのこと。しみじみとした感慨がこめられている。「行く年」は、過ぎ行く年のこと。大晦日や除夜に使う場合が多い。

離れ住みて一つの年を惜しみけり

上村占魚《うえむらせんぎょ》

俳句づくりの基本
LESSON 1

俳句の基本用語を学びましょう

ここでは、句作の基本となる、俳句特有の用語について紹介します。俳句づくりには、まず「切れ」の感覚を身につけることが、とても大切です。

切れ

意味やリズムの流れに、あえて切れ目をつくる表現技法。切れが入ることで、句の中の余韻が深くなる。「体言《たいげん》止め」「終止形」「命令形」などで切る方法がある。

秋の暮／大魚の骨を海が引く　西東三鬼《さいとうさんき》

体言止め ↓ 名詞（体言）で切る

白菊のしづくつめたし／花鋏　飯田蛇笏《だこつ》

終止形 ↓ 動詞や形容詞の終止形で切る

有る程の菊抛《な》げ入れよ／棺の中　夏目漱石

命令形 ↓ 命令形で切る

切字《きれじ》

「切れ」を生み出す言葉。その前の語の意味を強調したり、詠嘆の意味をもたらす。「や」「かな」「けり」が代表。「や」は句の途中、「けり」「かな」は句末に置く。

暖かや飴の中から桃太郎　川端茅舎《ぼうしゃ》

や → あたたかいなあ

雪とけて村一ぱいの子どもかな　小林一茶

かな → 子どもだなあ

咲き満ちてこぼるる花もなかりけり　高浜虚子《きょし》

けり → ないことだなあ

字《じ》余《あま》り

俳句の定型「五・七・五」の十七音より、音数が多い句。俳句らしいリズムを保つことで、句として成り立つ。リズムを感じるには、声に出して読むことも大切。

六↓字余り　七　五

白牡丹と／いふといえども／紅ほのか

高浜虚子

字《じ》足《た》らず

「字余り」と反対に、定型の「五・七・五」の十七音よりも音数が少ない句。字足らずで句を成功させるのは、字余りの場合より難しいため、例句は多くない。

四↓字足らず　七　五

兎も／片耳垂るる／大暑かな

芥川龍之介

句またがり

「五・七・五」の途中に、言葉の意味の切れ目が来る句。意味のまとまりが、上《かみ》句と中《なか》句、または中句と下《しも》句にまたがっている。変則的なリズムで表現の効果を高める。

↓句またがり

まさをなる／空よりしだれ／ざくらかな

富安風生《ふうせい》

季《き》重《がさ》なり

一句に季語が二つ以上入ること。俳句は季語をひとつとするのが原則で、通常は避ける。一方で、忌日やその季節にしかないものは、そちらが主季語となる。

季語 夏：でで虫　季語 春：桑　主季語 秋：秋の風

でで虫が桑で吹かるる秋の風

細見綾子

一《いち》物《ぶつ》仕《じ》立《た》て

ひとつの情景を、そのままひとつの文で表現している句。基本的には、季語を主題としてつくられる。

季語

行く春を近江の人と惜しみける

松尾芭蕉

過ぎ行く琵琶湖の春の景色を、近江の弟子と眺めながら惜しんでいる。「行く春」の感慨が詠まれている。

取り合わせ

一句に直接関連のない二つの素材を取り合わせた句。素材同士に共通性を感じさせることで、新鮮な印象に。

① ②

花の雲鐘は上野か浅草か

松尾芭蕉

季語「花の雲（満開の桜）」と「鐘」は一見別物だが、のどかな鐘の音が春の気分によく合う。

オノマトペ

「わんわん」「ざあざあ」など、声や音を表す「擬音語」と、「すべすべ」「ぶらぶら」など、様子や動きを表す「擬態語」のこと。感覚を直接的に伝えるときに役立つ。独創的なオノマトペを入れることで、個性的な句となる。

水枕ガバリと寒い海がある

西東三鬼

比《ひ》喩《ゆ》

ある物事を、ほかの何かに例えて表現すること。俳句の趣を広げるが、陳腐な例えだと効果はイマイチ。意外性があり、読み手が腑に落ちるようなたくみさが必要。

ところてん煙のごとく沈みをり

日野草城《そうじょう》

俳句づくりの基本 LESSON 2

俳句の定型とは？

俳句づくりには、まずは型の基本を知ることが大切です。
十七音を効果的に使う、俳句の定型について学びましょう。

「五・七・五」のリズムと「季語」を入れるのが基本の形

俳句とは、「五・七・五」のリズムを持った、十七音からなる詩です。さらに季節を表す「季語」を入れる決まりがあります。これを「有季定型」といい、俳句の基本の形になります。

十七音のうち、最初の五音を「上五《かみご》」、つぎの七音を「中七《なかしち》」、最後の五音を「下五《しもご》」と呼びます。書くときは縦書きで、句読点はつけずにつなげて書きます。

季語の季節は、旧暦がもとになります。例えば「西瓜《すいか》」は秋の季語など、現代感覚からずれることもあるので、歳時記を引いて調べましょう。

十七音はひとつか二つのまとまりに分けて詠みましょう

十七音は、ひとつか二つのまとまりで詠むのが基本。三つに分けてもよいのですが、まとまりがなくなり、失敗することが多くなります。

ひとまとまりの句の場合は、十七音でひとつの内容を述べます。一句の中で切れ目をつくる場合は、「五音＋十二音」、「十二音＋五音」というパターンに分かれます。また、「五・七・五」の途中に意味の切れ目が来る「句またがり」（P.２２６）という形もあります。

切れをつくるためには、「や」「かな」「けり」などの「切字」（P.２２５）を使うことも効果的です。

十七音

流れ行く大根の葉の早さかな

上五 中七 下五

季語 大根　季節 冬

高浜虚子《きょし》

切れ／五音＋十二音

古池や／蛙飛びこむ水の音

上五 中七 下五

季語 蛙　季節 春

松尾芭蕉

切れ／五音＋十二音

やれ打つな／蠅が手をすり足をする

上五 中七 下五

季語 蠅　季節 夏

小林一茶

切れ／十二音＋五音

柿くへば鐘が鳴るなり／法隆寺

上五 中七 下五

季語 柿　季節 秋

正岡子規

「無季《むき》俳句」と「自由律《じゆうりつ》俳句」とは？

俳句の基本は「有季《ゆうき》定型」ですが、季語を使わない「無季俳句」や、十七音の定型にこだわらない「自由律俳句」と呼ばれるものもあります。自由律俳句は、正岡子規の弟子・河東碧梧桐《かわひがしへきごとう》によって提唱され、尾崎放哉《おざきほうさい》、種田山頭火《たねださんとうか》らが活躍しました。

無季俳句や自由律俳句は、俳句として成立するのでしょうか。災害や戦争などの重い出来事が詠まれていれば成立する、という考え方もありますが、句によっては一概にそういえるわけでもなく、現代俳句においても、難しい問題です。

無季俳句

戦争が廊下の奥に立つてゐた

渡辺白泉《はくせん》

自由律俳句

咳をしても一人

尾崎放哉《ほうさい》

俳句づくりの基本
LESSON 3

古典的な言葉は使うべき？

俳句では、現代には馴染みの薄い「文語《ぶんご》」や「旧仮名遣い」が使われることも。その格式や味わいを楽しむのも醍醐味です。

古典的な「文語《ぶんご》」と「口語《こうご》」

ことばには、「文語」と「口語」があります。口語は広い意味で、私たちが日常で使う「現代語」全般を指します。一方で文語は、「や」「かな」「けり」など、古典文学で使われているようなことばや文体です。

俳句をつくるときは、文語でも口語でもかまいません。ただし、「春立つ」「暑し」など、歳時記に載っている季語は文語が中心。基本的には、季語が文語なら、句全体も文語でつくったほうが、統一感が生まれます。また、十七音の制約がある俳句では、少ない音数で深い意味を表現する文語は、便利な存在です。

現代の「新仮名遣い」と古典の「旧仮名遣い」

平仮名・カタカナの表記方法を「仮名遣い」といい、現代の発音のままに表記した「新仮名遣い」と、戦後すぐの頃まで使われた「旧仮名遣い」があります。例えば、「きのう」を「きのふ」などと書くのが旧仮名遣い。また、「かぼちゃ」を「かぼちや」と書くなど、現代では小さく書く拗音《ようおん》も全て大きい文字で書きます。

俳句で、どちらの仮名遣いを使うかは自由です。一般的には、文語でつくる場合は、旧仮名遣いを使ったほうがよいとされます。決まりとしては、ひとつの句の中では、仮名遣いを混用しないようにします。

文語でつくられた俳句

世の中も寂しくなりぬ三の酉

口語 なりぬ→なった

季語 三の酉　季節 冬

正岡子規

春の月さはらば雫たりぬべし

口語 さはらば→さわれば

口語 たりぬ→たれる

季語 春の月　季節 春

小林一茶

旧仮名遣いでつくられた俳句

紫陽花やきのふの誠けふの嘘

新仮名遣い きのふ→きのう

新仮名遣い けふ→きょう

季語 紫陽花　季節 夏

正岡子規

かたまつて薄き光の菫かな

新仮名遣い かたまつて→かたまって

季語 菫　季節 春

渡辺水巴《すいは》

文語・旧仮名遣いは歳時記の名句から学びましょう

日常生活では使うことの少ない、文語・旧仮名遣い。正確に使わなければ、と気負いがちになるかもしれませんが、俳句でまず大切なことは、季節を感じ、それを詠みこむこと。最初のうちは、文法の正確さよりも、季語の意味を理解しながら句作することを楽しみましょう。

また、文法を身につけるには、先人の句をたくさん読むことがいちばん。文語や旧仮名遣いの名句がたくさんあります。歳時記の例句や、句集などで名句にふれることで、自然とことばの使い方が身につくはずです。

一方で、有名な句の中にも、文法的には不正解、という句があります。著名な俳人でも、間違えることがあるのです。難しく考えずに、どんどん句作をしていきましょう。

さくいん

あ行

か行

■さ行

た行

な行

は行

ま行

監修　日《ひ》下《が》野《の》由《ゆ》季《き》

俳人。1977年生まれ。國學院大學および早稲田大学卒業。ともに日本の古典文学を学ぶ。俳誌「海」編集長、早稲田大学エクステンションセンター講師。第42回俳人協会新人賞受賞。句集に『祈りの天』『馥郁』(ともにふらんす堂)、監修に『4週間でつくれる はじめてのやさしい俳句練習帖』(日本文芸社)がある。

絵
髙安恭ノ介

装丁・本文デザイン
mogmog Inc.

校正
中曽根三奈

制作・執筆
松田明子

企画・編集
川上裕子
(成美堂出版編集部)

主な参考図書

『今はじめる人のための俳句歳時記 新版』、『角川俳句大歳時記』
角川学芸出版・編(KADOKAWA)
『カラー版 初めての俳句の作り方』
石寒太・著(成美堂出版)
『合本俳句歳時記 第五版』
角川書店・編(KADOKAWA)
『365日で味わう 美しい日本の季語』
金子兜太・監修(誠文堂新光社)
『増補版 いちばんわかりやすい 俳句歳時記』
辻桃子、安部元気・著(主婦の友社)
『日本人の暦 今週の歳時記』
長谷川櫂・著(筑摩書房)
『俳句月別歳時記 改訂版』
高橋悦男・編(博友社)
『ハンディ版 入門歳時記 新版』
大野林火・監修/俳句文学館・編(KADOKAWA)
『4週間でつくれる はじめてのやさしい俳句練習帖』
日下野由季・監修(日本文芸社)
『ラジオ歳時記 俳句は季語から』
鷹羽狩行・著(講談社)

春夏秋冬を楽しむ 俳句歳時記

監　修　日《ひ》下《が》野《の》由《ゆ》季《き》
発行者　深見公子
発行所　成美堂出版
〒162-8445 東京都新宿区新小川町1-7
電話(03)5206-8151 FAX(03)5206-8159
印　刷　広研印刷株式会社

ISBN978-4-415-32673-3